A^tV

JOHN D. MACDONALD, geboren 1916 in den USA, studierte an der Syracuse University und schloß im Fach Business Management ab. Im Zweiten Weltkrieg war er als Offizier in China, Burma und Indien. Später arbeitete er für die CIA in Ceylon. Nach seiner Entlassung aus der Armee begann er Kurzgeschichten zu schreiben. 1950 veröffentlichte er seinen ersten Krimi, dem bis zu seinem Tod im Jahr 1986 über siebzig weitere folgten. Er gilt als einer der kommerziell und literarisch erfolgreichsten Krimiautoren der sechziger und siebziger Jahre.

Hollywood in den Sixties, irgendwann nach dem Selbstmord der Monroe und dem tödlichen Unfall von James Dean: Lysa D., der neue Star am Himmel Hollywoods, hat einen Auftrag für Travis McGee. Längst vergessene Nacktfotos sind aufgetaucht, sie zeigen die Diva während eines drogenumnebelten Wochenendes in eindeutigen Posen mit verschiedenen Männern und Frauen. Die Erpressung folgt auf dem Fuß. Lysa soll zahlen, um ihre Karriere nicht zu gefährden.

Eigentlich sind Sex-Skandale kein Fall für den braungebrannten Aussteiger-Detektiv und Hausbootbesitzer aus dem sonnigen Florida, wäre da nicht Dana Holtzer, die dunkelhaarige und wahnsinnig attraktive Sekretärin der berühmten Filmschauspielerin. Mit ihr fliegt McGee an die ungeliebte Westküste und verfolgt die Spuren des Erpressers nach San Francisco, Los Angeles und Las Vegas. Doch dort verliert sich die Fährte, denn wer etwas wissen könnte, ist entweder in der Klapsmühle, auf Drogen oder – schlicht und einfach: tot. Fast zu spät erkennt McGee, daß aus dem Erpresser ein gefährlicher Mörder geworden ist ...

John D. MacDonald

Leidenschaft in Rot

Kriminalroman

*Aus dem Amerikanischen
von Gerold Hens*

Aufbau Taschenbuch Verlag

ISBN 3-7466-2083-X

1. Auflage 2004
Aufbau Taschenbuch Verlag GmbH, Berlin 2004
© der deutschsprachigen Ausgabe
Europäische Verlagsanstalt/Rotbuch Verlag, Hamburg 2001
© 1964 bei John D. MacDonald Publishing Inc., New York
Titel der amerikanischen Originalausgabe »The Quick Red Fox«
Umschlaggestaltung Mediabureau Di Stefano
unter Verwendung eines Fotos von Lucy Harmer, photonica
Druck Oldenbourg Taschenbuch, Plzeň
Printed in Czech Republic

www.aufbau-taschenbuch.de

Eins

Ein stürmischer Nordostwind voller Februarkälte scheuchte die Touristen vom nachmittäglichen Strand und zwang sie, unter bitterlichen Klagen Unterschlupf zu suchen. Er riß graue Fetzen aus dem Atlantik und schleuderte sie klatschend auf den öffentlichen Strand am Highway von Bahia Mar. Er wirbelte losen Sand über die Windschutzscheiben der Autos, fegte durch die dicht bebauten Flächen der Docks und Bootsbecken, zerrte an den Wimpeln und fuhr heulend in die Spinngewebe der Takelagen und Ausgucke. Für die Touristen war dieser Samstagnachmittag in Fort Lauderdale beim Teufel. Zu Hause in Scranton hätten sie es schöner gehabt.

Ich hatte es mir in der Kapitänskajüte der *Busted Flush* gemütlich gemacht, meinem Hausboot, das an Liegeplatz F-18 vertäut war. Meine elektrische Heizung lief auf Hochtouren. In meiner ausgefransten alten Wollhose und einem alten Norm-Thompson-Flanellhemd, das mit den Jahren zu Himmelblau ausgebleicht war, lag ich ausgestreckt auf der großen gelben Couch.

Ein paar Tage zuvor hatte ich meine alten Lautsprecher auf den Müll geworfen und dafür ein Paar AR-3 an der gegenüberliegenden Wand aufgehängt. Der Scott-Tuner war auf WAEZ in Miami eingestellt, und der Fisher-Verstärker gab den neuen Lautsprechern schön Saft. Gerade lief die Columbia-Aufnahme der *Fünften* von Schostakowitsch, dirigiert von Bernstein, ein verteufelt starkes, mächtig heroisches Stück, und ich hatte die Lautstärke aufgedreht, so daß es richtig zur Geltung kam. Man schloß die Augen und ließ sich davontragen.

Auf der anderen Seite saß Skeeter über ihr Zeichenbrett gebeugt. Sie trug einen grauen Kordoverall, der ihr zu groß war.

Alles, was sie trägt, scheint ihr immer zu groß zu sein. Sie ist dreißig, glaube ich, und sieht aus wie achtzehn. Sie hat spinnwebfeine, blonde Haare, die ständig zerzaust sind, ein Gesicht wie eine Lumpenpuppe und eine schmale, anmutige kindliche Figur. Sie ist ziemlich chaotisch, verdient aber unter dem Pseudonym Annamara recht gut mit Zeichnungen für Kinderbücher. Mein Freund Meyer war vor etwa einem Jahr am Strand auf sie gestoßen. Der haarige, häßliche, liebenswerte Bursche läuft über einen Strand und sammelt außergewöhnliche Leute, wie andere vielleicht eine linksgewundene Meeresschnecke auflesen.

Bei der Arbeit streckte sie die Zungenspitze aus dem Mundwinkel. Sie war mit den Umrißzeichnungen einer frechen Feldmaus namens Quimby beschäftigt. Bei mir arbeitete sie, weil sie einen Abgabetermin hatte, ihre Wohnung drei Straßen weiter neu gestrichen worden war und ihr von dem Geruch übel wurde. Früher einmal, nach dem Verlust eines Menschen, den ich sehr geliebt hatte, waren wir in eine kurze Affäre geschlittert. Wir hatten festgestellt, daß wir damit einander nichts Gutes taten. Anscheinend weckten wir gegenseitig in uns das Talent, den andern genau an seinen Schwachstellen zu treffen. Die Machtkämpfe wurden ein bißchen blutig, und obwohl wir aus Pflichtgefühl das Gegenteil behaupteten, war es für uns beide eine Erleichterung, als wir die Sache beendeten und den Weg zu einer lockeren und lässigen liebevollen Freundschaft fanden.

Bei den grandiosen Partien der Musik unterstützte sie Bernstein mit dem Zeichenstift beim Dirigieren. Dann machte sie sich wieder an die Arbeit an der Maus. Sie hatte ein überraschendes Talent für die Zubereitung von Seemannsgrog an den Tag gelegt, und von denen, die sie mir gemixt hatte, verspürte ich ein mildes und angenehmes Glühen. Ihren eigenen hatte sie schwächer gemacht. Quimby forderte ihre nüchterne Zuwendung.

In den donnernden Widerhall der Musik mischte sich zart und schwach das verstärkte Dingdong meiner Klingel. An einem Pfosten am Dock habe ich ein Klingelbord und am Dockende der kleinen Gangway eine Kette angebracht.

Ich erhob mich und ging nachsehen. Draußen stand eine hochgewachsene junge Frau in einem seriösen dunklen Kostüm mit einer Handtasche, die wie eine Aktentasche wirkte. Die Frau stand aufrecht da und tat, als rege sich kein Lüftchen. Sie sah aus, als würde sie durch die Gegend laufen und Kunden für eine Berufsschule anwerben. Als ich zu ihr hinausschaute, drückte sie erneut auf den Knopf. Sie hatte nichts Zögerliches an sich.

Ich ging hinaus aufs Hinterdeck, überquerte die schmale Planke meiner Gangway und schaute sie über die Kette hinweg an. Sie musterte mich eindringlich, wobei ich nicht erkennen konnte, ob sie meinen Anblick billigte oder mißbilligte. Ich kenne beide Reaktionen. Ich bin außergewöhnlich groß. Ich halte mich oft im Freien auf. Ich sehe aus wie ein fauler Hund und bin es auch. Wie es eine Puppe aus Texas einmal ausdrückte: Ich sehe aus, als hätte ich schon eine Menge erlebt und es, mehr schlecht als recht, auch überlebt.

Sie hatte schwarzes Haar. Manche männlichen Musiker tragen es länger. Sie hatte lebhafte dunkle Augen, schwere schwarze Brauen, ein ziemlich langes Gesicht, hohe flache Wangenknochen und eine Himmelfahrtsnase. Der Mund nahm dem Gesicht die Strenge. Er war voll und breit und hübsch geformt. Sie wirkte modebewußt, tüchtig und völlig humorlos.

»Mr. Travis McGee?« fragte sie. Sie besaß einen weichen Alt.

»Höchstpersönlich.«

»Ich bin Dana Holtzer. Sie waren am Telefon nicht zu erreichen.«

»Es ist abgestellt, Miss Holtzer.«

»Ich würde Sie gerne in einer sehr persönlichen Angelegenheit sprechen.«

Manchmal läuft es so. Sie sah nach Geld aus. Nicht nach Schmuck. Nach selbstverdientem Geld. Sie machte den Eindruck einer berufstätigen Frau, die einen guten Job hat. Es sah nicht aus, als stecke sie selbst in der Patsche. Mehr wie die Abgesandte von jemandem, der darin steckte. Wäre sie ein paar Monate früher gekommen, hätte es mich einen Dreck geschert. Aber die Kohle ging zur Neige. Bald würde ich einen einträglichen kleinen Fall an Land ziehen müssen. Es ist nett, wenn sie an die Haustür kommen und einem die mühevolle Suche ersparen.

Aber Vorsicht ist die Mutter der Porzellankiste. »Sind Sie sicher, daß Sie mit dem Richtigen sprechen?«

»Walter Lowery in San Francisco nannte Ihren Namen.«

»Was Sie nicht sagen. Wie geht's dem guten alten Walt?«

»Gut, nehme ich an.« Sie runzelte die Stirn. »Ich soll Ihnen ausrichten, er würde das Schachspielen mit Ihnen vermissen.«

Dann war es in Ordnung. Walt und ich haben noch nie im Leben Schach gespielt. Jedenfalls nicht gegeneinander. Aber das war das Erkennungszeichen, wenn er jemanden zu mir schickte. Es gibt Neugierige und solche, die Ärger machen wollen, und die Aufdringlichen und die offiziellen Ermittler. Es ist günstig, wenn man eine Methode hat, mit der man die Zweifelsfälle aussortieren kann.

»Dann kommen Sie mal raus aus dem Wind«, sagte ich und hakte die Kette los. Nachdem sie sich an mir vorbeigezwängt hatte, hakte ich sie wieder ein. Die Taille meiner Besucherin war schmal und hoch, sie hatte kräftige, wohlgeformte Waden und bewegte sich mit der Eleganz, die vielen Frauen mit einer solchen Figur zu eigen ist. Ihr Rücken war gerade und aufrecht, ihre Haltung gut.

Ich öffnete die Tür und geleitete sie in das Donnern der Musik. Skeeter warf ihr einen abwesenden Blick zu, lächelte flüchtig und widmete sich wieder ihrer Arbeit. Ich ließ die Musik laufen und führte Miss Holtzer durch die Kajüte, an der Kombüse vorbei zu der kleinen Eßnische. Dann schloß ich die Tür der Kajüte zum Korridor.

»Kaffee? Einen Drink?«

»Nichts, danke«, sagte sie und nahm in der Nische Platz.

Ich goß mir selbst einen Becher Kaffee ein und setzte mich ihr gegenüber. »Ich bin nicht an jeder x-beliebigen Kleinigkeit interessiert«, sagte ich.

»Das ist uns bewußt, Mr. McGee.«

»Dann kennen Sie meine Arbeitsweise?«

»Ich glaube schon. Jedenfalls weiß ich das, was Mr. Lowery

darüber berichtet hat. Wenn jemandem etwas abgenommen wurde und es keine Möglichkeit gibt, es auf legale Weise zurückzubekommen, bemühen Sie sich, es wiederzubeschaffen – für die Hälfte seines Werts. Ist das korrekt?«

»Ich muß alle Einzelheiten wissen.«

»Natürlich. Aber es wäre mir lieber, wenn die ... betroffene Partei Ihnen alles erklärte.«

»Mir auch. Schicken Sie ihn zu mir.«

»Es handelt sich um eine Frau. Ich arbeite für sie.«

»Schicken Sie sie her.«

»Das ist nicht möglich, Mr. McGee. Ich muß Sie zu ihr bringen.«

»Tut mir leid. Wenn sie so viel Ärger am Hals hat, daß sie mich zu brauchen glaubt, dann kann sie auch selbst zu mir kommen, Miss Holtzer.«

»Sie verstehen mich nicht. Wirklich. Sie *könnte* einfach nicht hierherkommen. Sie hätte mit Ihnen gesprochen, wenn ich Sie ans Telefon bekommen hätte. Ich arbeite für ... Lysa Dean.«

Ich kapierte, was sie meinte. Dieses Gesicht war zu bekannt, selbst hinter der dunkelsten Brille. Und in einer solch persönlichen Angelegenheit würde sie nicht mit einer Polizei-Eskorte aufkreuzen wollen. Und wenn sie alleine käme, würden ihre Verehrer sie auf hundert Schritt entdecken und sich um sie drängen und herumstehen und sie mit jenem starren, feuchten, blöden Lächeln anglotzen, mit dem Amerika Berühmtheiten beehrt. Zehn große Filme, vier ziemlich chaotische Ehen, eine katastrophale Fernsehserie und ein paar hochbezahlte Gastauftritte hatten sie in jedem Haushalt bekannt gemacht. Liz Taylor, Kim Novak und Doris Day hätten bei den starbesessenen Massen den gleichen Auftrieb verursacht. Die Öffentlichkeit ist eine unberechenbare Bestie.

»Ich kann mir kaum vorstellen, wie Lysa Dean in eine Lage kommen könnte, in der sie denkt, sie hat meine Hilfe nötig.«

Ich glaubte, ein leicht angewidertes Zucken in den recht verdrossenen Zügen von Miss Tüchtig zu sehen. »Darüber möchte sie mit Ihnen sprechen.«

»Mal sehen. Walter hat einmal ein Drehbuch für sie geschrieben.«

»Seitdem sind sie befreundet.«

»Würden Sie sagen, daß meine Arbeitsweise ihrem Problem angemessen ist?«

Sie runzelte die Stirn. »Ich glaube schon. Ich bin nicht in alle Einzelheiten eingeweiht.«

»Vertraut sie Ihnen denn nicht?«

»Meistens schon. Aber wie ich schon sagte, ich kenne nicht *alle* Einzelheiten. Es handelt sich um eine persönliche Angelegenheit. Aber es geht um etwas ... das sie zurückhaben möchte. Und das von Wert für sie ist.«

»Ich kann nichts versprechen. Aber ich werde mir ihre Geschichte anhören. Wann?«

»Jetzt gleich, wenn Sie es einrichten können, Mr. McGee.« Die Symphonie war zu Ende. Ich stand auf und schaltete die Anlage aus.

»Wir würden es schätzen, wenn Sie es niemandem gegenüber erwähnten. Auch nicht ihren Namen.«

»Wissen Sie, ich wollte gerade losrennen und es ein paar Freunden erzählen.«

»Entschuldigen Sie. Ich bin zu sehr daran gewöhnt, sie vor Unheil zu beschützen. Sie geht gerade auf eine Werbetournee für *Winds of Chance*. Sie beginnt am Montag. Die Weltpremiere ist am Samstagabend in acht Filmtheatern in Miami. Wir sind früher gekommen, weil wir hofften, es fände sich eine Gelegenheit, Sie zu sprechen. Sie wohnt zur Zeit im Haus eines Freundes. Morgen abend zieht sie ins Penthouse des Hotels am Strand um. Von Montag an hat sie einen vollen Terminkalender.«

»Arbeiten Sie schon lange für sie?«

»Seit zwei Jahren. Schon etwas länger. Wieso?«

»Ich habe mich gefragt, als was Sie sich bezeichnen.«

»Als Privatsekretärin.«

»Hat sie viel Personal mitgebracht?«

»Eigentlich nicht. Auf Tourneen wie dieser sind nur ich und ihr Mädchen, ihr Friseur und der Mann von der Agentur dabei. Es wäre mir wirklich lieber, wenn Sie die Fragen ihr stellen würden. Könnten Sie ... sich fertigmachen, um sie aufzusuchen?«

»In Miami?«

»Ja. Draußen wartet ein Wagen, Mr. McGee. Ob ... ich kurz einen Anruf machen dürfte?«

Ich führte sie in die Kapitänskajüte. Der Telefonanschluß befindet sich in einem Fach am Kopfende des Betts. Sie schlug die Nummer in einem schwarzledernen Notizbuch aus ihrer großen Handtasche nach. Sie wählte die Vermittlung und ließ das Gespräch von ihrer Kreditkarte abbuchen. »Mary Catherine?« sagte sie. »Bitte sagen Sie ihr, daß ich unseren Freund mitbringe. Nein, das ist alles. Wir treffen in Kürze ein. Vielen Dank, meine Liebe.«

Sie stand auf und schaute sich um. Ich konnte nicht erkennen, ob das riesige Bett sie anwiderte oder amüsierte. Ich war versucht, es ihr zu erklären. Es erschreckte mich, daß ich den Wunsch hatte, ihr zu sagen, daß es schon Teil der Einrichtung gewesen war, als ich das Boot bei einer langen Pokerpartie in Long Beach gewonnen hatte. Um im Spiel zu bleiben, hatte der Mann als letzten Einsatz seine brasilianische Geliebte als Zugabe aufgeboten, in der verständlichen Annahme, sie gehöre im Grunde mit zum Boot. Seine Freunde hatten mir das heikle Problem einer Ablehnung erspart und ihn mit sanfter Gewalt vom Spieltisch entfernt.

Miss Holtzer wirkte nicht sonderlich prüde. Sie machte nur den Eindruck, als würde sie Leute gerne in handliche Kategorien einteilen.

Sie entschloß sich, sich einen Kaffee einzugießen, mit meiner Erlaubnis natürlich, während ich mich umzog. Ich band mir ausnahmsweise eine Krawatte um und zog einen ziemlich dicken Anzug an. »Hey, ihr beiden, schaut euch doch mal kurz diese jämmerliche Maus an«, sagte Skeeter, als wir wieder in die Kajüte zurückkamen.

Sie zeigte uns die eben vollendete Zeichnung. »Das ist der Augenblick, in dem Quimby endgültig klar wird, daß er tatsächlich eine Maus ist. Die Katze hat es ihm gerade gesagt. Er ist niedergeschmettert. Er dachte, er sei in Wirklichkeit ein kleiner Rassehund. Aber ich finde, er sieht eher ängstlich aus als niedergeschmettert. Wenn Sie es sich anschauen, sieht es aus, als würde er sich vor der Katze fürchten?«

»Wie außerordentlich reizend!« sagte Dana Holtzer. »In der Tat, wie grauenhaft herauszufinden, daß man die ganze Zeit eine Maus war.«

»Quimby kann es nicht fassen«, sagte Skeeter.

Sie lächelten sich nett an. »Dana Holtzer, Mary Keith ... genannt Skeeter. Wir müssen uns beeilen. Skeet, schließ bitte alles, falls du gehst, bevor ich zurück bin.«

»Klar doch. Was ihn fertigmacht, ist, daß es so schwer war, bellen zu lernen.«

»Hau rein, wenn du Hunger kriegst.«

Aber sie war schon wieder eifrig mit ihrer Arbeit beschäftigt. Miss Holtzer und ich gingen hinaus in den Wind zu den Parkplätzen. »Ein nettes, sonderbares Mädchen«, sagte sie, »und sehr talentiert. Ist sie eine enge Freundin?«

»Ihre Wohnung ist gerade frisch gestrichen worden, und da habe ich ihr angeboten, sie könne bei mir auf dem Boot arbeiten. Sie hat einen Abgabetermin.«

Nach drei weiteren Schritten hatte Miss Holtzer die offenen Enden einer eigenen Persönlichkeit, die ihr zu entgleiten drohten, wieder in ihrem berufsmäßigen Sekretärinnenpanzer verstaut. Ich dachte daran, wie das Vergnügen an der Maus sie hatte aufleben lassen, jünger und erstaunlich lebenslustiger. Aber es lag nicht in ihrem Verhalten oder ihrer Gewohnheit, etwas davon zu zeigen. Sie machte ihre Arbeit, reserviert, abweisend, effizient. Sie wurde weder dafür bezahlt, auf Menschen zu reagieren, noch eigene Reaktionen, so es denn welche gab, zu zeigen.

Auf uns wartete eine glitzernde schwarze Chryslerlimousine, die von einem Mann mittleren Alters in taubengrauer Uniform mit silbernen Knöpfen bewacht wurde. Er tippte an seine Mütze und öffnete uns die Tür. Er sah aus wie ein US-Senator aus dem Fernsehen. Und er verfügte über die unheimliche Fähigkeit geschickter Chauffeure, einen schweren Wagen so durch den Verkehr gleiten zu lassen, daß das Herumgekurve anderer Fahrer schwerfällig und nicht weiter beachtenswert wirkt.

»Miss Deans Wagen?« fragte ich.

»Aber nein. Er gehört den Leuten, bei denen wir wohnen.«

»Wann sind Sie in die Stadt gekommen?«

»Gestern.«

»Inkognito?«

»Ja.«

»Guter Trick.«

»Ein gechartertes Flugzeug«, sagte sie.

Zwischen uns und dem ausrasierten Nacken des geschickten Fahrers befand sich eine Glasscheibe. Sie hatte das Gesicht von mir abgewandt und schaute gelassen in den grauen Tag hinaus.

»Miss Holtzer.«

»Ja?« sagte sie und drehte sich mit höflich fragendem Ausdruck um.

»Ich möchte wissen, ob ich richtig- oder falschliege. Ich habe so ein Gefühl von stummer Mißbilligung.«

Ich glaubte ein Aufzucken düsterer Belustigung zu sehen.

»Ist so etwas wirklich wichtig für Sie, Mr. McGee?«

»Bisher war es das eigentlich nicht.«

»Mr. McGee, in den vergangenen beiden Jahren hatte ich viele seltsame Botengänge zu erledigen. Es hätte mich ziemlich aufgerieben, hätte ich jedesmal versucht, mir ein Urteil zu bilden.«

»Sie vermeiden es also, eine Meinung zu haben.«

»Außer wenn es von mir erwartet wird. Sie bezahlt für Meinungen, Mr. McGee. Juristische Meinungen, Meinungen zur Steuer, künstlerische Meinungen. Sie hört sie sich an und entscheidet dann selbst. Ungefragte Meinungen schätzt sie nicht besonders.«

»Und der Job macht sich bezahlt?«

»Er entschädigt mich für das, was ich tue.«

»Ich gebe wohl besser auf.«

Mit einem fast unmerklichen Achselzucken wandte sie sich wieder dem Fenster zu und präsentierte mir die wohlgestaltete starke Linie ihrer Kehle, ein hübsch geformtes Ohr, umrahmt von locker fallenden, kurzgeschnittenen schwarzen

Locken, einen Rand schwarzer Wimpern, die bis über die weiche Linie ihrer Wange reichten, den flüchtigen, unaufdringlichen Duft eines schwachen Parfums.

Zwei

Das Haus lag auf einer Privatinsel, die man über einen kleinen Damm erreichte, der von den Hauptdämmen zwischen Miami und Miami Beach abführte. Ein Gärtner öffnete uns das prunkvolle Tor. Wir bogen auf einen gewundenen Kiespfad zwischen einem üppigen und sorgfältig beschnittenen Dschungel ein, kurvten um einen Pfeiler aus rosa und weißem Gips und parkten auf einer kleinen, umbauten Fläche neben einem Garten.

Offensichtlich war es die Treppe zum Hintereingang. Miss Dana Holtzer geleitete mich über einen Treppenabsatz in eine schattige Diele. Ich setzte mich auf einen babylonischen Thron, über dem eine schwarz schimmernde Rüstung hing. In dem Haus war kein Laut zu hören. Nicht der geringste. Sie kam ohne Hut und Handtasche zurück und forderte mich mit der Würde einer Oberschwester auf aufzustehen. Ich folgte ihr durch einen holzverkleideten und mit Teppich ausgelegten Korridor. Sie klopfte an eine schwere Tür, stieß sie für mich auf und trat beiseite. »Sie wird in Kürze bei Ihnen sein«, sagte sie.

Sie schloß die Tür und ließ mich in etwas stehen, das wie eine Gästesuite aussah. Ich befand mich in einem langgestreckten Raum mit hoher Decke. Violetter Teppich. Holzverkleidung. An der einen Wand sieben hohe, schmale Bogenfenster mit Bleifassung, breite Simse. Schwarze, spanische Möbel. Der mittlere Teil des Raums war vertieft. An einem erhöhten Ende stand ein Himmelbett. Am anderen Ende befand sich eine erhöhte Fläche mit ein paar Sitzmöbeln, die um einen kleinen Schieferkamin gruppiert waren. Auf der Höhe des Betts befanden sich zwei Türen. Die eine stand einen Spalt offen und führte in einen Garderobenbereich. Drinnen konnte ich verschiedene zueinander passende Gepäckstücke sehen. Die andere Tür war geschlossen, und ich konnte das fast lautlose Flüstern laufenden Wassers hören.

Obwohl an allen Fenstern die Vorhänge zurückgezogen waren, war das Zimmer nicht besonders hell. Ich ging zu einem Fenster. Es lag im Schatten tropischer Bäume. Wenn ich nach unten schaute, sah ich Flecke schattigen grünen Rasens. Auf der linken Seite sah ich durch das Laub hindurch die helle Ecke eines weißen Swimmingpools.

Plötzlich öffnete sich die Tür zum Badezimmer, und heraus kam Lysa Dean. Sie war nicht kleiner, als ich erwartet hatte. Ich war darauf gefaßt, einer kleineren Frau zu begegnen, als sie mir auf der Leinwand, in prallen Farben, in Nahaufnahme erschienen war, wo jedes ihrer schrägen graugrünen Augen groß wie eine VW-Limousine wirkte. Sie kam über das Bettpodest und die drei Stufen nach unten auf mich zu. Sie machte das äußerst Mögliche aus diesen drei Stufen. Sie trug flache Sandalen mit goldenen Riemen. Sie trug eine rehbraune, feingewebte Hose, die so knapp saß, wie eine Hose oder Farbe oder ein Tattoo nur sitzen kann. Sie trug eine seltsame pelzartige Bluse mit weitem Rollkragen und Dreiviertelärmeln. Es sah aus, als hätten Skeeters Quimby und Hunderte seiner Verwandten mit ihrem bleichen Bauchfell zu der Kreation beigetragen. Um ihren schlanken Hals hatte sie ein grünseidenes schmales Tuch geknotet, das genau zu dem Solitär paßte, den sie am kleinen Finger der linken Hand trug, einem Smaragd in der Größe eines Zuckerwürfels.

Sie eilte mir mit ausgestreckter Hand und mit dem Lächeln einer Frau entgegen, die ihren zurückkehrenden Liebhaber willkommen heißt. »Wie gut, daß Sie gekommen sind!« hauchte sie mit heller, atemloser, herzlicher Stimme. Als ich ihre Hand ergriff, drehte sie sich leicht zur Seite, so als wolle sie sich dem abgedunkelten hellen Tageslicht stellen. Es ist das grausamste Licht, dem eine Frau sich aussetzen kann. Ihre Hand war klein und trocken und warm, ein zutrauliches kleines Tier, intim wie ihre Stimme.

Schauspieler verfügen aufgrund ihres Berufs über ausgeprägte Tricks. Jede Menge Mimik mit Mund und Augenbrauen und dazu unterstützende Gesten.

Ich konnte mich sehr lebhaft an ein Gespräch mit einem Stuntman namens Fedder erinnern, der den Beruf wegen Arthritis hatte aufgeben müssen.

»Laß dir nicht erzählen, sie seien der Mühe nicht wert«, hatte er gesagt. »Viele sind's wirklich nicht. Man muß genau hinschauen, wenn man wissen will, was für ein Typ es ist. Die müssen alle verdammt gut aussehen und gut gebaut sein. Stell dir vor, du hast 'ne Chance bei einer, die 'ne ziemlich gute kleine Schauspielerin ist. Laß die Finger davon. Das Ding bei denen ist, die sublimieren. Das Wort hab ich mal gehört. Die legen ihr ganzes Feuer in die Arbeit, und fürs Bett bleibt nicht genug über. Jetzt stell dir vor, du bist an eine geraten, die *meint*, sie wäre 'ne gute Schauspielerin, aber in Wirklichkeit nur 'ne Schmierenkomödiantin ist. Die kannst du auch sausenlassen. Die nimmt ihre ganze miese Schauspielerei mit ins Bett und ist so damit beschäftigt, sich selbst zu beobachten, daß sie nicht bei der Sache ist. Die, auf die man warten muß und für die es sich lohnt, sich anzustrengen, das sind die, die einfach von Natur aus so gut sind, daß sie gar nicht schauspielern müssen. Die Kamera erfaßt einfach, wie gut sie sind. Mann, die sind dauernd am Rumsuchen und Ausprobieren. Der nächste ist immer der größte und beste. Die haben das, was man ein unheimlich starkes Interesse nennt.«

Ich hatte das Gefühl, diese hier würde Fedder für gut befinden. Ich hatte nicht erwartet, daß sie eine derart jugendliche Ausstrahlung besitzen würde. Soweit ich es beurteilen konnte, mußte sie ungefähr dreiunddreißig sein. Dennoch wirkte sie wie ein junges Mädchen, und das keinesfalls auf verkrampfte Art. Sie war schlank, hatte den klarsichtigen Blick enormer Vitalität, die feinporige und makellose Haut, das schwer herunterfallende glänzende Haar. Ihre Ausstrahlung, die so sorgfältig bemessen war, daß sie völlig unaffektiert wirkte, war die bewußter Unschuld. Ein spitzbübisches Funkeln ließ ein köstliches Potential an Verdorbenheit erahnen.

Aber ich hatte genügend Erfahrung mit Frauen und wußte, daß das hier nur eine Rolle war. Die verführerische Frau, die nicht im Showbusiness ist, verfügt über fünf oder sechs Gesichter, die sie aufsetzen kann. Eine wie Lysa Dean mußte Dutzende besitzen, und das jetzt war das, welches sie momentan für mich ausgesucht hatte.

Sie benutzte den Showbiztrick der engen Konversation. Normale Menschen halten mit dem Gesicht knapp einen Meter Abstand. An der Westküste beträgt die Entfernung zwanzig Zentimeter. Bei zwanzig Zentimetern spürt man die Wärme des mädchenhaften Mundes am Kinn und ist sich der entgegengereckten Brustknospe zweieinhalb Zentimeter vor der eigenen Brust bewußt.

»Alle Freunde von Walt ...«, sagte ich dämlich.

»Ich schätze diesen Mann zutiefst.« Sie wich einen viertel Schritt zurück, legte den Kopf schief und musterte mich mit einem schelmischen Lächeln. »Er hat gesagt, daß Sie groß sind, aber nicht, wie riesig Sie sind, Travis. Trav? Er hat Sie Trav genannt, glaube ich. *Meine* Freunde nennen mich Lee. Lieber Trav, er hat gesagt, Sie seien groß und rauh und mürrisch und manchmal auch gefährlich, aber er hat nichts davon erwähnt, wie schrecklich attraktiv Sie sind.«

»Ein richtiger Schatz«, sagte ich.

»Wie wunderbar von Ihnen, daß Sie mir helfen wollen.«

»Ich habe noch nicht zugesagt.«

Eine nachdenkliche Sekunde lang verharrte sie reglos, ohne ihr Lächeln einzustellen. Die überkronten Zähne glitzerten feucht. Das Grün der Iris war zur Pupille hin bernsteinfarben gesprenkelt. Die Haare der rotgoldenen Brauen lagen in subtiler Geometrie. Dunklere, phantastisch lange Wimpern. Auf der Oberlippe ein hauchzarter Flaum. Es war ein ungewöhnliches und grotesk vertrautes Gesicht mit beinahe scharfen Zügen, außerordentlich und unmißverständlich sinnlich. Mit leicht gesenktem Kopf schaute sie mich durch ihre Wimpern hindurch an. Ihr schweres rotgoldenes Haar war auf der rechten Seite ihres Gesichts leicht nach vorn gefallen. Plötzlich wußte ich, woran sie mich erinnerte. An eine Füchsin. Eine läufige rote Füchsin. Vor langer Zeit hatte ich einmal an einem Frühjahrsmorgen in den Adirondacks eine gesehen. Mit äußerst wachsamem und federndem Schritt, die Rute aufgereckt, war sie vor einem Fuchs hergelaufen und hatte sich umgeschaut, ob er ihr noch folgte, wobei ihr aus ihrem hundeartig grinsenden Maul die lange Zunge heraushing.

Abrupt drehte Lysa sich um und ging zu dem erhöhten Teil des Zimmers, wo die Sessel um den Kamin standen. »Aber Sie werden mir helfen«, sagte sie leise.

Ich folgte ihr. Sie setzte sich auf eine kleine Couch und zog die Beine an. Aus einer Schatulle auf dem Tisch nahm sie eine Zigarette. Ich gab ihr Feuer. Sie paffte Rauch aus den feingeschnittenen ovalen Nüstern der ein wenig spitzen Nase. Als ich in einem Sessel halb gegenüber der Couch Platz nahm, lächelte sie zu mir herüber. »Sie sind erfrischend, Travis McGee.«

»Wie denn das, Lee?«

Sie zuckte die Achseln und lachte selbstironisch. »Sie sagen nicht das, was ich sonst immer zu hören bekomme. In dem Film waren Sie einfach toll. In dem war ich hingerissen von Ihnen. Ich schaue mir alle Ihre Filme an. In Wirklichkeit sehen Sie noch viel besser aus als auf der Leinwand. Sie wissen schon, was ich meine.«

»Das kommt schon noch alles, wenn ich Sie um das Autogramm bitte.«

»Wissen Sie, Sie sind schlechter Laune, stimmt's? Oder Sie wollen sich auf keinen Fall von einem Hollywoodstar beeindrucken lassen. Oder ist es Ihnen wirklich scheißegal? Das bringt mich ein bißchen durcheinander, mein Lieber.«

»Ihre Miss Holtzer hat mich genauso durcheinandergebracht.«

»Dana ist ein Juwel. Wenn sie sich über jemanden eine Meinung gebildet hat, zeigt sie es auch.«

Ich zuckte die Achseln. »In dem Film waren Sie einfach toll. In dem war ich hingerissen von Ihnen. Aus der Nähe sehen Sie ganz in Ordnung aus.«

Wieder verharrte sie reglos. Es war ein komisches Gefühl, ihr so nahe zu sein. Ich wurde mir der Millionen Männer in aller Welt bewußt, die schon ihr Bild angestarrt hatten, sie begehrt, sich nach ihr verzehrt, sie im Geist ausgezogen und diese seidenweichen schmalen Lenden geschändet hatten. Ich fragte mich, wie viele heimliche, einsame Orgasmen mit ihr als Phantasievorlage schon produziert worden waren. Die unermeßliche Bandbreite und Intensität all dieses ungeheuren und anonymen Verlangens verlieh ihr eine seltsame körperliche Präsenz. Gewiß, sie war jahrelang ausgehungert, gehätschelt, gedehnt, massiert, enthaart, eingeölt, parfümiert und abgerichtet worden, bis zum äußersten Gipfel körperlicher Schönheit. Ohne ein Ego aus Chromstahl und einen eisernen Willen hätte sie das nie so lange durchgestanden. Aber man nahm ihr auch ab, daß sie, als Sex-Symbol, auch beim Sex in äußerste, ansonsten unbekannte Regionen vorstieß – unvorstellbare Ekstasen, größere Leidenschaften, tiefere Spasmen, süßere Qualen auslösen konnte, von denen sterbliche Frauen kaum etwas erahnten. Und das war natürlich der Unsinn, vor dem ein Mann sich hüten muß. Ihr körperliches Selbstvertrauen, das an Arroganz grenzte, verführte den Arglosen dazu, den Schwachsinn für bare Münze zu nehmen.

»Entschuldigen Sie mich bitte«, sagte sie höflich und eilte durch den Raum zur Garderobe. In mädchenhaft anmutiger Eile, ewige achtzehn. Sie kam mit einem großen braunen Umschlag zurück, den sie neben dem Zigarettenkästchen auf den Tisch legte.

»Die große braune Truhe da ist eine Bar. Wenn Sie sich etwas mixen möchten, ich würde einen Schluck Sherry nehmen. Nur ein halbes Glas, bitte.«

Sie hob die Stimme, als ich zur Bar ging. »Es fällt mir so schwer, ich weiß gar nicht, wo ich anfangen soll, Trav. Und Sie machen es mir auch nicht gerade leichter.«

»Sagen Sie mir einfach, was das Problem ist. Walt haben Sie es doch auch erzählt, oder?«

»Nur zum Teil. Aber ich nehme an, Sie wollen ... alles wissen.«

»Wenn ich Ihnen helfen soll.«

Ich brachte die Drinks. »Berühmtheit!« sagte sie. »Wenn all diejenigen, die gerne ein Star wären, nur wüßten, was das bedeutet. Ständig sind sie hinter einem her. Denken sich widerliches Zeug aus, damit sie an einen herankommen und eine Freifahrt kriegen. Man kann sich nicht einen einzigen unbedachten Schritt erlauben.«

Das war die neue Pose. Sie nippte an ihrem Glas. Ich setzte mich. Die leidende Berühmtheit. Öffentliche Verantwortung.

Sie schenkte mir ein trauriges Lächeln. »Es ist die Sache nicht wert, wissen Sie. Aber erst wenn man so weit gekommen ist wie ich, erkennt man, daß es die Sache nicht wert ist. Und dann ist es zu spät. Man kommt nicht mehr raus. Hinter der Garbo sind sie immer noch her. Wie lange hat sie keinen Film mehr gedreht? Tausend Jahre, mindestens. Ach, natürlich gibt es auch ein paar befriedigende Aspekte. Aber die Dinge, die mir wirklich am Herzen liegen ... Zufriedenheit, Freundschaften, Seelenruhe, Familie ... nichts davon hat das andere überlebt. Es bedeutet schreckliche Einsamkeit, Trav. Als ob man mutterseelenallein auf der Spitze eines Berges steht.«

»Sie werden dafür bezahlt.«

»Und zwar sehr gut, gewiß. Ich werde gut beraten. Ich habe eine ganze Menge Geld. Natürlich ist es an vielen Stellen investiert, aber wenn ich alles auflöse, ist es eine ziemlich große Summe. Deshalb wollte ich mich ja zuerst ... freikaufen.«

»Erpressung?«

Sie setzte ihr Glas ab und stand abrupt auf. Nervös lief sie im Zimmer herum. »Können Sie verstehen, wie wertvoll ... wie *lebenswichtig* es für mich ist, ein wenig Zeit zu haben, in der ich ich selbst sein kann? Wie jetzt mit Ihnen hier. Wir können uns unterhalten wie zwei normale Menschen. Ich brauche Ihnen nichts vorzuspielen. Manchmal muß ich vergessen, daß ich Lysa Dean bin. Dann will ich einfach nur Lee Schontz aus Dayton, Ohio, die Tochter des Feuerwehrmanns, sein. Madison Street sechzehn zehn.« Sie wirbelte herum und stoppte so knapp vor meinem Knie, daß ich die Wärme ihrer Beine spürte. »Sie können dieses grundlegende menschliche Bedürfnis nachvollziehen, nicht wahr?«

»Sie können nicht unaufhörlich dem Bild gerecht werden, das sich das Publikum von Ihnen macht.«

»Genau. *Danke* für Ihr Verständnis.«

Das war eine andere Rolle. Wahrscheinlich handelte es sich

um einen Monolog aus einem alten Film, bearbeitet für die aktuelle Situation.

»Und wenn ich tatsächlich ... vergesse, dann bin ich am allerverletzlichsten.«

»Klar.«

»Ich wünsche mir *so*, daß Sie wenigstens versuchen, mich zu verstehen. Ich bin im Grunde nicht sehr kompliziert, Trav. Ich bin wie alle anderen. Manchmal bin ich verzweifelt und selbstzerstörerisch. Manchmal mache ich dumme Sachen. Manchmal schert es mich einen Dreck, was aus mir wird.«

»Klar.«

Sie streckte die Hand aus, fuhr mir mit den Fingerspitzen über die Wange und wirbelte zurück und setzte sich wieder auf die Couch. »Ich weiß, daß Sie nicht prüde sind. Das spüre ich. Das hier ist ein Gespräch wie mit meinem Arzt oder Anwalt. Aber es ist mir so schrecklich peinlich.«

»Was ist passiert?«

Sie seufzte und zog ein reumütiges Gesicht. »Ein Mann ist passiert. Was sonst? Ein sehr aufregender Bursche. Aufregend für mich jedenfalls. Es ist letztes Jahr passiert, im Juli, vor über achtzehn Monaten. Wir hatten gerade *Jack and the Game* zu Ende gedreht. Ich war buchstäblich ausgelaugt, aber ich fuhr mit Carl weg. Carl Abelle. Er besaß eine Skischule. Wir waren nie wirklich alleine. Er fand einen Ort für uns. Ein absolut traumhaftes kleines Haus. Kennen Sie Kalifornien? Es liegt direkt unterhalb von Big Sur und krallt sich gerade nur mit den Fingerspitzen am Fels fest. Es gehört Freunden von ihm namens Chipman. Sie waren in der Schweiz. Wir beide waren ganz allein ...«

Ihre Stimme driftete ins Unbestimmte.

»Ja?«

»Trav, ich unterliege die meiste Zeit der grausamsten Disziplin. Ich arbeite sehr hart.«

»Das heißt, wenn Sie sich mal fallenlassen, dann richtig.«

»Tiefer als die meisten, nehme ich an. Ein klein wenig Zeit, wo man nicht auf jedes Gramm und jeden Kubikzentimeter, auf jede Pore und jede Kalorie und jede Schramme achten muß ... verdammt noch mal, wo man zur Abwechslung mal eine Frau sein kann. Eier braten, die Haare nicht machen, mir einen reinziehen, einen kippen. Ich bin von Natur aus eine sehr leidenschaftliche Frau. Aber ich habe immer alles unter Kontrolle. Bis auf Zeiten wie diese vor eineinhalb Jahren. Mit Carl. Das gönne ich mir dann. Einfach mit einer bestimmten Art von Mann verschwinden. Alles, was sich da angestaut hat ...«

»Vögelchen und Bienchen. Ich hatte nicht angenommen, daß Sie in Ihrer Freizeit ins Kloster gehen, Miss Dean. Ich verstehe nicht, worauf Sie hinauswollen.«

»Ich will Ihnen nur erklären, wie alles kam. Es war so ein abgeschiedener Ort. Carl fuhr immer los und besorgte Essen und Alkohol. In die Felsen waren Stufen gehauen, die nach unten zu einem kleinen Strand führten, ganz weit unten, so daß man ihn bei Flut nicht benutzen konnte. Am Ufer gab es eine Terrasse, etwa sieben Quadratmeter. Sie war ein bißchen vorgebaut, so daß man auch die Morgensonne mitbekam. Mit einer flachen, breiten Mauer darum. Und einem großen Stapel wasserdichter Matratzen zum Sonnen und Kissen in allen Farben. Wir hatten es so eingerichtet, daß wir drei Wochen lang für uns hatten. Vielleicht war das zu lange. Wahrscheinlich. Wir paßten wunderbar zueinander, in rein körperlicher Hinsicht. Das wußten wir natürlich schon, bevor wir losfuhren. Außer auf der Skipiste oder im Bett ist Carl nicht besonders anregend. Eine Woche lang war es sehr intensiv. Tag und Nacht völlig durcheinander. Essen, wenn man hungrig ist, schlafen, wenn man müde ist. Als der Reiz weg war, fingen wir beide an, mehr zu trinken. Und wir verbrachten immer mehr Zeit auf der Terrasse in der Sonne. Mir war klar, daß ich zu braun wurde, aber ich war zu faul und entspannt und machte mir keine Gedanken darüber. Ich trank eine Menge Wodka. Die heiße Sonne und der Wodka hielten mich in einem permanenten Dämmerzustand. Wir schliefen miteinander in der Sonne, ganz bedächtig und verschwitzt und, ich weiß nicht, irgendwie unbeteiligt. Als ich noch ganz jung war, hatte ich eine Eileiterschwangerschaft, an der ich fast gestorben wäre, und brauchte mir deshalb um nichts Sorgen zu machen. Wir fühlten uns einfach so *weit weg von allem*. Man sieht weit draußen ein Boot oder ganz weit entfernt ein Flugzeug oder hört manchmal einen Laster auf dem Highway. Das Telefon war abgeschaltet. Ich hatte ein kleines Radio dabei. Sie müssen verstehen, daß nichts von Bedeutung erschien, absolut nichts. Verstehen Sie das, Trav?«

»Aus eigener Erfahrung.«

»Egal, es muß gegen Ende der zweiten Woche gewesen sein. Wir brauchten Sachen, und Carl fuhr zum Einkaufen. Irgendwann am frühen Nachmittag ist er los. Und er blieb so lange weg, daß ich richtig böse auf ihn wurde. Ich hatte mir etliche Wodkas genehmigt und war ziemlich angetrunken und durcheinander, als er zurückkam. Er bog mit zwei Autos im Schlepptau in die Einfahrt ein, und die ganze betrunkene Meute kam ins Haus marschiert und grölte irgend so ein blödes deutsches Skifahrerlied. Fünf Kerle und drei Mädchen. Eines der Mädchen kannte er aus Sun Valley. Er war ihnen in der Stadt in die Arme gelaufen, hatte etwas mit ihnen getrunken und war auf die Idee gekommen, wir sollten eine Hausparty machen. Die kippten fast aus den Latschen, als sie sahen, wer seine Freundin war. Sie hatten tonnenweise Essen und Alkohol und Zigaretten aus der Stadt mitgebracht. Ich war sauer auf ihn, aber da sie mich nun einmal erkannt hatten und der Schaden, wenn überhaupt, schon angerichtet war, dachte ich, was soll's. Ich schätze, Carl langweilte mich inzwischen, und ich vergaß jede Vorsicht. Sie waren locker drauf, alle miteinander. Die Mädels waren nett. Die Jungs waren reizend. Ich glaube, es läßt sich nicht gut vermeiden, Ihnen alles zu erzählen. Alles in allem war es ein ziemlich chaotischer Abend, und spätnachmittags am nächsten Tag war die letzte Aufrechte, ein Mädchen namens Whippy, so beschwipst, daß sie sich von Sonny aus dem Badeanzug schälen und zum Ringelpiez mit Anfassen auf die Terrasse locken ließ. Für alle war das Ganze nur ein verrückter Spaß, und niemand machte sich irgendwelche Gedanken. Man hat alles wie durch einen wirren Dämmernebel gesehen und gemacht, und in meiner Erinnerung geht alles drunter und drüber. Es war das erste und das letzte Mal, daß ich in so eine Situation gerutscht bin. An der Riviera ist das ganz üblich. Die geben sich da Signale mit Autoscheinwerfern und Hupen, um Mitspieler zu kriegen und so. Es hat mir nichts ausgemacht. In gewisser Weise war es sogar sehr aufregend. Aber es war einfach zu gefährlich für jemanden in meiner Lage. Und ich hatte nicht *gewollt*, daß das geschieht. Carl hatte sie mit ins Haus gebracht, und von da an ging es einfach weiter und dauerte, ach, vier Tage, glaube ich. Als ich nach Brentwood zurückkam, brauchte ich *Wochen*, bis ich wieder in Form war. Alles kam mir vor wie ein Traum. Dann erhielt ich eines Tages gegen Ende August mit der Post einen großen Umschlag. Er enthielt zwölf Fotos. Hochglanz, acht mal zehn. Es macht einen großen Unterschied, ob man sich an etwas erinnert oder ob man es sieht ... so sieht. Sich selbst sieht ... mein Gott! Mir kam das Mittagessen hoch.«

»Die Fotos kamen mit der Post?«

»Ja. Zu mir nach Hause. Keine Ahnung, wieso Dana sie nicht zuerst in die Hände bekam. Es lag eine Nachricht dabei. Ich habe sie aufbewahrt. Ich habe sie in meinen Wandsafe gelegt. Das ist sie.«

Sie nahm sie aus dem Umschlag und reichte sie mir. Sie war mit Karbonband auf einer elektrischen Schreibmaschine geschrieben, mit mehreren übertippten Buchstaben.

»Haben Sie den Umschlag aufgehoben?«

»Nein, den nicht. Er war an der Hauptpost in Los Angeles aufgegeben worden. Er hatte keine besonderen Merkmale oder so. Es stand nicht einmal Persönlich darauf. Die Adresse war in der gleichen Schrift getippt wie die Nachricht. Kein Absender. Nur zu. Lesen Sie.«

Die Nachricht hatte folgenden Text: Lysa, Liebes: Sie haben einen Sinn fürs Praktische. Sie wissen, wie es im Filmgeschäft zugeht. Ihnen bleibt also keine Wahl. Ich besitze zehn vollständige Sätze der beigefügten Fotos und habe schon eine gute Idee, wie ich sie unter die Leute bringe. Ich rate zu dieser Investition. Ratenzahlung, Entchen. Jeweils Zehntausend in gebrauchten Hundertern. In weißem Papier verpackt. Fest zubinden. Jeden Sonntagabend, beginnend am Sonntag in einer Woche, unternehmen Sie oder Ihre dunkelhaarige Sekretärin eine Fahrt. Genau um Mitternacht fahren Sie am Narana Kai Drive-In in Topanga Beach vor. Sie bestellen irgend etwas und gehen dann alleine mit dem gut sichtbaren Paket zum Gästepavillon. Dann weiter bis ans andere Ende des Gebäudes bis zu den öffentlichen Telefonzellen. Ein Telefon wird klingeln. Zählen Sie die Klingelzeichen genau. Warten Sie ab, bis es noch einmal genauso oft klingelt. Steigen Sie wieder in Ihr Auto und verlassen Sie das Drive-In exakt um zwölf Uhr dreißig. Prägen Sie sich den genauen Kilometerstand auf Ihrem Tachometer ein. Wenn er zum Beispiel auf acht und sechs Zehntel steht und das Telefon siebenmal geklingelt hat, seien Sie bei fünf und sechs Zehntel (einfache Addition, Liebes) bereit. Sie fahren in westlicher Richtung auf der 101. Halten Sie sich auf der rechten Spur, das rechte Fenster offen und das Paket in Ihrer kleinen rechten Hand. Achten Sie auf ein Licht von vorn rechts. Gehen Sie auf fünfunddreißig Meilen herunter, und fahren Sie so weit rechts, wie Sie können. Wenn Sie ein kleines grünes Licht zweimal aufblinken sehen, werfen Sie das Paket sofort auf die Böschung. Wenn es zweimal rot blinkt, nehmen Sie das Geld wieder mit nach Hause und kommen am folgenden Sonntag. Jedesmal erhalten Sie dann das Negativ von einer Aufnahme sowie alle Abzüge von dem Negativ. Sie werden mit der Post kommen. Wenn alles gutgeht und Sie auf keine oberschlauen dummen Gedanken kommen, sollten wir die ganze Angelegenheit in zwölf Wochen abgeschlossen haben.

»Verdammt kompliziert«, sagte sie.

»Genaugenommen ziemlich schlau. Zwei Leute könnten das fast ohne Risiko durchziehen. Einer am Drive-In und am Pavillon, der Sie oder Miss Holtzer überprüft und dann, nachdem Sie das Klingeln gehört haben, seinen Kumpel anruft, damit der sich an der angegebenen Stelle postiert. Er kann sich vergewissern, daß in Ihrem Wagen niemand versteckt ist. Er folgt Ihnen vom Parkplatz und fährt Ihnen hinterher, bis alles sicher aussieht. Dann überholt er Sie und gibt seinem Kumpel ein Zeichen, daß der die grünen Signale gibt. Gar nicht übel. Sehr schwierig, ihnen eine Falle zu stellen. Was ging schief?«

»Gar nichts. Wenigstens damals nicht. In einer Nacht hat

es rot geblinkt. Ich weiß nicht, wieso. Es dauerte dreizehn Wochen. Ich bekam das Zeug mit der Post. Die übelsten kamen als letzte. Dana machte die Übergaben. Sie hat vermutlich bessere Nerven als ich.«

Hochrot sprang sie auf. »Seien Sie nicht so begriffsstutzig, McGee. In *Winds of Chance* wurden fast sieben Millionen gesteckt. Risikokapital. Der Kerl, der diese Anweisung geschrieben hat, kennt das Geschäft. Er wußte, daß ich springen mußte. Es ist nicht mehr wie in den alten Zeiten, wo man auf den Schutz des Studios bauen konnte. Jeder Film ist ein eigenes, separates Unternehmen. Es gibt heutzutage nur etwa zehn Männer, die die wirklich großen Pakete schnüren können. Wenn jeder von denen einen Satz dieser Abzüge in die Hand bekäme, wieso sollten sie dann noch ein Risiko mit mir eingehen? Diese Bilder sind pures Gift. Was sind hundertzwanzigtausend, verglichen mit meinen Aussichten? Ich habe ein paar Aktien abgestoßen, die nicht so gut standen, und meine Steuerersparnisse dazugelegt und gezahlt. Erzählen Sie mir nicht, was ich hätte tun sollen!«

Es war eine gute Vorstellung, die mir Bewunderung abnötigte. »Wie soll ich Ihnen helfen, wenn Sie mir ständig etwas vormachen?«

»Was, *zum Teufel*, meinen Sie damit?« schrie sie mich an.

»Alles, woran die Filmindustrie interessiert ist, ist das Geld, das eingespielt wird. Ihr Name auf einem Filmplakat spielt viel Geld ein. Genau wie bei Liz, Frankie, der Schwedin, Mitchum, Ava. Die waren auch nicht immer brave kleine Mauerblümchen. So etwas bricht einem nicht mehr den Hals, meine Liebe. Es gibt in unserer Kultur keine übermächtige öffentliche Einheitszensur mehr, die Sie von der Leinwand jagen könnte. Wenn Sie ein bißchen aus der Rolle fallen, lassen die PR-Leute Sie eine Stiftung für ein Hundeasyl gründen, und ganz Amerika liebt Sie wieder. Hören Sie auf, mir etwas vorzuspielen.«

Die vorgetäuschte Empörung wurde im Nu abgeschaltet. Sie setzte sich wieder und musterte mich trotzig. »Schlauberger«, sagte sie.

»Also, was hat Sie bewogen zu zahlen?«

»Ein paar Kleinigkeiten. Vor einiger Zeit habe ich mich ein bißchen zu sehr aufgespielt. Meinetwegen hat sich der Dreh verzögert, und dadurch wurde das Budget gesprengt. Ein paar Leute haben sich überlegt, ob sie noch mit mir arbeiten wollten. Aber dann habe ich es eingesehen und mich abgeregt. Ich bin nicht blöd, und die Zeichen waren deutlich. Wie bei Monroe und Brando, Sie wissen schon. Aber sie sind immer noch reserviert. Außerdem hatte es von Zeit zu Zeit ein paar kleinere Sachen gegeben. Nichts so Schlimmes wie die Bilder, aber ... in der Richtung. Es schien mir einfach nicht der rechte Zeitpunkt, sie noch mehr zu verunsichern.«

»Und?«

»Mann, Sie wollen wirklich alles wissen, was?«

»Ich habe die Erfahrung gemacht, daß das hilft.«

»Ich habe einen sehr lieben Freund. Er ist sehr fromm und sehr konservativ, und ihm gehören ein paar unverschämt große Flecken von Kalifornien und Hawaii. Wenn er es schafft, daß der Vatikan das richtige Papier unterschreibt und er loskommt, muß ich mir mein Leben lang von keinem mehr irgendwelchen Mist bieten lassen. Und ein Satz dieser Fotos wäre an einen Mann gegangen, der sich verpflichtet gefühlt hätte, sie meinem Freund zu zeigen. Und alles wäre zum Teufel gewesen.«

»Da liegt also die wirkliche Gefahr.«

Sie fuhr sich mit der Zunge über die Lippen. »Bei Gütergemeinschaft die Hälfte von ungefähr achtzig Millionen, Süßer. Ich bin sein lieber, treuer kleiner Schatz. Das machte die ganze Sache zu einem sehr viel größeren ... Wagnis. Ansonsten hätte ich mir von einem alten Kumpel in Vegas ein paar Gorillas ausgeliehen und sie auf diesen Fotoclown gehetzt. Um mit dem Typen fertig zu werden, sind die schlau genug, aber nicht, um mit dem fertig zu werden, was ich jetzt brauche. Ehrlich gesagt, wenn Mr. X nichts von meinem Freund gewußt hätte und wie lange es dauert, eine Sache bei der Vatikanclique durchzuboxen, hätte er sich ziemlich in die Nesseln gesetzt. Aber mit meinem Freund im Hintergrund war das Risiko einfach zu groß, daß es nach hinten losgeht. Bevor man setzt, zählt man, was im Pott ist. Meine Zukunft beim

Film plus die fette Brieftasche meines Freundes. Da habe ich lieber gezahlt.«

»Und gehofft, daß es damit ausgestanden ist. War es aber nicht. Ganz nebenbei, kriegt er Sie eigentlich bei seiner Kirche durch?«

»Ich war nie nach seinem Glauben verheiratet, deshalb zählt alles nicht. Ich kriege einen Persilschein. Übrigens, McGee, Dana weiß nichts von meinen Plänen bezüglich meines Freundes.«

Ich fragte sie, wie ihrer Meinung nach die Fotos aufgenommen worden seien. »Es muß ein Teleobjektiv gewesen sein«, sagte sie. »Man kann sehen, wie sich die Tiefenschärfe verliert und alles verkürzt wirkt. Ich erinnere mich an einen kleinen Felsgrat links auf der Südseite des Hauses. Er lag ein bißchen höher als das Haus und war mit ein paar knorrigen Bäumchen bewachsen. Von da aus müssen sie gemacht worden sein. Der Winkel paßt. Aber dazu muß der Kerl fast eine Bergziege gewesen sein und ein riesiges Objektiv gehabt haben.«

»Gibt es irgendeinen Anhaltspunkt in der Anweisung selbst, irgendeinen Hinweis, bei dem Ihnen eine bestimmte Person einfällt?«

»Nein. Ich habe ihn immer wieder durchgelesen. Er hat irgendwie mit der Filmindustrie zu tun, und ich glaube, er wollte den Eindruck erwecken, als kenne er mich. Aber er nennt mich Lysa anstatt Lee. Das könnte natürlich auch Tarnung sein. Und es hat irgendwie etwas Schmieriges, wenn er mich Entchen nennt.«

»Wie groß waren die Negative?«

»Klein. Etwa so.« Sie deutete eine Rahmengröße von 35 mm an.

»Sie haben sie jedesmal mit den Abzügen verglichen?«

»Klar. Aber oft waren die Abzüge nur Vergrößerungen eines Teils des Negativs, manchmal sogar weniger als der Hälfte.«

»Sie haben also bis vor einem Jahr brav gezahlt. Und dachten, damit wäre es erledigt. Wann war der nächste Kontakt?«

»Vor zwei Monaten. Noch weniger. Anfang Januar. Ein alter Freund, der ein Comeback versuchte, hatte seine Premiere im The Sands in Las Vegas. Ein paar von uns machten für ihn Werbung, um ihm einen guten Start zu verschaffen. Es stand in der Zeitung, daß wir alle dasein würden. Dana hat mich begleitet. Wir hatten eine Suite im Desert Inn. Jemand hat den Umschlag für mich am Empfang des The Sands hinterlegt. Vermutlich dachten sie, ich würde dort wohnen. Er wurde herübergeschickt. Dana hat ihn angenommen. Ich war gerade von einem Nickerchen aufgewacht. Sie kam herein und sah ganz komisch aus. Dann reichte sie mir den Umschlag. Sie hatte ihn geöffnet. Es war ein weiterer Satz der Fotos. Ohne Absender. Am Empfang hatten sie keine Ahnung, wer ihn abgegeben hatte. Dana wollte auf der Stelle kündigen. Sie ist schon eine seltsame Frau. Ich mußte ihr die ganze Geschichte erklären, so wie ich sie Ihnen erklärt habe, Trav. Ihr war sofort klar, daß das die Sache war, die mich das ganze Geld gekostet hatte. Sie wollte immer noch gehen. Ich mußte sie anflehen zu bleiben. Unsere Beziehung ist nicht mehr dieselbe, seit sie die Bilder gesehen hat. Ich mache ihr keinen Vorwurf. Aber ich will sie trotzdem nicht verlieren. Das ist der Umschlag. Sie können sehen, wie er adressiert wurde. Jemand hat meinen Namen von der Titelseite einer Fanzeitschrift oder etwas Ähnlichem ausgeschnitten. Hier ist die Nachricht, die dabeilag.«

Das Schreiben sah völlig anders aus. Einzelne Worte und Buchstaben waren aus Illustrierten und Zeitungen ausgeschnitten und auf billiges, gelbes Durchschlagpapier geklebt worden. Der Text lautete: Schamlose Hure von Babilon das Schwert der Achtbarkeit wird dich zerfleischen und diesmal wird kein Geld dein drekiges Leben retten aber du hälst besser Geld bereit du Hure des Bösen ich werde über dich kommen und du wirst die Wahrheit erkennen und ich werde dich erlösen.

Sie schlang die Arme um sich. »Das da jagt mir eine Heidenangst ein, Trav. Irgendwie ist es krankhaft und verrückt und grauenvoll. Das ist einfach nicht die gleiche Person. Unmöglich.«

»Und da haben Sie sich an Walter gewandt.«
»Nein. Ich wurde nur immer nervöser, je mehr ich darüber nachdachte. Ich bin immer noch wie im Schock. Im Springs war eine Riesenparty, und ich hatte ein bißchen gekifft und habe eine Szene gemacht, und der gute Walt war da und hat mich auf einen Spaziergang mitgenommen. Ich hing an ihm und habe geflennt wie ein Baby und ihm meine Sorgen erzählt. Er meinte, Sie könnten vielleicht helfen. Man könnte vermutlich sagen, daß mir etwas gestohlen wurde. Meine Privatsphäre oder so etwas. Und jemand will mir meine Karriere oder vielleicht sogar mein Leben stehlen. Ich weiß nicht. Ich trage immer Bargeld mit mir herum. In Tausend-Dollar-Scheinen. Fünfzig Stück. Ich erwarte nicht, daß Sie zurückbekommen, was ich gezahlt habe. Aber wenn, dann dürfen Sie die Hälfte behalten. Und wenn es Ihnen gelingt, mir diesen Irren vom Hals zu schaffen, können Sie das Geld haben, das ich mit mir herumtrage.«
»Sind die Fotos in dem Umschlag?«
»Ja. Aber müssen Sie sie wirklich sehen?«
»Ja.«
»Das habe ich befürchtet. Ich zeige sie Ihnen erst, wenn Sie mir versprechen, mir zu helfen. Jedesmal wenn ich an diese Nachricht denke, fühle ich mich wie ein kleines, verängstigtes Kind.«
»Es ist eine sehr kalte Spur, Lee.«
»Walter sagte, Sie seien klug und tough und hätten Glück. Und er sagte, Glück sei dabei das wichtigste.« Sie warf mir einen seltsamen Blick zu. »Ich habe das Gefühl, mit meinem Glück geht es zu Ende, Süßer.«
»Wie viele Personen wissen von der Sache?«
»Nur wir vier, Darling. Sie und Dana und ich und Walter. Aber Sie wissen mehr als die beiden anderen. Sonst niemand. Ich schwöre es.«
»Wäre es nicht logisch, wenn Sie es Carl Abelle erzählen würden?«
»Süßer, wenn so etwas vorbei ist, dann ist es endgültig vorbei. Genug ist genug, ein für allemal.«
»Könnte er dahinterstecken?«

»Carl? Auf keinen Fall. Er hat ein sehr sonniges Gemüt. Sehr einfache Bedürfnisse und sehr einfache Gewohnheiten. Vollkommen durchschaubar, wirklich.«

»Normalerweise berechne ich Spesen, die ich dann von der Gesamtsumme abziehe, bevor sie fifty-fifty geteilt wird. Aber dafür ist das hier ein bißchen zu riskant.«

»Spesen sind garantiert bis fünftausend«, sagte sie ohne Zögern, »und wenn die verbraucht sind, reden wir weiter.«

»Walt muß Ihnen gesagt haben, ich sei vertrauenswürdig.«

»Habe ich eine andere Wahl? Das ist so ein Ding bei der Geschichte. Es gab nie irgendwelche Zweifel, wie ich mich entscheiden sollte. Es gab immer nur eine Möglichkeit. Werden Sie es versuchen? Bitte? Bitte, bitte?«

»So lange, bis es hoffnungslos aussieht.«

Sie warf mir den Umschlag in den Schoß. »Ich bin weiß Gott nicht schüchtern, Süßer, aber ich glaube nicht, daß ich jemandem dabei zusehen könnte, wenn er die betrachtet. Ich mache einen Spaziergang. Lassen Sie sich Zeit.«

Sie ging zu der schweren Eingangstür und verließ leise das Zimmer.

Drei

Kurz darauf steckte ich die zwölf Fotos wieder in den Umschlag zurück. Langsam drehte ich eine Runde durch das Zimmer. Ich bin ein großer Junge, und die nackten Tatsachen von Vorlieben anderer Leute können mich nicht besonders aus der Ruhe bringen.

Ich verspürte auch nicht den Drang, moralische Urteile zu fällen. Es handelte sich um moderne Tiere, die in Schwarzweiß bei ihren dummen Spielen eingefangen worden waren. Das war kein Sport für mich, und wahrscheinlich auch für niemanden, auf dessen Freundschaft ich Wert legte. Anscheinend lag hier so etwas wie eine harte Selektion vor. So etwas mitzumachen, setzte eine Unfähigkeit voraus, an eine Menge andere Dinge zu glauben. An menschliche Würde, zum Beispiel.

Aber etwas beunruhigte mich trotzdem, etwas, das ich nicht

genau zu benennen wußte. Daher holte ich sie wieder heraus und ging sie noch einmal durch. Da war es. Die schreckliche Einsamkeit in ihren Gesichtern. Jeder einzelne von ihnen, bei all diesem lethargischen Durcheinander von Intimitäten, diesem Lexikon klinischer Fallbeschreibungen, wirkte unsagbar und verzweifelt einsam.

Und dabei waren es schöne Menschen. Lysa Dean spielte auf jeder Aufnahme die Hauptrolle, und ihr Körper war so makellos, wie er es versprach.

Mir war, als hätte ich an ein großes Paradox gerührt. Der groteske Höhepunkt an Gemeinschaft ist zugleich die äußerste Einsamkeit des menschlichen Geistes. Und wenn man sich erst einmal so weit auf diesen dürren Ast hinausgewagt hatte, gab es keine Möglichkeit mehr, wieder heil zurückzukommen.

Mit einem Achselzucken schaute ich mir die Fotos noch einmal danach an, ob sie mir etwas über den Zeitpunkt der Aufnahmen verrieten. Dann steckte ich sie wieder weg.

An der unterschiedlichen Länge der Schatten auf den Bildern, an den veränderten Positionen auf der sonnigen Terrasse konnte ich erkennen, daß sie über Stunden, möglicherweise Tage hinweg aufgenommen worden waren.

Bald kehrte Lysa mit einem halb herausfordernden, halb kalkuliert ernsten Blick zurück. »Nun?« sagte sie.

»Es sieht nicht aus, als sei es ein Heidenspaß gewesen.«

Die Antwort erschreckte sie. Sie starrte mich an. »Ach, Sie haben ja so *recht*! Wissen Sie, es kommt mir vor, als läge das ganze tausend Jahre zurück. Ich nehme an, ich wollte es ganz aus meinem Gedächtnis verdrängen. Herrje, irgend etwas daran ist auf eine krankhafte Art erregend. Aber das einzige, woran ich mich heute erinnere, ist, daß ich die ganze Zeit über gereizt und verärgert und ungeduldig war. Und müde. Einfach nur schrecklich müde, ohne je die Möglichkeit zu bekommen, lange genug auszuschlafen. Und daß ich das Gefühl hatte, alle anderen seien irgendwie nur eine ... eine einzige *Masse*. Nicht wie auf den Bildern.«

»Sind die hier genau wie die anderen Fotos, die Sie bekommen haben?«

»Es sind exakt die gleichen Aufnahmen, aber sie sind nicht genau wie die anderen. Diese hier sind irgendwie verschwommener und grauer. Nicht so scharf. Aber natürlich habe ich die anderen nicht zum Vergleich aufbewahrt.«

»Wir müssen sie zusammen durchsehen, damit Sie mir die Namen zu den Gesichtern nennen können, Lee. Und mir sagen, was Sie über jeden wissen.«

»Das läßt sich wohl nicht vermeiden.«

»Wie ein Gang zum Zahnarzt. Ich denke, es gibt von jeder Person in der Gruppe wenigstens ein ordentliches Bild.«

Sie zog ein Gesicht. »Diese Bilder sind nicht gerade gut für mein Selbstbewußtsein, Travis. Es ist etwas ganz Besonderes für ein Mädchen, wenn es wie ein Fünfzig-Peso-Flittchen in irgendeinem Hinterhofzirkus in Juarez aussieht.«

Ich schaltete eine Lampe ein, und wir setzten uns an den Tisch im tiefer gelegenen Teil des Zimmers. Ich fand einen Stift und Papier. Ich deutete auf die Bilder und stellte dazu Fragen. Sie antwortete mit leiser, brüchiger Stimme, das Gesicht halb abgewandt. Ich machte mir folgende Notizen.

1. Carl Abelle – etwa 27 – eins achtzig – stämmig – blond – hat Sun Valley verlassen – in der Mohawk Lodge bei Speculator, New York, versuchen.

2. Nancy Abbott – etwa 22 – groß, schlank, starke Trinkerin, gute Singstimme, vermutlich geschieden, möglicherweise Tochter eines Architekten. Nahm Skiunterricht bei Carl Abelle in Sun Valley. Vermutlich Hausgast bei ...

3. Vance und Patty M'Gruder, wahrscheinlich aus Carmel, Ehepaar, Mitte Zwanzig, offensichtlich wohlhabend, Vance ein Segelfan, Ozeanregatten usw., besitzen Haus auf Hawaii (?), Mann sehr braungebrannt, untersetzt, breitschultrig, muskulös, wird vorzeitig kahl, Frau üppig und hübsch, sehr lange blonde Haare, streitsüchtig, starker britischer Akzent.

4. Cass, könnte Vor-, Nach- oder Spitzname sein. Schien die M'Gruders schon von früher zu kennen. Etwa dreißig. Dunkel, behaart, gutaussehend, sehr kräftig. Lustig (?). Vielleicht Maler. Freund von ...

5. Sonny, etwas jünger als Cass, schlank, kalter Blick,

Neigung zu Gewalttätigkeit, einsilbig, Beruf unbekannt, gekommen mit ...

6. Whippy. Etwa neunzehn damals. Kupferrote Locken, Sommersprossen, möglicherweise Kellnerin oder Verkäuferin, fürchtet sich vor Sonny.

7. Zwei Collegejungs aus dem Osten auf Sommerferien, stießen anscheinend in der Bar zu der Gruppe, wo Abelle Nancy Abbott traf. Etwa 20 oder 21, Harvey groß, blond, fröhlich, und Ritchie, kleiner, dunkelhaarig, verrückt. Cornell.

Auf den deutlichsten Aufnahmen von jedem hatte ich die entsprechende Nummer aus meinen Notizen vermerkt. Ich konnte spüren, wie erleichtert Lee war, als ich die Fotos wieder in den Umschlag steckte.

»Wer hat eigentlich angefangen?« fragte ich sie.

Sie verkrampfte sich wieder. »Wieso? Was soll das heißen?«

»Ich glaube nicht daran, daß eine Kamera so viel Glück hat. Jemand muß Sie reingelegt haben. Oder das eigentliche Opfer war jemand anders, und Sie kamen als Bonus dazu.«

»Es ist schon so lange her, und ich war die meiste Zeit dicht.«

»Erzählen Sie mir, wie es anfing, soweit Sie sich erinnern können.«

Sie stand zögernd auf, ging an ein Fenster und schaute, die Fäuste auf den Sims gestützt, hinaus. Von hinten wurde ihr Fuchspelzhaar weich angestrahlt. Ich lehnte mit der Schulter neben dem Fenster an der Wand. Sie redete. Ihre Stimme war leise. Wegen ihrer nach vorn gefallenen Haare bekam ich nicht viel von ihrem Profil zu sehen. Die Rundung der Stirn, die leicht hervorstehende Nasenspitze. Ich drängte sie nicht. Ich ließ ihr Zeit, ihre eigenen Worte zu finden. Ihr Gedächtnis für Atmosphäre war genauer als das für Vorgänge. Sechs Männer und vier Mädels an diesem ersten Abend und in dieser ersten Nacht. Vier Schauplätze – zwei Schlafzimmer, eine lange Couch im Wohnzimmer, die lederartigen Matratzen auf der nächtlichen Terrasse. Zuerst schlich man umeinander herum, tastete sich gespannt ab, Lysa Dean das bevorzugte Objekt aller bis auf Carl. Gedämpftes Licht und paarweise Arrangements, und einige Neugruppierungen, wenn einzelne Partner eingeschlafen waren.

In Sätzen und Fragmenten, theatralischen Seufzern und wunderschön gesetzten Pausen schilderte sie die Atmosphäre auf der heißen, flirrenden Terrasse an jenem ersten vollständigen Tag der Hausparty. Krüge voll Bloody Mary, Wodkadusel, Pfeile grellen Sonnenlichts in blinzelnde Augen, der betörende Rhythmus der Musik aus dem Kofferradio, das Öl und der Duft der Sonnenschutzlotion, Scherze und betrunkenes Gelächter. Ein Pfänderspiel, dessen Regeln so verändert wurden, daß man verlieren mußte, und wer verlor, war bald nackt.

Im Halbschlaf, mild und angenehm beschwipst, hatte sie nach dem Spiel die hartnäckigen Annäherungen von Cass abgewehrt, indem sie ihn gereizt anfauchte, wenn er zu frech wurde. Schließlich, als sie sich zu einem weiteren Drink aufgerafft hatte, sah sie, daß mehrere fest schliefen und daß andere sich auf das einließen, was sie zurückgewiesen hatte. Daraufhin hatte sie fest die Augen zusammengekniffen, um sich eine Illusion von Privatheit zu verschaffen, und sich Cass und den eigenen Reaktionen hingegeben.

Sie richtete sich auf, wandte sich mir zu und hakte die Fingerspitzen beider Hände in meinen Gürtel. Sie legte den Kopf an meine Brust und seufzte. »Dann macht es, glaube ich, nicht mehr so viel aus. Ich weiß nicht. Man muß anscheinend lernen, einen ganzen Teil des Bewußtseins einfach abzuschalten. Alle sitzen im gleichen Boot. Und da scheint es keinen Unterschied mehr zu machen. Nichts mehr.«

Sie seufzte erneut. In dem kalten Dämmerlicht konnte ich ihre Kopfhaut sehen, sauber und weiß wie Knochen unter der kupferfarbenen Flut ihrer Haare. »Ich weiß nicht, wer angefangen hat. Patty wollte herumkommandieren. Ich weiß noch, daß ein paar Leute wütend wurden. Whippy weinte ein paarmal. Einmal schlug Cass Carl nieder, ich weiß nicht, wieso. Einem der Collegejungs, dem großen, wurde ständig übel. Er vertrug keinen Alkohol. Es ist alles so verschwommen, Süßer. Wenn man zuschaute und nicht angeturnt war, war es irgendwie dumm und langweilig, und wenn man ein bißchen in Schwung kam, konnte man mitmachen oder etwas anderes tun oder unter die Dusche gehen oder sich ein Sandwich machen oder noch einen Krug Drinks zubereiten. Es ist einfach ... es war alles nicht so wichtig.«

Sie schlang ihre zierlichen Hände um meine Hüfte, legte die Wange an meine Brust und hielt mich fest. Ich strich ihr über die Haare. Sie holte tief Atem, viel tiefer als zuvor. »Hören Sie mich an! Mein Gott, ich weiß ja, daß es wichtig war. Ich habe gehört, es gibt Gifte, bei denen sieht man aus, als sei man drüber weg, aber man ist es nie wirklich. Ich wünschte, jemand könnte mir ein Messer in den Kopf stoßen und diese vier Tage und Nächte herausschneiden, Trav. Nach so etwas schaut sich ein Mädchen mit anderen Augen an. Ich habe seitdem ständig einen schrecklichen Traum. Ich bin in einen leeren weißen Swimmingpool gefallen, und die Seiten sind so hoch, daß ich nicht herauskomme. Die Lampen im Pool sind an, und es ist hell wie auf einer Bühne. Und da sind sechs häßliche Schlangen auf den Kacheln, und alle sind hinter mir her. Ich kann schnell genug rennen und ausweichen und sie mir vom Hals halten, egal, wie sie versuchen, mich einzukreisen. Sie sehen alle genau gleich aus. Dann rufe ich um Hilfe und sehe, daß die Wände auf mich zukommen. Der Pool wird immer kleiner. Da weiß ich, daß sie mich erwischen werden. Die Wände werden immer enger und die Schlangen immer größer, und ich schreie und wache schweißgebadet und zitternd auf. Halt mich fest, Trav. Bitte.«

Sie zitterte, und ich fragte mich, ob es gespielt war. Nach einiger Zeit beruhigte sie sich und machte sich von mir los. Sie schob mit dem Handrücken ihr Haar zurück und lächelte seltsam schüchtern. »Sie sind nicht scharf auf mich, stimmt's? Ich hab's gewußt. Schon an Ihren Händen. Sie sind sanft und ... väterlich und reserviert. Ich werfe es Ihnen weiß Gott nicht vor, daß Sie ein Stück nicht mögen, das alle haben können.«

»Das ist es nicht.«

»Nicht? Andersrum sind Sie doch garantiert nicht, Süßer.«

»Nein. Also ehrlich gesagt, wenn Sie es wissen wollen, es hat etwas mit den Bildern zu tun. Ein Mann mag die Illusion, daß er der einzige ist, schätze ich, auch wenn es nur bei einem Mal bleibt. Aber Bilder hin oder her, sagen wir einfach, ich bin kein Trophäenjäger.«

»Was zum Teufel soll das denn heißen?«

»Jeder amerikanische Junge mit Blut in den Adern sollte freihändig Fahrrad fahren können, ein paar Verdienstmedaillen gewinnen und mit einer Berühmtheit ins Bett gehen. Einige kommen darüber nicht hinaus, das ist alles. Bei Berühmtheiten bin ich durchaus gelandet, aber ich plaudere nicht aus der Umkleidekabine. Und mein Rad ist mir auch schon lange zu klein, Lee. Es ist eine tolles Ambiente hier. Schickes, stilles Haus und die abgeschlossene Tür und Ihre engen Hosen und das tribünenartige Bett da. Und da ist etwas zwischen uns. Aber es ist die Sache nicht wert. Es wäre, als würde man Tanzstunden von seiner älteren Schwester bekommen. Sie will dauernd führen und gibt kleine nervende Kommandos und zählt laut mit und verdirbt die Musik. Zum Schluß gibt sie einem einen gönnerhaften Klaps und sagt, man hätte es ganz gut gemacht.«

Einen Augenblick lang verharrte sie in der bösartigen Starre eines Tempeldämons. Dann wurde die Haltung durch ein spitzbübisches Grinsen aufgebrochen, wie man es schon oft in seinem Lieblingskino gesehen hat. »Mein Gott, Sie *sind* ein komischer Heiliger, McGee. Sie würden mich nicht mal geschenkt wollen, stimmt's?«

»Nur und erst dann, wenn es mehr für uns bedeuten könnte, Lee.«

»Sie meinen echte wahre Liebe?«

»Zuneigung, Verständnis, Sehnsucht und Respekt. Darüber können Sie sich auch lustig machen, wenn Sie wollen. Ins Bett gehen ist das Einfachste, was zwei Menschen miteinander tun können. Wenn es mit einer Menge anderer Sachen zusammenkommt, kann das sehr wichtig sein, und wenn es mit nichts sonst zusammenkommt, ist es reine Zeitverschwendung.«

Sie ging langsam zu einem Sessel, in dem sie sich zusammenrollte. Den Finger an die Seite ihrer kleinen Nase gelegt, musterte sie mich nachdenklich. »Beim nächsten Mal, McGee, könnten Sie es da so einrichten, daß Sie fünfzehn Jahre früher in Dayton aufkreuzen?«

»Ich kann es mir notieren, Miss Dean.«

»So wie ich jetzt bin, bin ich durch zu viel Dreck gewatet.«

»Nicht unbedingt.«

»Aber Sie haben doch etwas von Respekt gesagt.«

»Von Zeit zu Zeit hören Sie auf, mir etwas vorzuspielen und Zeilen aus alten Filmen aufzusagen. Die Person, die dann durchscheint, die könnte ich respektieren.«

»Es müßte seltsam für mich sein, einen Freund wie Sie zu haben. Freundinnen habe ich im Grunde keine. Und nur zwei Freunde, nette, alte Knaben, beide Anfang Sechzig. Ich liebe sie von Herzen. Männer von Ihrem Format sind entweder Macker oder Konkurrenten, Süßer, oder sie suchen einen Weg, wie sie sich an mir bereichern können.«

»Vielleicht werden wir ja noch Freunde, Lee. Ich gehe jetzt besser. Die Fotos nehme ich mit.« Als ich sie vom Tisch nahm, sprang sie vom Sessel auf, kam zu mir gerannt und packte den Umschlag. Ich ließ ihn mir nicht aus der Hand reißen. »Entweder Sie vertrauen mir ganz, oder ich springe sofort ab, Lee. Ich brauche die Fotos zur Information und als Brechstange«, sagte ich.

Mit eindringlichem Blick schaute sie mich lange und forschend an und ließ los. »Ich hätte nie gedacht, daß ich die irgend jemanden sehen lassen würde. Trav, Sie werden doch äußerst vorsichtig damit umgehen?«

»Ja.«

»Ich kann morgen Dana mit den Spesen schicken. Geht das in Ordnung?«

»Gut.«

»Bitte seien Sie vorsichtig mit den Bildern. Wenn sie veröffentlicht werden, ist meine Karriere sofort gestorben. Und ... Sie wissen verdammt gut, das ist das einzige, was ich noch habe.«

Auf ihrem unteren Lid schwankten Tränen, und eine löste sich und rollte ihr über die Wange. Es sah nicht echt aus. Ein Maskenbildner war aufs Set gestürzt und hatte sie mit einer Pipette aufgetropft. Reines Glyzerin. Vielleicht waren sie wirklich nicht echt. Sie hatte sicher gelernt, fast auf Befehl zu weinen und so zu weinen, daß sie danach so wunderschön aussah wie zuvor.

»Seien *Sie* vorsichtig, Lee. Der Ton dieser Nachricht gefällt mir nicht. Es gibt sexuell gestörte Menschen, die das Schwert Gottes spielen und die Sünder ausrotten wollen. Sehen Sie zu, daß Sie in dieser Woche in Miami gut beschützt werden.«

Sie brachte mich zur Tür. Sie packte mich am Arm und gab mir einen schnellen Kuß, sanft und vertrauensvoll wie der eines Kindes. Dann begleitete sie mich durch den Flur, fand Dana Holtzer, die in einem kleinen Raum an der Schreibmaschine saß, und überließ mich deren Obhut. Dana stand auf und brachte mich über die Treppe nach draußen zu der wartenden Limousine. Ich sah den flüchtigen und besorgten Blick, den sie auf den Umschlag warf, den ich bei mir hatte, und verspürte einen Hauch äußerster Mißbilligung.

Der Fahrer hieß Martin. Sie befahl ihm, mich zurückzubringen oder wo immer ich sonst hinwollte. Es war nach fünf. Ich ließ ihn an einer Stelle halten, wo ich telefonieren konnte. Ich rief Gabe Marchman in Lauderdale an und sagte ihm, ich hätte ein Problem. Er sagte, es würde ihm passen, wenn ich gleich damit vorbeikäme.

Auf eine jener Eingebungen hin, die einem das Leben retten können, obwohl es sich, so oder so, nie beweisen läßt, ließ ich mich von Martin in der Innenstadt absetzen. Ich ging durch einen Eingang in einen großen Drugstore und am anderen Ende wieder hinaus und bestieg ein Taxi.

Gabe Marchman war ein großer Kriegsfotograf. Sie kennen seinen Namen von den klassischen Artikeln aus Korea. Eine Tretmine hatte ihm die Beine zermanscht. Während seiner Genesung auf Hawaii hatte er ein sehr reiches und sehr schönes Mädchen chinesisch-hawaiischer Abstammung namens Doris kennengelernt und geheiratet. Gabe sieht aus wie ein abgesägter Abraham Lincoln. Er geht immer noch auf Krücken. Sie haben sechs Kinder. Nachdem er seine Bewegungsfreiheit eingebüßt hat, befaßt er sich jetzt mit einem anderen Aspekt der Fotografie. Er besitzt eines der am besten ausgerüsteten Privatlabors im Süden. Es ist in einem

Flügel untergebracht, der fast so groß ist wie das Haupthaus. Dort erledigt er experimentelle Arbeiten und problematische Aufträge gegen dicke Honorare. Er ist ein mürrischer kleiner Mann, den alle vergöttern, die ihn kennengelernt haben.

Doris, die wieder schwanger war, schickte mich zum Labor. Gabe begrüßte mich knurrend. Ich sagte ihm, ich wolle soviel wie möglich über ein paar Fotos wissen. Wir waren in seiner Dunkelkammer. Er schaltete ein helleres Licht ein, ließ sich auf einen Hocker nieder und breitete das Dutzend Aufnahmen in einer Reihe auf dem Arbeitstisch aus.

Gemessen an seiner ausbleibenden Reaktion, hätten es Bilder von jungen Hunden oder Blumengärten sein können. »Was weißt du darüber?« sagte er. »Rein technisch.«

»Sie wurden vor eineinhalb Jahren in Kalifornien auf 35-mm-Film aufgenommen. Die Person, um die es geht, glaubt, daß die einzige Stelle, von der aus sie geschossen worden sein können, knapp hundert Meter entfernt war, aber das ist nur eine Schätzung. Vor einem Jahr hat die besagte Person einen anderen Satz Abzüge gesehen, auf denen das gleiche zu sehen gewesen sei, aber diese hier sind offenbar verschwommener und grauer.«

Er brummte und holte eine große Lupe, mit der er die Fotos eines nach dem anderen sehr gewissenhaft untersuchte.

»Ich habe noch etwas vergessen«, sagte ich. »Mein Klient hat die Negative gesehen und zerstört. Auf den meisten Negativen war mehr zu sehen als auf den meisten dieser Bilder.«

Er setzte seine sorgfältige Prüfung fort. Schließlich drehte er sich um. »Okay, wir gehen von dem Hundertmeterabstand aus. Ich würde sagen, es war wahrscheinlich ein Plus-X-Film mit einem sehr scharfen Objektiv, eintausend Millimeter. Vielleicht das f/6.3 Nikkor, ein Reflextyp mit zwei Spiegeln. Es ist nur etwa so lang und wiegt drei oder vier Pfund. Es stand auf einem Stativ oder einer anderen festen Unterlage. Bei 35 mm bringt ein Objektiv von dieser Größe eine etwa zwanzigfache Vergrößerung, so daß sich bei hundert Metern das gleiche ergibt wie bei zwei bis zweieinhalb Metern Abstand vom Objekt mit normalem Objektiv. Diese drei sind die einzigen, bei denen er den ganzen Ausschnitt vergrößert hat. Also, wenn er ungefähr den halben Ausschnitt vergrößert, ist das, als wäre er zweieinhalb bis drei Meter vom Objekt entfernt. Das ist so der Durchschnitt bei den meisten Bildern. Nur bei dieser extremen Nahaufnahme, die die Frau aus einem Abstand von etwa einem Meter zeigt, mit weniger Schärfe, wurde vielleicht ein Viertel oder weniger vom Negativ abgezogen. Die Tiefenschärfe ist gut, und jede Bewegung ist eingefroren, da würde ich einer Entfernung von hundert Metern zustimmen. Okay, so weit?«

»Ja.«

»Angenommen, derselbe Kerl, der die Aufnahmen geschossen hat, hat auch die Originalabzüge gemacht, dann versteht er etwas von seinem Handwerk. Ausgezeichnete Ausleuchtung, gute Schärfe über das gesamte Bild. Wenn er die Negative abgedeckt und die Abzüge gemacht hat, hatte er eine gute Kontrolle über die Qualität. Man sieht, daß er einige Tricks und Kniffe angewandt hat und daß er einen ziemlich guten Sinn für Bildkomposition hat. Ich würde sagen, er hat verdammt viele Fotos geschossen, vielleicht mehrere hundert, und die besten vergrößert. Sehr scharf, sehr deutlich, und er hat Hochglanzabzüge gemacht. Ich würde sagen, eindeutig ein Profi, wenn dir das was hilft. Und dann hat irgendein Pfuscher einen Satz der Abzüge in die Finger gekriegt. Siehst du die hellen Stellen auf dem da und dem. Da hat sich sein Blitz gespiegelt, als er die Hochglanzfotos abfotografiert hat. Er hat einen Satz Negativkopien hergestellt und einen neuen Satz Abzüge. Das ist billiges Papier, und er hat gepfuscht bei der Entwicklerflüssigkeit und beim Fixieren und bei den Entwicklungszeiten. Aber die Abzüge, die er kopiert hat, waren von so guter Qualität, daß die Kopien im großen und ganzen nicht allzu schlecht sind. Der Kerl, der die Originalvergrößerungen gemacht hat, wäre nie fähig gewesen, beim zweiten Mal so eine jämmerliche Arbeit zu liefern, selbst wenn er sie in einem Motelschrank entwickelt hätte. Daß deine Klientin die Originalnegative zerstört hat, hat jetzt keinerlei Bedeutung mehr. Auf jedem von denen hier ist sie eindeutig zu erkennen. Ich schätze, das ist die, für die du arbeitest.«

»Ja. Jetzt würde ich gerne wissen, ob du etwas mit denen anfangen kannst.«

»Das hab ich befürchtet.«

»Kannst du davon einen anderen Satz Negative herstellen und einen Satz Abzüge, die ein bißchen anders sind als die hier?«

»McGee, wenn man mit Mist anfängt, kriegt man am Ende Mist raus. Die ursprüngliche Qualität bekomme ich nicht mehr hin. Ich kann den Kontrast ein bißchen verstärken und die weißen Stellen ein bißchen säubern, aber eine scharfe Einstellung auf ein unscharfes Bild ergibt ein unscharfes Bild.«

Nach anfänglichem Zögern fing er an, Geschmack an der Arbeit zu finden. Er benutzte eine Kopierkamera, ein größeres Negativformat, einen Kopierfilm mit feinem Korn. Als die Negative entwickelt waren, rief Doris, daß sie etwas Unterstützung brauchen könne. Er hängte die Negative zum Trocknen auf, und wir gingen zu einem Drink ins Haus. Das Kindermädchen hatte sich um das Zubettbringen gekümmert. Die älteren Kinder tappten herein und sagten wohlerzogen gute Nacht. Doris kochte und servierte uns eine alte chinesisch-hawaiische Spezialität – gegrillte Steaks, Bratkartoffeln und grünen Salat. Zu dritt saßen wir um den großen Kamin mit einem sehr kleinen Feuer, brachten das Außenministerium auf Vordermann, vereinfachten die Steuergesetze, rissen halb Florida ab und bauten es vernünftiger und hübscher wieder auf.

Dann machten wir uns wieder an die Arbeit. Er legte die Negative in den Vergrößerer, regelte die Schärfe, und ich sagte ihm, was ich wollte. Dann machte er sich ans Werk. Er schnitt eine Maske aus, die Lysa Deans projiziertes Gesicht abdeckte. Er arbeitete mit langer Belichtungszeit, blendete aus und verschob Teile, so daß jeweils das Gesicht eines anderen hervorgehoben wurde. Am Ende verfügte ich über vierzehn brauchbare Abzüge auf doppelt starkem Papier. Ein paar von denen, auf denen mehrere Personen zu sehen waren, waren vervielfältigt und leicht verändert worden, so daß zuerst die eine und dann die andere stärker hervortrat.

Irgendwann während der Entwicklung verloren sie alle

körperlichen Eigenschaften. Sie wurden zu Problemen von Licht und Schatten und Schärfe. Er legte sie in seinen Hochgeschwindigkeitstrockner, und nachdem er sie in einer Fotopresse geglättet hatte, überprüfte ich sie unter hellem Licht. Lysa Deans Züge waren weiß belichtete Flecken. Gabe achtete gewissenhaft darauf, mir die Negative wie auch die Testabzüge, die danebengegangen waren, zu überlassen. Wir feilschten um den Preis, den ich höher zu schrauben versuchte, und einigten uns auf hundert Dollar. Doris war zu Bett gegangen.

Er humpelte mit mir bis zur Tür und kam mit hinaus in die kalte, stürmische Nacht.

»Du machst 'ne kleine Tour, vermute ich«, sagte er.

»Ja.«

»Geht mich ja nichts an. Ich nehme an, da ist jemand zu gierig geworden.«

»So läuft das meistens.«

»Paß auf dich auf, Trav. Wenn so ein kleines Biest wie die einen Ausweg sieht, indem sie dich über die Klinge springen läßt, dann tut sie's. Es ist ein interessantes kleines Gesicht, aber kein gutes.«

Das Taxi bremste ab und richtete den Suchscheinwerfer auf die Hausnummern. Es bog in die Einfahrt ein. Als ich zurückschaute, stand Gabe immer noch da.

Vier

Als ich zur *Busted Flush* zurückkam, sah ich, daß meine Lichter noch brannten. Es war kurz nach elf. Die Kajütentür war abgeschlossen. Ich trat ein und fand Skeeter fest schlafend vor. Sie lag mit dem Gesicht nach unten in ihrem sackartigen grauen Overall auf der gelben Couch. Eine zartgliedrige, langfingrige Hand hing auf den Boden. Überall lagen Zeichnungen von Quimby. Sie waren pfiffig und lustig und gelungen. Ich bewunderte sie. Mitten auf dem Boden lagen ein großer, frankierter brauner Umschlag und ein Zettel an mich:

Diese VERFLIXTE Maus. Ich bin fix und fertig. Würdest

Du ihn BITTE in den Umschlag stecken. Es ist schon alles gewogen und frankiert. BITTE sei so lieb, und kleb ihn zu und bring ihn zur Post. Er ist eine LUFTPOST-Maus. Ehrlich, ich mußte schlafen oder wäre TOT umgefallen!!!

Ich schaute auf sie nieder. Das war typisch. Gott weiß, wie lange sie schon nicht mehr geschlafen hatte oder wann sie zum letztenmal daran gedacht hatte, etwas zu essen. Perfektionisten, die einen Abgabetermin haben, sind gewöhnlich ziemlich schräg drauf.

Ich ging nach vorn zum Bug der *Flush* und verstaute meine schmutzigen Bilder im Geheimsafe. Ein Experte würde nicht die ganze Nacht brauchen, um ihn aufzukriegen, aber zuerst einmal müßte er die Hölle in Bewegung setzen, wenn er ihn finden wollte. Ich raffte Quimby zusammen, klebte ihn zu und schaltete eine der Lampen aus.

Sie regte sich und hob mit starren Knopfaugen und zerzaustem Spinnwebhaar ein schlaftrunkenes Lumpenpuppengesicht. »Wie spät is'n?« nuschelte sie.

Ich ging neben der Couch in die Hocke. »Hast du was gegessen?«

»Hm? Gegessen? Äh ... nein.«

Ich kannte das Problem. Ich hatte es hautnah miterlebt. Ich ging in die Kombüse, nahm eine Dose Pilzrahmsuppe, machte sie warm, öffnete sie und goß sie dampfend in einen großen Becher mit zwei Henkeln. Sie war wieder eingeschlafen. Ich setzte sie aufrecht hin und drückte ihr den Becher in die Hände. Als ich sicher sein konnte, daß sie ihn austrinken würde, ging ich los, brachte Quimby zur Post und steckte ihn in einen Briefkasten für Luftpost.

Als ich zurückkam, stand der leere Becher auf dem Boden, und sie war wieder eingeschlafen. Ich hob sie hoch. Das verrückte Ding schien überhaupt nichts auf den Knochen zu haben. Ein Fall für meine Gästekajüte. Ich trug sie hinein. Aber anstatt sie aufs Bett fallen zu lassen und zuzudecken, gab ich einem seltsam einsamen Gefühl nach und setzte mich mit ihr im Arm auf das Bett. Durch die Bullaugen schien matt das Licht von Schiffslampen. Wasser klatschte und leckte am Rumpf des Boots. Haltetaue knirschten.

Sie legte den Arm um meinen Hals. »Ich dachte, das hätten wir hinter uns«, sagte sie.

»Haben wir auch. Ich dachte, du schläfst. Schlaf wieder ein.«

»Ich hab geschlafen, verdammt. Was soll diese bedrückte Kummernummer eigentlich? Deine Zärtlichkeit ist es, die mich wach hält.«

»Ich nehme an, ich wollte dich nur im Arm halten. Weiter nichts. Schlaf ein.«

»Wieso solltest du mich halten wollen? Mein Gott, Travis, wir haben uns ordentlich gefetzt gegenseitig und die Sache schon vor langem abgehakt.«

»Warum mußt du immer alles wissen? Das ist so ein Problem von dir.«

»Ich muß es wissen, weil ich sonst nicht wieder einschlafen kann, darum.«

»Okay. Ich bin keiner, der sich allzu große Illusionen macht. Und heute bin ich in einen Haufen Dreck getreten. Ich bin nicht geschockt. Nur traurig.«

»War es ein schlimmes Mädchen?«

»Ich weiß nicht. Irgendwie ist es Verschwendung, schätze ich. Schlaf ein.«

Sie kuschelte sich noch tiefer in meinen Schoß, den Arm um mich gelegt, das Gesicht an meinem Hals. Nach kurzer Zeit schlief sie ein, und der Arm fiel herunter. Ihre Atemzüge wurden tief.

Ich nehme an, es ist einfach rührend. Eine ganz besondere Art von Zutrauen. Etwas Warmes zu halten. So wie ein Kätzchen in deinem Schoß schlummert, völlig vertrauensselig.

Etwas Lebendiges, Warmes, Schlafendes zu halten, ist, als ob man unter heißer Sonne in frischer, feuchter Erde arbeitet. Belebend.

Nach einer Weile kam mir der Gedanke, es wäre ein Zeichen guter Kameradschaft, wenn ich sie aus ihrem Overall schälte und ins Bett steckte. Eine nette Geste. Klar. So macht McGee sich selbst was vor.

Ich schüttelte mich ein bißchen, so wie ein Hund, der aus dem Wasser kommt. In der kurzen Zeit, als es noch gut gewesen war, bevor wir angefangen hatten, uns gegenseitig zu zerfleischen, hatte ich entdeckt, daß dieser schmale, zierliche Leib über eine erstaunliche Kraft verfügte, verblüffend üppig war. Und ich bekam den Blues.

Also stellte ich sie auf die Füße und hielt sie fest, bis sie von selbst stehen konnte. »Was, zum Teufel ...«, sagte sie.

Ich stand auf und küßte sie, gab ihr einen Klaps auf den Hintern und sagte ihr, sie solle schlafen gehen. Bevor ich noch ganz die Tür hinter mir geschlossen hatte, hörte ich den Reißverschluß des Overalls.

Ich duschte mit dem seltsamen Gefühl, den Schweiß und das Sonnenöl von einer sonnigen Terrasse, dreitausend Meilen entfernt von hier, von mir abzuwaschen.

Ich zog einen Bademantel an und ging zu einer Schlummerpfeife, einer Ladung aromatischen irischen Tabaks in einer verbeulten alten großen Comoy, auf Deck. Mit einer Backe setzte ich mich auf die Reling auf dem Sonnendeck. Der Wind hatte sich gelegt, aber von der Brandung kam noch immer das unaufhörliche Geräusch von Güterzügen am Strand. Von der endlosen Hausbootparty des Alabama Tiger drüben kam nur noch ein bißchen gedämpftes Kreischen von jungen Mädchen, und jemand spielte schlecht auf Bongotrommeln. Meyers Boot lag im Dunkeln.

Los, erzähl's im Umkleideraum herum, McGee. Du warst zusammen mit Lysa Dean, und sie hatte so eine hautenge Hose an, Jungs, und da stand dieses verdammte Riesenbett, und sie hatte sich seufzend an mich gehängt. Na los, McGee. *Mach* schon, Mann!

Jungs, einmal, als ich freihändig Fahrrad fuhr, stürzte ich über einen Stein und scheuerte mir ungefähr einen Viertelquadratmeter Haut von ausgesucht schmerzhaften Stellen. Und einmal hab ich Gratistanzstunden bei Arthur Murray gewonnen, weil ich auf Anhieb wußte, was 1776 passiert war.

Als ich am nächsten Morgen aufstand, war Skeeter weg. Das Bett war nicht gemacht, und die Kaffeekanne war leer. Aber sie hatte eine Zeichnung im Waschbecken auf dem Klo hinterlassen. Ein großer Mäuserich, der mir außerordentlich ähnlich sah, saß da und hielt eine an Skeeter erinnernde schlafende Maus in den Armen. Darunter stand: ›Berüchtigter Mäuserich verschont unschuldige Beute. Verdacht auf Vitaminmangel.‹

Nach dem Frühstück rief ich sie an. Sie sagte, ihre Wohnung würde schon viel besser riechen, danke der Nachfrage.

»McGee«, sagte sie. »Wir könnten vielleicht doch noch Freunde werden. Ist doch ziemlich gut, meinst du nicht?«

»Für jede andere Art der Beziehung bist du viel zu gefährlich. Was sollte der Witz mit den Vitaminen?«

»Ich glaube, ich war irgendwie halb eingeschlafen. Du hast angefangen, schwer zu atmen. Und peng! auf die Füße, Kleine. Und bist abgehauen wie von der Tarantel gestochen.«

»Freunde spielen fair, Skeet.«

»Okay, was soll's. Keine Ahnung. Ich wußte nicht, was ich wollte. Du hattest den Blues. Ich hatte so 'nen Krankenschwesternkomplex. Frauensache oder so was. Ich hab dir den Schwarzen Peter zugeschoben, indem ich eingeduselt bin. Ich war jedenfalls hundemüde.«

»Quimby ist eine tolle Maus.«

»Trav, Lieber, ich werde jetzt drei Tage lang durchschlafen, und dann kannst du mich zum Angeln abholen.«

»Abgemacht«, sagte ich. Sie legte auf. Es war traurig, daß wir sexuell so gegensätzlich waren und uns am liebsten in Stücke gerissen hätten. Wir hatten tief geschnitten, weil wir sehen wollten, wie sehr es weh tut. Und es hatte höllisch weh getan. Damit kann man nicht leben. Aber man kann lernen, sehr angenehm ohne es zu leben.

Um elf Uhr traf Dana Holtzer, reserviert wie ein feindlicher Diplomat, der ein Ultimatum überreicht, mit dem Geld ein. Fünftausend in bar. Sie hatte eine Quittung zum Unterschreiben mitgebracht, die in Form einer Absichtserklärung ausgestellt war. Das Geld war für ›Spesen im Zusammenhang mit Recherchen für einen noch unbetitelten Film, abzuliefern in Form eines Treatments zu einem noch zu vereinbarenden Preis ...‹.

Offenbar hatte ich mit einem Unternehmen namens Ly-Dea-Production zu tun. Für mich hatte sie eine Kopie dabei. Sie saß aufrecht auf einer der gepolsterten Staukisten entlang der Kajütenwand unter den Bullaugen. Sie trug keinen Hut. Sie trug ein marineblaues Schneiderkostüm mit Faltenrock zu einer gestärkten weißen Bluse. In den Zügen ihres üppigen Mundes und der erwartungsvollen Aufmerksamkeit ihrer sehr lebhaften dunklen Augen war keinerlei Zeichen von Entgegenkommen auszumachen. Hätte ich nicht früher ihre Reaktion auf Skeeters Maus gesehen, hätte ich aufgegeben.

»Aus Steuergründen«, sagte sie.

»Natürlich«, sagte ich und unterschrieb ihr Exemplar. Sie faltete es rasch zusammen und steckte es ein.

Ich fragte mich, ob wohl je etwas diese effiziente Ruhe ankratzen könnte. Ich war darauf gefaßt, daß sie aufstehen und gehen würde. Aber sie hatte noch etwas anderes im Sinn und wartete darauf, daß ich den ersten Schritt machte. Ich hatte meine Vermutungen, wieso sie keine besondere Begeisterung für mich empfand. Ihr Vertrauen gehörte großen Organisationen mit Computern in klimatisierten Kellern, die den anderen Maschinen sagten, welche Karten sie in den Schlitz fallen lassen sollten. Lysa Dean steckte in Schwierigkeiten. Wenn man in Schwierigkeiten steckt, geht man zu J. Edgar Hoover und nicht zu einem offensichtlich abgewirtschafteten Strandläufer, einem Hafenzigeuner, einem großen, dahergelaufenen Scharfschützen ohne IBM-Karte auf seinen Namen. In Miss Holtzers Augen war ich jemand, der noch mehr Ärger machte, nicht welchen aus der Welt schaffte. Meine Khakihose war zu einem fahlen Beige ausgebleicht, und aus meinen Socken guckten die Zehen, und das alte blaue Sweatshirt war an den Ellbogen durchgescheuert. Ich ließ mich also einfach in einen Sessel fallen, legte ein Bein über eine Armlehne und schaute sie milde an.

Sie ertrug es gut und ertrug es lange, und dann wurde sie vom Hals herauf rosa. »Eigentlich sollte Ihnen das Miss Dean sagen«, sagte sie.

»Mir was sagen, meine Liebe?«

»Sie könnte besser auf Einwände antworten als ich. Die Agentur schickt ein tüchtiges Mädchen, das zeitweise meine Arbeit bei Miss Dean übernimmt. Ich werde sie heute abend einweisen.« Sie holte tief Luft. »Miss Dean hat mich beauftragt, in dieser Angelegenheit mit Ihnen zusammenzuarbeiten, Mr. McGee.«

»Das ist absolut lächerlich!«

»Glauben Sie mir, es war nicht meine Idee. Aber objektiv betrachtet, hat es gewisse Vorteile. Ich komme jederzeit sofort zu ihr durch. Sie könnten Informationen über sie benötigen oder über ihre Freunde und Geschäftspartner. Außerdem könnte ich Ihnen auch einige Kleinigkeiten abnehmen, Reiseplanungen, Reservierungen, Notizen, Abrechnungen. Miss Dean würde sich ... wohler fühlen, wenn ich Ihnen beistehe.«

»Ich arbeite allein, Dana. Herrje, ich brauche keine Sekretärin, glauben Sie mir. Ich wüßte nicht, was ich machen sollte, wenn Sie mir mit Notizbuch und Terminkalender hinterherlaufen. Bei einer Sache wie dieser muß ich vielleicht in eine Menge ... anderer Rollen schlüpfen.«

»Ich bin sehr flexibel und einfallsreich, Mr. McGee.«

Ich stand auf. »Aber Sie gehören nicht in eine Sache wie diese. So wie es aussieht, wird es ziemlich heikel, falls ich überhaupt Glück habe.«

»Ich habe ja zu Miss Dean gesagt, aber ich habe einen Vorbehalt. Ich muß Sie fragen, ob ... ob Sie den Auftrag haben, jemanden umzubringen.«

Ich glotzte sie an. »Was?«

»Das wäre ein Risiko, das ich nicht einzugehen bereit wäre.«

Ich setzte mich wieder und lachte. Sie ließ mich still und geduldig zu Ende lachen, ohne zu lächeln. »Das reicht als Antwort«, sagte sie, als ich fertig war. »Ich mußte Sie das fragen. Ich muß an das Risiko denken.«

»Miss Holtzer, ich weiß nicht, ob ich es ertragen würde, ständig Ihre Mißbilligung zu spüren.«

»Was soll das heißen?«

»Ich weiß, daß Sie die Bilder zufällig gesehen haben, diejenigen, die am Empfang im The Sands abgegeben wurden, und daß Sie auf der Stelle kündigen wollten. Das Leben ist sehr bunt, Miss Holtzer, und von Zeit zu Zeit wird es etwas rauh.«

Ihre Augen funkelten. »Ach wirklich?«

»Haben Sie das noch nicht gemerkt?«

Mit nachdenklicher Miene holte sie Zigaretten aus der Handtasche, ließ ihr Feuerzeug schnappen und blies mir eine dicke Rauchwolke entgegen. »Was ich Ihnen jetzt sage, geht Sie natürlich nichts an. Aber ich denke, wir sollten uns zuerst ein wenig kennenlernen. Mein Privatleben steht in Zukunft außerhalb jeder Diskussion. Mein Beruf ist es, Fähigkeiten zu verkaufen, Takt, viel Energie, angemessene Intelligenz und absolute Loyalität. Dieses Paket verkaufe ich an Lysa Dean für fünfzehntausend Dollar im Jahr. Wenn ich Ihnen zugeteilt bin, dann bekommen Sie das gleiche Paket. Als ich sah, worum es sich bei diesen Fotos handelt, schaute ich sie mir an, um zu sehen, welchen Schaden sie anrichten könnten. Ich las die Nachricht. Für mich bedeutete sie, daß Lysa Dean keine so gute Partie mehr für mich war wie zu Anfang. Darüber hatte ich mir schon Sorgen gemacht, als ich diese dreizehnwöchige Scharade mitgespielt habe.«

Ich sah, daß ihre Hand leicht zitterte, als sie die Zigarette zum Mund hob. »Ich bin verheiratet, Mr. McGee. Oder vielmehr, ich war verheiratet. Mein Mann war Epileptiker. Er war ein begabter Schriftsteller mit ein paar sehr bedeutenden Arbeiten fürs Fernsehen. Wir hatten ein Kind, einen Jungen. Zuerst machte er einen ganz normalen Eindruck. Dann wurde mir nach und nach klar, daß er so schwer behindert war, daß die einzige Möglichkeit eine Anstalt war. Es hatte nichts mit dem Leiden meines Mannes zu tun. Wir mußten raus, nachdem wir den kleinen Jungen eingeliefert hatten. Er würde uns nie erkennen, und auch sonst niemanden. Bill hatte einen guten Abschluß gemacht. Es war trotzdem eine schöne Reise, so schön, wie es zwei emotional ausgelaugte Menschen erwarten durften. Wir erholten uns so gut, daß wir wieder nach Hause zurückkehren konnten. Auf dem Weg machten wir nachts eine Kaffeepause. Es war eine Bar. Wir tranken nichts. Bill hatte plötzlich einen Anfall. Sie dauerten nie sehr lange, waren aber ziemlich heftig. Ein Polizist außer Dienst hielt ihn für einen gemeingefährlichen Säufer und schoß ihm eine Kugel in den Kopf. Er starb nicht. Er liegt im Dauerkoma, Mr. McGee, mit Schläuchen zur Ernährung und zum Abführen und mit Abreibungen mit Alkohol, damit ihn die wundgelegenen Stellen nicht auffressen. Natürlich ist es ein medizinisches Wunder. Ich brauche diese fünfzehntausend. Sie reichen kaum für mich und meine Familie. Wenn Lysa Dean auf üble Weise abstürzt, ist es meine Pflicht, sie zu verlassen, bevor es passiert, und eine entsprechende neue Stelle anzunehmen. Und diese Stelle ist unter Umständen nicht mehr frei, wenn ich in irgendeiner Weise mit einem Skandal in Verbindung gebracht werde. Ja, Mr. McGee, die Welt kann tatsächlich von Zeit zu Zeit ein wenig rauh werden.«

»Was soll ich dazu sagen?«

»Nichts, natürlich. Ich dachte, es wäre einfacher, es Ihnen gleich zu erzählen, bevor Sie noch mehr Dinge sagen, die Sie später bereuen könnten, das ist alles. Sie haben mich nicht verletzt. Ich bin mir nicht sicher, ob mich überhaupt noch etwas verletzen kann. Es tut mir leid, daß alles so nach Seifenoper klingt. Mir fehlt die nötige ... Anteilnahme, um moralische Urteile zu fällen. Lee war schrecklich dumm. Diese Bilder stoßen mich ab, weil sie vulgär sind. Und mich in Gefahr bringen. Wenn Sie die Dinge nicht für sie regeln können, sehe ich mich gezwungen, sie zu verlassen. Ich glaube, sie spürt das.«

»Vielleicht könnte ich Sie ja doch brauchen.«

»Danke.«

»Drink?«

Ihr Lächeln war knapp und äußerst höflich und kam vollkommen automatisch. »Bourbon, wenn Sie welchen haben. Schwach, mit viel Eis und Wasser.«

Ich glaube, eigentlich wollte sie gar keinen, aber ich brauchte eine Gelegenheit, mich wieder zu fassen und ein bißchen aus dem Fettnapf zu kommen, in den ich mich gesetzt hatte. Ich hatte ihre unbeteiligte Reserviertheit gesehen und sie für Ablehnung und Mißbilligung gehalten. Sie war schlicht und einfach ausgebrannt. Drähte hatten sich überkreuzt, und eine wunderschöne Maschine hatte einen Kurzschluß bekommen und ausgesetzt, war zu einer nutzlosen Last geworden, die sie ihr Leben lang würde mit sich herumschleppen müssen. Ich kam mir vor wie ein halbwüchsiges Arschloch, das vor richtigen Erwachsenen einen schmutzigen Witz erzählen wollte.

Als ich mit den Drinks zurückkam, stand sie, den Rücken zu mir gewandt, die Beine mit den kräftigen Waden gespreizt, die Faust in die Rundung ihrer füllligen südländischen Hüfte gestemmt, den Kopf nach vorn gestreckt vor einem Gemälde.

»Gefällt es Ihnen?«

Sie drehte sich mit geschmeidiger Grazie um. »Sehr.«

»Syd Solomon. Er lebt drüben in Sarasota. Es ist Teil einer Serie über die Bahamas, die er vor ein paar Jahren gemalt hat.«

»Es ist sehr ausdrucksstark. Sind Sie Sammler?«

»Manchmal. Ich habe etwa fünf Bilder an Bord, und ungefähr ein Dutzend ist eingelagert. Von Zeit zu Zeit tausche ich sie aus.« Sie nippte an ihrem Glas. »Schmeckt es Ihnen?«

»Ja. Danke. Was trinken Sie? Was ist das?«

»In letzter Zeit Plymouth Gin on the rocks mit zwei Tropfen Wermut.« Ich konnte geradezu das Klicken hören, mit dem sie das abspeicherte. Ich hatte eine Cocktailmixerin ergattert.

Sie kehrte zu der gepolsterten Staukiste zurück und setzte sich. »Übrigens«, sagte sie, »meine Spesen gehen nicht von dem Geld ab, das ich Ihnen gebracht habe. Gibt es etwas, womit ich gleich heute anfangen könnte? Mein Schreibtisch ist ziemlich leer, und das Mädchen kommt erst später.«

Ich ging zu dem Safe und nahm den Umschlag heraus. Lysa Deans Fotos steckte ich wieder zurück und nahm diejenigen, die Gabe gemacht hatte. Ich reichte sie ihr. Sie schaute sich drei davon an, worauf sie mich mit sachter Verblüffung und noch sachterer Anerkennung anblickte. »Die haben Sie anfertigen lassen oder selbst angefertigt, nachdem Sie gestern gegangen sind?«

»Ich habe sie machen lassen.«

»Ziemlich schlau. Ich glaube, ich verstehe, was Sie vorhaben. Die hier bedeuten keine Gefahr für sie. Sind die anderen in Sicherheit?«

»Ja.« Ich wartete ab, bis sie den Satz durchgesehen und ihn beiseite gelegt hatte. »Würden Sie ein paar Dinge notieren?«

Mit erstaunlicher Geschwindigkeit hatte sie einen Notizblock und einen goldenen Kugelschreiber hervorgeholt und schaute mich erwartungsvoll an. Ich nannte ihr Gabes vollen Namen und Adresse. »Schreiben Sie einen Scheck über hundert Dollar aus, und schicken Sie ihn ihm für die Fotoarbeiten. Das Scheckheft liegt in der Schreibtischschublade da drüben. Schauen Sie, ob Sie Verbindung zu Carl Abelle aufnehmen können, wahrscheinlich Skilehrer in der Mohawk Lodge in Speculator, New York, früher in Sun Valley. Rufen Sie ihn unter irgendeinem Vorwand an, der ihn nicht allzu neugierig macht. Wenn er sich dort aufhält, suchen Sie die beste Verbindung dahin heraus und besorgen Sie Tickets für Dienstag.«

»Auch Übernachtungen in dieser Lodge?«

»Das werden wir sehen, wenn wir uns umgeschaut haben, falls er dort ist. Als nächstes sehen Sie, was Sie über Mr. und Mrs. Vance M'Gruder herausfinden können. Könnte sein, daß sie ein Haus in Carmel besitzen. Er fährt Ozeanregatten. Das ist eine kleine eingeschworene Bruderschaft, da sollte das nicht allzu schwierig sein.« Ich ging hinüber, setzte mich neben sie und gab ihr meine Notizen. »Das sind die Namen und Nummern aller Beteiligten, soweit Lee sich erinnern konnte.« Ich zeigte sie ihr auf den Bildern. »Alles klar?«

»Ja, Sir.«

»Ja, *Trav*. Läßt sich das machen, Dana?«

»Natürlich, Trav.«

»Wann kommen Sie los?«

»Gleich heute nacht, nach Mitternacht. Das neue Mädchen übernimmt meine Unterkunft im Sultana in Miami Beach. Ich treffe mich am Montagmorgen mit Ihnen genau hier. Sagen wir, neun Uhr?«

»Sagen wir, zehn. Oder Sie können auch gleich heute nacht kommen, wenn Sie fertig sind. Es gibt hier noch eine Extrakabine. Mit einem Schloß an der Tür.«

Sie nickte. »Das wäre einfacher. Ob mit oder ohne Schloß, Trav. Das dürfte kein Problem werden, und wenn doch, dann werde ich damit fertig.«

Ich ging zum Schreibtisch und warf ihr den Zweitschlüssel zu. Sie fing ihn mit einer geschickten Drehung des Handgelenks auf. Ich erklärte ihr, er sei für die Kajütentür, falls ich bei ihrer Ankunft schon schlafen sollte. Ich führte sie herum. Sie sagte, es wirke sehr gemütlich. Ich war froh, daß ich am Morgen in einem Anfall von Sauberkeitswahn das von Skeeter zerwühlte Bett frisch bezogen hatte. Sie ging zur Kombüse, spülte ihr Glas aus und stellte es zum Trocknen ab. Sie ging zu meinem Schreibtisch, schrieb den Scheck für Gabe, zog die Summe von meinem schwindenden Kontostand ab und legte mir den Scheck zur Unterschrift vor. »Vielleicht wäre es Ihnen recht, wenn ich einen Teil des Bargelds morgen einzahle«, sagte sie. »Ich habe mir Ihre Kontonummer notiert.«

»Sagen wir, die Hälfte. Danke. Erinnern Sie mich morgen daran.«

Ich schlief schon, als sie eintraf. Der leise Gong meiner Alarmglocke weckte mich. Immer, wenn jemand an Bord kommt, läutet sie. Einmal. Das genügt immer. Ich hasse unangenehme Überraschungen. Ich hatte ein Licht für sie brennen lassen. Mit der Knarre in der Hand schlich ich nackt zur Innentür der Kajüte, öffnete sie einen Spalt und spähte aus dem Dunkel hinaus. Ich sah, wie sie die Tür öffnete, nach einem großen Koffer hinter sich griff und leise damit hereinkam. Es war zehn vor eins. Ich ging wieder in mein Bett hinter der geschlossenen Tür zur Kapitänskajüte.

Sie war eine stille Person. Unter meiner Tür war ein Lichtstreifen zu sehen. Kurz darauf hörte ich in der Toilette das Wasser laufen. Der Lichtstreifen erlosch. Ein leichtes Klikken des Riegels zur anderen Kajüte. Nächtliche Stille. Gedämpfte Musik von irgendeinem anderen Boot. Das Donnern eines Lasters auf der Zufahrt. Von weitem das Heulen einer Düsenmaschine.

Eine Frau an Bord, die ganz anders war als alle, an die ich mich erinnern konnte. Die hier war unerschütterlich treu. Manche Leute entwickeln ungeahnte Energien, solange noch ein winziger Funke Hoffnung besteht. Verdammt wenige baggern weiter, wenn da nichts mehr ist. Das menschliche Tier ist im Grunde seines Herzens egoistisch. Weder das behinderte Kind noch der verlorene Ehemann konnten ahnen, wie sehr sie sich um sie sorgte. Die Gesellschaft hätte sie nicht zugrunde gehen lassen, wenn sie damit aufgehört hätte. Niemand hätte ihr etwas vorwerfen können. Aber sie verspürte eine so starke moralische Verpflichtung, daß ihr etwas anderes undenkbar erschien. Sie waren ihre Familie. Daneben gab es für sie keine Überlegungen. Das Leben hatte sie ausgebrannt, aber das, was übriggeblieben war, war immer noch bedeutend mehr Frau als Lysa Dean.

Die nächtlichen Gedanken an Dana Holtzer deprimierten mich. Ich machte eine Bestandsaufnahme meines Lebens – der Ausschlag der Seele der emotional Unsicheren. Mir war, als hätte ich Jahre damit vergeudet, mich mit irgendwelchen ungeheuer dummen Menschen abzugeben. McGee und seine Taschenspielertricks. Ich mästete mich an ihren Problemen, dann nahm ich das Geld, faulenzte eine Weile und holte mir meine Beute quasi Stück um Stück in vorausbezahlten Raten. Ich war weder ein besonders ernsthafter noch ein besonders phantasievoller Bursche.

Aber was, dachte ich, gab es für andere Möglichkeiten? Ich bin kein Achtstundentier. Ich kann nicht an das Märchen glauben, ein geregelter Arbeitstag sei das Wahre, nur weil fast alle in dieser Sackgasse enden. Ich bin kein Durchschnittskonsument mit 2,3 Kindern und 0,7 neuen Autos pro Jahr und einem Feierabendverhältnis mit der Sekretärin. Ich bin nicht auf Geld aus, wie es sich gehört. Ich mag die *Busted Flush*, die Platten und Gemälde, die kleine Sammlung von unwichtigen Dingen, die Erinnerungen heraufbeschwören. Aber ich könnte auch am Strand stehen und zusehen, wie das alles absäuft und verschwindet, und dabei ein mildes, zynisches Bedauern verspüren. Keine ehrbare amerikanische Ehefrau würde eine derartige Einstellung verkraften.

Mit zwiespältigen Gefühlen, die dem rastlosen Tier Travis McGee galten, schlief ich ein und wurde am nächsten Morgen von der Neun-Uhr-Sonne geweckt, die durch die winzigen, fadenscheinigen Gardinen der Kajüte schien. Ich erwachte zum Duft frischen Kaffees und zu einem verstohlenen Klappern aus der Kombüse.

Nach dem Duschen kam ich heraus und fand sie voll

geschäftiger, unpersönlicher morgendlicher Munterkeit vor, wie eine Kellnerin in einem guten Hotel. Sie sagte, sie habe gut geschlafen, danke. Es ist ein wunderschöner Tag. Der Wind hat aufgehört. Es ist viel wärmer.

Sie sagte, bei den Eiern sei sie sich nicht sicher gewesen. Ich sagte, Rührei sei mir recht. Der Saft war kalt, der Kaffee köstlich, der Schinken knusprig, die Eier gut durch. Sie deckte den Tisch in der Nische. Es war ein Vergnügen, ihr zuzuschauen. Sie machte keinerlei Eindruck von Hast. Und doch war jede Bewegung sicher und ging fließend, und ohne zu zögern, in die nächste über. Alles war faszinierend rasch fertig.

Sie trug eine graue Flanellhose und einen gelben Pullover. In Hosen sah sie besser aus, als ich gedacht hätte. Sie war nicht eigentlich schön. Die langbeinige Figur war eine Spur zu üppig am Allerwertesten und zu voll an den Oberschenkeln, um in Hosen großartig auszusehen. Die Venus von Milo in Stretchhosen hätte furchtbar ausgesehen. An schlaksigen Teenagern, die gerade erwachsen werden, oder an der kalkulierten schlanken Grazie einer Lysa Dean machen sie sich ganz gut. Aber der Körper einer reifen Frau, der sie etwas zu sehr ausfüllt, wirkt ein bißchen verloren und leicht anrührend. Dana hätte sich eine Stretchhose nicht leisten können, ging aber in der wundervoll geschnittenen Hose noch durch. Ihr Bund war hoch genug, damit die Figur etwas korrigiert wurde. Und sie war so klug, Sandalen mit etwa drei Zentimeter hohen Absätzen zu tragen, die ihre Taille ein Stück nach oben verlagerten.

Während wir beim Frühstück saßen, wurde mir klar, wieso sie Lysa Dean eine Menge Geld wert war. Sie besaß die Fähigkeit, sich rasch auf jede Situation einzustellen und mit einem Minimum an Aufwand effizient zu funktionieren. Sie hatte überhaupt nichts Unterwürfiges. Sie war sich ihrer eigenen Würde bewußt.

Ich erzählte ihr von der *Busted Flush* und wie ich sie erworben hatte. Das ist eine meiner Glanznummern. Ich erwarte nicht, daß sich die Leute am Boden wälzen, aber im allgemeinen zeigen sie doch etwas mehr Belustigung als Dana. Ihr Lachen war höflich und kam an den richtigen Stellen.

Bei Kaffee und Zigaretten kam das kleine Notizbuch zum Vorschein.

»Ich habe etwas herumtelefoniert, Travis. Carl Abelle ist tatsächlich in der Mohawk Lodge. Er leitet dort die Skischule als freier Mitarbeiter und führt das Sportgeschäft.

Es wäre unmöglich, dort unterzukommen. Sie sind völlig ausgebucht. Falls Sie zuerst dorthin wollen, haben wir einen Flug von Miami nach Kennedy Airport, wo wir morgen um Viertel nach zwei eintreffen. Ein Anschlußflug bringt uns zum Utica-Rome Airport, Ankunft vier Uhr zehn. Von da aus sind es etwa sechzig Meilen mit dem Auto nach Speculator über die Route 8, und die Straßen sind frei.«

»Was meinen Sie mit *falls* ich zuerst dorthin will?«

»Lassen Sie mich über die anderen berichten. Die M'Gruders sind geschieden. Sie konnte ich nicht ausfindig machen. Er hat wieder geheiratet, erst vor kurzem. Sie sind entlang der Pazifikküste nach Acapulco gegondelt. Möglicherweise befinden sie sich inzwischen auf dem Rückweg. Ich denke, daß es mir gelingen wird, seine Ex-Gattin noch aufzustöbern. Aber ich hatte noch ein wenig Zeit und dachte, ich könnte vielleicht noch etwas über Nancy Abbott herausfinden. In Ihren Notizen stand, ihr Vater könne Architekt sein. Ich habe die üblichen Quellen überprüft und bin auf einen Architekten an der Westküste gestoßen, Alexander Armitage Abbott in San Francisco. Ich habe einen Freund in San Francisco, eigentlich einen alten Freund von Bill, der jeden kennt. Der Architekt hat eine Tochter namens Nancy, Alter 24 Jahre, auf die die Beschreibung paßt. Es muß sich also um die gleiche handeln. Sie hat eine geschiedene Ehe hinter sich. Sie ist Alkoholikerin. Sie ist schon so oft in Schlamassel geraten, daß die Familie sie quasi abgeschoben hat. Er sagte, er würde ein paar Anrufe machen und mich dann zurückrufen. Das hat er getan. Sie ist in Florida, in irgendeinem freiwilligen Entziehungssanatorium drunten in Bastion Key. Es nennt sich Hope Island. Kennen Sie es?«

»Ich habe einmal eine Kundin hingebracht. Dreimal habe ich sie hingebracht, aber es hat nichts geholfen. Vielleicht wird es noch von dem gleichen Burschen geleitet.«

»Einem Mr. Burley? Ich habe nachgesehen.«
»Der ist es. Er hat sich viel Mühe gegeben mit meiner Freundin. Aber am Ende hat sie sich ein Auto gemietet und ist damit mit ungefähr hundertfünfzig Sachen in einen Mangrovensumpf gefahren.«
»Ich dachte ... weil sie schon ganz in der Nähe ist ...«
»Stimmt. Morgen fahren wir da runter. Lassen Sie uns den Flug nach Norden streichen und erst wieder draufsetzen, wenn wir sie besucht haben.«
»Haben Sie ein Auto?«
»Könnte man so sagen. Nachdem Sie gestern weggegangen waren, habe ich mich gefragt, was Sie von der ganzen Geschichte halten.«
»Ich dachte, das hätte ich deutlich gesagt.«
»Ich meine, was halten Sie davon als Frau?«
»Ist das relevant?«
»Vielleicht. Es könnte mir nützlich sein, wenn ich mit der kleinen Abbott spreche.«
Sie dachte einen Augenblick lang nach. Sie hatte ein langes, ausdrucksstarkes Gesicht, flache Wangen, sehr dunkle und lebhafte und bezaubernde Augen, eine hervorstehende, kraftvolle Nase, einen breiten, festen Mund.
»Ich würde es, glaube ich, so sagen. Lee ist nicht leicht zu beeinflussen, wie Sie wissen. Sie hatte vier Ehen. Und andere Beziehungen, die ihr zum Teil nicht besonders guttaten. Aber sie war immer ziemlich vorsichtig. Sie ist sehr offen promisk und glücklich damit, aber ich würde nicht sagen, daß Situationen wie auf diesen Bildern von Natur aus ihre Sache sind. Sie wurde da in irgend etwas hineingezogen und hat es später bitter bereut, und tut es immer noch. Ich weiß nicht, wie diese anderen Frauen damit fertig geworden sind. Aber ich glaube nicht, daß man Lee als eine gewöhnliche Frau ansehen kann, die in irgend etwas Fatales hineingeschlittert ist.«
»Wie meinen Sie das?«
»Sie ist Besitz, Trav. Sie hat nur wenige persönliche Rechte und Freiheiten. Dazu ist sie einfach für zu viele Leute zu viel Geld wert. Die können sich keinen Fleck auf ihrer weißen Weste leisten. Wenn ich also diese Bilder anschaue, dann sehe

ich sie unter dem Aspekt der Gefahr. Wie wenn man einem Clown zuschaut, der mit unbezahlbaren Gläsern jongliert. Diese Männer waren sich dessen natürlich bewußt. Die unantastbare Göttin plötzlich in Reichweite, müde und betrunken und schwitzend und willig. Sie reden, wissen Sie. Es breitet sich aus wie Wellen. Es hat lange Zeit dazu gehabt. Kleine Andeutungen und Gerüchte, die wieder zurückkommen und vor sich hin köcheln. Davor fürchtet Lee sich auch. Es geht gut, bis ein Film danebengeht. Dann könnten Vorbehalte auftauchen. Wieso ein Risiko eingehen?«

»Und wie wird dieser Film laufen, dieser *Winds of Chance*?«

»Sehr gut, glaube ich. Es ist die Art von Rolle, in der sie immer gut ist. Kaffee?«

»Danke.«

Nachdem sie eingegossen hatte, blieb sie mit der leeren Kanne in der Hand zögernd am Tisch stehen. »Sie haben nicht gesagt, wie Sie möchten, daß ich mich kleide, Trav. Ich dachte ... ich kann mir vorstellen, daß schon Frauen bei Ihnen hier gewohnt haben. Es wäre weniger verdächtig, wenn ich hier ... Freizeitkleidung trüge.«

»Das ist schon in Ordnung. Richten Sie sich nach Ihrem eigenen Geschmack.«

Fünf

Auf der Fahrt nach Bastion Key zeigte sich Dana von meinem altehrwürdigen Pickup entzückt. Er ist in einem gräßlichen grellen Blau lackiert und heißt bei allen, die ihn kennen, Miss Agnes. Sie ist ursprünglich eines der größten alten Rolls-Royce-Modelle. Vor Urzeiten hat sie einer ihrer Besitzer, wahrscheinlich nachdem er sie zu Schrott gefahren hatte, auf seinem Hinterhof zu einem Pickup umgebaut. Sie ist hoch und stabil. Man braucht eine ganze Weile, um sie durch alle Gänge hindurch auf Hochtouren zu bringen, aber wenn man es geschafft hat, sie auf Hundertzwanzig zu jagen, rollt sie tagelang in gespenstischer Stille vor sich hin. Sie ist zwar ein Benzinfresser, aber in ihren Tank passen hundertfünfzig Liter.

Mich freute Danas Begeisterung. Es erinnerte mich daran,

wie sie auf Skeeters Maus reagiert hatte. Ich wußte, daß ich mich vorsehen mußte. Andernfalls verlor ich mich in dem aussichtslosen Unterfangen, diese Begeisterung, diesen so tief vergrabenen kleinen Funken immer wieder hervorkitzeln zu wollen.

Bei Bastion Key fährt man hinter der Stadt von der Autobahn ab und folgt einem unbefestigten Weg bis zu einem schmalen, kurzen Damm, der nach Hope Island hinüberführt. Es ist kein Luxussanatorium. Stan Burley ist der Albert Schweitzer der Ginflasche. Die Gebäude sind ausgemusterte Baracken, die er vor langer Zeit einmal dort aufgestellt hat. Er und alle Mitglieder seiner kleinen Mannschaft sind bekehrte Trinker. Wenn er Platz hat, nimmt er einen auf, egal, was man zahlen kann. Er hat so seine Theorien. Für ihn funktionieren sie. Wenn man einen eins fünfundneunzig großen Affen nehmen, ihm alle Haare abrasieren und ihn rosa anstreichen würde, hätte man eine erkennbare Version von Stan Burley vor sich. Seine Absolventen, die trocken geblieben sind, schicken regelmäßig Spenden.

Noch bevor ich den Motor abstellen konnte, kam Burley aus seinem kleinen, verglasten Büro auf uns zugestürmt. Es war warm und schön, elf Uhr am Mittwochmorgen. Die Bucht vor Florida leuchtete blau.

»Hallo, McGee«, sagte er mit ausgestreckter Hand und einem gespannten Blick auf Dana, die er offenbar für einen neuen Gast hielt.

Ich stellte sie einander vor. »Wir sind gekommen, weil wir mit jemandem von deinen Leuten sprechen wollen, Stan«, sagte ich rasch. »Wenn es sich machen läßt. Nancy Abbott.«

Das Begrüßungslächeln verschwand von seinem Gesicht. Er biß sich auf die Lippe »Miss Holtzer, warten Sie doch bitte einen Augenblick in meinem Büro. Jenny wird Ihnen ein schönes Glas Eistee bringen.« Sie nickte und ging. Burley führte mich zu einer Holzbank im Schatten.

»Worum geht's, Trav?«

»Sie war vor eineinhalb Jahren in eine Sache verwickelt. Ich möchte ihr ein paar Fragen darüber stellen. Ist sie in Ordnung?«

Er zuckte die Achseln. »Sie ist trocken, wenn das was zu bedeuten hat. Seit Oktober schon. Eigentlich dürfte ich dir das gar nicht sagen. Aber du hast dir damals solche Mühe mit Marianne gegeben. Weiß Gott, wir haben schwer gekämpft, aber sie haben wir verloren, Junge. Eins will ich dir sagen, es macht mir einige Gewissensbisse, sie hierzubehalten, diese Nancy. Das ist kein Platz für sie, aber einen anderen gibt es auch nicht, nicht mehr. Schickt dich ihr Vater?«

»Nein.«

»Im Oktober hat eine pensionierte Polizistin die Kleine hier abgeliefert. Sturzbesoffen und auf neunzig Pfund abgemagert. Delirium und Krämpfe. Erbarmungswürdig. Damals hab ich tausend bekommen, und jetzt bekomme ich tausend pro Monat von einer Bank in San Francisco. Einmal im Monat schreibe ich der Bank einen Krankenbericht. Nachdem wir sie hochgepäppelt hatten, kam sie mir komisch vor. Ich hab sie von einem befreundeten Arzt untersuchen lassen. Die Sauferei ist nur der eine Teil. Aber der Tausender im Monat sorgt dafür, daß noch eine Menge anderer hierbleiben können. Ich bin ein böser, alter Mann, Trav.«

»Was stimmt nicht mit ihr?«

»Körperlich ist sie gesund wie ein Pferd. Sie ist erst vierundzwanzig. Sie hat seit neun Jahren getrunken, die letzten fünf davon schwer. Das reicht nicht, um wirklich Schaden anzurichten. Aber mental, da hat sie's abgekriegt.«

»Ist sie geisteskrank?«

»Junge, gesund ist sie jedenfalls nicht. Sie ist vor langer Zeit von Leuten behandelt worden, die es zu gut gemeint haben. Von Leuten, die dachten, Elektroschocks seien die Antwort auf alles. Eine Behandlung gegen Angst und depressive Symptome. Soweit ich es sehe, haben sie ihr zwanzig volle Serien verpaßt. Das und die alkoholischen Krämpfe, das hat zu degenerativen Schädigungen geführt. Ihr Denkvermögen ist angekratzt. Sie kann abstrakte Zusammenhänge nicht begreifen. Sie ist in einem manisch-depressiven Zyklus gefangen. Du erwischst sie grade im besten Moment. Sie ist jetzt auf dem aufsteigenden Ast, aber noch nicht zu weit droben. Das sind ihre glücklichsten Zeiten. Wenn nicht allzuviel von ihr verlangt würde, käme sie so draußen ganz gut zurecht. Dann wird sie aber bald richtig wild. Gewalttätigkeiten, zwanghafte Nymphomanie und eine Gier nach einem Drink, daß sie einen Mord dafür begehen würde. Dann laß ich sie fixieren. Und dann geht's abwärts bis ganz tief runter. Sie spricht tagelang nichts. Dann kommt sie langsam wieder hoch.«

»Wie steht es mit ihrem Gedächtnis?«

»Zeitweise gut und zeitweise weg.«

Ich musterte das müde Affengesicht und erinnerte mich, wie er von Marianne gesprochen hatte. Von Liebe und Zerstörung.

»Was hat sie so fertiggemacht, Stan?«

»Sie? Ihr Vater war's. Der bewunderte, begabte, allmächtige Vater. Es war eine grauenvolle Ehe. Das arme Kind war seiner Mutter zu ähnlich, und da konnte der Vater nicht anders, als sie zu verabscheuen. Er wies sie zurück. Und weil sie nicht verstehen konnte, wieso – genau wie Marianne –, ist sie in dem Bewußtsein aufgewachsen, daß sie absolut wertlos ist und nichts taugt. Und da fangen die Zwangsvorstellungen an, McGee. Grundlose Wertlosigkeit kann *kein* Mensch ertragen. Daher entwickeln sie ein Verhaltensmuster, das ihnen ihre Wertlosigkeit beweist. Bei der Kleinen waren es Sex und Alkohol. Die Schuldgefühle machten sie emotional labil. Sie wollte sich zerstören. Die Schockbehandlung und die Krämpfe haben das für sie erledigt. Ihre Persönlichkeit ist zerstört. Wo soll sie hin? Jetzt kann man nicht mehr viel für sie tun. Hier ist es so gut wie anderswo. Manchmal ist sie richtig süß.«

»Ich möchte sie nicht aufregen.«

»Was willst du sie fragen?«

»Ob sie sich an ein paar Namen erinnern kann. Ob sie sich an ein paar Fotos erinnern kann.«

»Fotos?«

Ich öffnete den Umschlag, nahm zwei davon heraus und reichte sie ihm. Sein Gesicht zuckte besorgt und bekümmert.

»Die arme Kleine. Siehst du, was sie eigentlich sagt? Liebt mich, liebt mich. Ablehnung durch den Vater, Ablehnung durch den jungen Ehemann, eine verpfuschte Abtreibung, ein Jahr in der Anstalt, als sie siebzehn war, Knall auf Fall.«

»Was würde es mit ihr machen, wenn ich ihr diese Bilder zeige?«

»Trav, inzwischen kann ihr nichts mehr helfen oder schaden.«

»Wird sie mit mir reden?«

»In dieser Phase des Zyklus ist sie sehr überschwenglich. Vielleicht regt sie sich auf. Vielleicht findet sie es lustig. Ich weiß nicht. Es könnte die Phase beschleunigen. Ich glaube nicht, daß es irgendwelchen Schaden anrichtet.«

»Solltest du dabeisein?«

»Ich glaube, du bekommst mehr aus ihr raus, wenn du allein bist. Bei zwei oder mehr Leuten spielt sie vielleicht den Clown. Sie reagiert zu stark. Sie spricht besser nur mit einem. Mein Gott, Junge, sind das vielleicht Fotos! Vor eineinhalb Jahren? Ich schätze, es ging ihr nicht gut damals, aber um das zu sehen, muß man ausgebildet sein. Jetzt sieht es jeder.«

»Wie verhält man sich am besten ihr gegenüber, Stan?«

»Ganz natürlich, freundlich. Wenn sie Unsinn redet, lenk sie einfach wieder auf das zurück, was du hören willst. Vermeide schockierte Blicke, und lach nicht. Wir sind hier an Nancy gewöhnt, und jeder Säufer auf der Welt hat schon alles gehört, was es zu hören gibt. Behandle sie, als wäre sie ... ein kluges, süßes, phantasievolles Kind.«

»Wo ist sie?«

Er führte mich zum Büro und zeigte mit dem Finger. »Geh um den Speisesaal rum, dahinter fängt der Pfad zum Strand an. Ich habe gesehen, wie sie vor ungefähr zwanzig Minuten in die Richtung gegangen ist.«

Ich hörte sie, bevor ich sie sah. Es war ein schmales Stück Strand, mehr Muschelschalen als Sand. Es war eine wunderschöne Altstimme, sehr kräftig und voll, die voller Inbrunst einen Werbesong für Zigaretten mit Filter, viel Geschmack und Hardbox sang. Sie saß auf einem Palmenstamm, etwa dreißig Meter von der Stelle, wo der Pfad auf den hellen Strand traf. Als ich auf sie zuging, hörte sie das Knirschen meiner Schritte auf den Muschelschalen, hörte auf zu singen, drehte sich um und starrte mich an. Dann stand sie auf und kam mir mit einem warmen, lieben Lächeln entgegen. Die weißen Zähne strahlten in dem sonnengebräunten Gesicht. »*Hallo* Sie!« sagte sie. »Ich bin Nancy. Sind Sie einer von den Neuen?«

Sie trug hellblaue Bermudashorts und ein weißes Herrenhemd, dessen Zipfel sie um die Hüfte geknotet hatte. Ihr Haar war zu Zöpfen geflochten. Sie war groß und schlank, und ihre Augen waren von einem dunklen, klaren Blau. Nach einer Weile wurde mir klar, daß sie mich an die Jane aus den ganz frühen Tarzanfilmen erinnerte. Sie ging barfuß, ohne auf die Muscheln zu achten.

»Ich bin nur zu Besuch. Ich heiße Trav.«

»Besuchen Sie Jackie? Sie kotzt nicht mehr so viel. Vielleicht darf sie nach Hause. Nur auf Besuch.«

»Ehrlich gesagt, wollte ich Sie besuchen.«

Aus ihrem Gesicht schwanden alle Wärme und Heiterkeit. »Er schickt immer nur Leute. Sagen Sie ihm, ich geb 'n Scheiß drauf. Jetzt. Und für immer. Er kann mich mal. Sagen Sie ihm das.«

»Niemand hat mich geschickt. Ich kenne nur ein paar Leute, die Sie auch kennen. Ich bin hier vorbeigekommen und dachte, ich schau kurz vorbei. Das ist alles, Nancy.«

»Was für Leute?«

»Carl Abelle, Vance und Patty M'Gruder.«

Schmollend wandte sie sich ab und ging zurück zu ihrem Stamm. Ich folgte ihr und blieb in ihrer Nähe stehen. Sie blinzelte zu mir hoch. »Ich kenne diesen Carl. Kräftiger Rücken und schwacher Verstand. Er hatte so eine dumme Idee. Den perfekten Orgasmus. Können Sie sich das vorstellen? Vielleicht dachte er, das macht mich an. Verdammter Feigling. Traute sich nicht mal, Feuer in der Skihütte zu machen. Mein Gott, war das kalt da drin, ganz oben auf dem Paß. Und Tantchen dachte, ich bin den ganzen Tag auf der Piste. Er hatte den Schlüssel aus dem Büro geklaut. Fünfzig Dollar am Tag hat sie ihm für Privatunterricht gezahlt. Das haben wir alles auf dem Bett abgearbeitet. Was wollte der eigentlich damit? Können Sie mir das sagen? Entweder man kommt, oder man kommt nicht, stimmt's? Und ich komm fast immer, egal wie schnell sie beim erstenmal fertig sind. Letzte Woche oder letztes Jahr hab ich versucht, mich an Carls Namen zu erinnern. Mein Gott, sah der gut aus auf Skiern. Wenn wir aus der Hütte kamen, schubste er mich immer in den Schnee und rieb mir das Gesicht damit ab, daß ich ganz rosa wurde und es aussah, als sei ich draußen gewesen. Und dann ist er mit mir bis ganz runter zum Hotel gefahren, halb beduselt von dem Schnaps, wie wenn man im Traum schwebt. Aber er hat ziemlich viel Quatsch geredet. Wie alt war ich da? Er hat's Ihnen wahrscheinlich gesagt. Neunzehn? Glaub schon. Mein Gedächtnis wird besser. Fragen Sie Stan, der sagt's Ihnen. Aber was bringt das? So ein paar Sachen, an die man sich erinnert, meine ich. Setzen Sie sich zu mir. Aber bitte, über diese ekligen M'Gruders möchte ich nicht reden. Ich muß doch nicht, oder?«

»Nein.«

»Was haben Sie denn da?«

»Ein paar Bilder.«

»Darf ich mal sehen, bitte?«

Sie hielt sie in ihrem Schoß. Sie schaute sie bedächtig und schweigend an, eines nach dem andern. Ich beobachtete genau ihr Gesicht. Eines legte sie obenauf. Mit dem Daumen strich sie über Sonnys Rücken. »Verbrannt, verbrannt, verbrannt«, sagte sie leise.

»Sonnenbrand?«

»Oh, nein. Er ist gegen 'ne Mauer gefahren. Mit seinem aufgemotzten Benz mit Spezialnocken und so. Ich hatte den großen roten Hut auf, damit er mich sehen konnte, und ich saß an dem Tag auf der Mauer bei den Boxen. Wir haben das Auto überall mit hingeschleppt, und in Georgia ist er drin verbrannt. Hat sich immer wieder überschlagen.« Sie strich sich über den Oberschenkel. »Sonny hatte es gern, wenn ich Nuttenklamotten anhatte. Enge kurze Röcke und enge knallbunte Pullover. Und er sagte, ich müßte den Arsch schwenken beim Gehen. Stolz wie 'n Gockel und gemein wie 'ne Schlange, so war Sonny.«

Sie fuhr mit dem Daumen über sein Bild auf dem Foto.

»Genau der da. Sonny Catton. Er hat mich weggebracht, als die Party abgeschlafft ist. Ich war vielleicht zwei Wochen mit ihm zusammen, und er hat mich immer verdroschen. Weil ich noch 'nen Drink wollte oder weil jemand mich angemacht hatte oder manchmal, weil er sich an was von der Party erinnerte. Wie auf dem Foto da, wie mit dem da. Wie hieß der noch? Cass? Cass irgendwie. Der machte so komische Zeichnungen von den Leuten. Er hat mir eine von mir gegeben, aber ich hab sie verloren. Wissen Sie, daß ich fast jedes gottverdammte Ding verloren hab, das mir je gehört hat? Ich hatte es satt, daß er immer auf mir rumgedroschen hat, und bin nach Hause gefahren, und was meinen Sie, mein Va-Va-V-V ... der Mann, der mit meiner Mutter verheiratet war, *der* hatte so Bilder wie die da. Er sagte, ich soll meinen Freunden sagen, da wär nichts zu holen. Die könnten sie im *Chronicle* veröffentlichen. Mann, was hat der mir eine runtergehauen! Sein Gesicht war wie aus Stein. Ich schätze, es hat ihn auf die Palme gebracht, Bilder zu sehen, auf denen es seine Frau mit anderen Kerlen trieb. Frau! Haben Sie das gehört? Ich bin seine T-T-Toch-Tochter. Geschafft!«

Mir lief ein kalter Schauer über den Rücken. »Was haben Sie dann gemacht, Nancy?«

»Sind Sie auch so'n Doktor? Seit tausend Jahren steh ich bis zum Hals in Ärzten. Ich war mit vierzehn schon eine Frau, und als sie mich dabei erwischten, da haben sie mich zum ersten geschickt. Und ich wußte, der hätt's auch gerne gemacht, wenn er sich getraut hätte. Er hat dann immer so geschwitzt und sich die Brille geputzt und ist rumgetigert. Die reiten alle so drauf rum, daß ich stottere, wenn ich versuche ... Vau A Te E Er zu sagen. Machen Sie auch Tests mit mir?«

»Ich heiße Trav. Ich bin kein Arzt.«

»Trav. Trav, wieso hat er Ihnen gesagt, Sie sollen mir diese verdammten Fotos zeigen? Das sind nicht mal die gleichen. Da waren noch viel mehr von mir. Hey, wissen Sie, wer die da ist? Die ohne Gesicht? Ein ganz berühmter Filmstar. Lysa Dean! Echt, ohne Witz! Die ist in Wirklichkeit ganz klein, sieht aber klasse aus.«

»Wer hat die Fotos aufgenommen?«

»Woher soll ich das wissen? Ich wußte gar nicht, daß *überhaupt* jemand Fotos gemacht hat, bis ich in sein Arbeitszimmer kam und er sie hatte. Er hat mir Geld gegeben, und ich hab mich wieder mit Sonny versöhnt. Ich war lange bei ihm. Monate, glaube ich. Die ganze Zeit. Überall, wo er gefahren ist. Ich erinnere mich an den Tag, wo er gestorben ist, und das nächste, was ich weiß, ist die Klinik in Mexico City. *Irgend jemand* hat mich da eingeliefert, aber wer? Zu Fuß da *runtergewandert* kann ich ja wohl kaum sein, oder? Später hab ich rausgekriegt, daß jemand mich mitten in der Nacht auf dem Parkplatz von der Klinik abgeladen hat. Ich hatte Lungenentzündung und zwei gebrochene Finger. Ich habe halluziniert und hatte Tripper. Als ich sagen konnte, wer ich bin, haben sie ... ihm telegrafiert. Kaum daß ich transportfähig war, hat er Leute geschickt, die mich zurückgebracht und nach ... Shady Rest? Refuge Mountain? gesteckt haben. Irgend so ein blöder Name. Wie soll ich mich da dran erinnern? Ich kann mich kaum erinnern, wie ich *hierher* gekommen bin!«

»Wie ist eigentlich Ihr Vater an die Bilder gekommen?«

»Was weiß ich? Er dachte, ich wüßte über alles Bescheid. Er dachte, es seien Freunde von mir gewesen und wir hätten uns das ausgedacht, um ihm Geld aus der Tasche zu ziehen.«

»Das hier ist ein sehr schöner Ort, Nancy.«

»Glaub schon. Ich denke, hier gefällt's mir. Manchmal werd ich ganz, ganz nervös. Und danach werd ich traurig. Dann bin ich ganz lange traurig. Dann summe ich den ganzen Tag traurige Lieder vor mich hin, ohne daß auch nur ein Ton rauskommt.«

»Hat irgend jemand auf der Party irgend etwas von Fotos von Lysa Dean gesagt?«

Sie wandte sich mir mit einem ärgerlichen Blick zu. »Wissen Sie, Sie können einen ganz schön nerven mit Ihren Fotos. Nein. Keiner hat irgendwas gesagt. Ich hab keine Kamera gesehen. Lassen Sie uns damit aufhören, ja?«

Ich steckte die Bilder weg. »Wieso sind Sie sauer auf die M'Gruders?«

»Darüber will ich nicht reden.«

»Dann tun wir's auch nicht.«

»Wissen Sie was, Sie sind furchtbar nett, Trav.« Sie lächelte mich an, ganz strahlend und voller Unschuld. Sie legte ihre Hand auf meine.

»Danke. Sie sind ein nettes Mädchen.«

»Ich bin 'ne Nutte, mein Schatz. Ich bin 'ne Säuferin und 'ne Nutte. Darf ich Ihnen eine persönliche Frage stellen?«

»Natürlich.«

»Wieso gehen wir nicht kurz rüber in die Büsche, Süßer?« Sie zog rasch und kräftig an meiner Hand und preßte sie an sich. Ich riß sie ihr weg. »Da werd ich nicht so nervös«, sagte sie. »Bitte, Süßer. Bitte, bitte bitte.«

Ich stand schnell auf, und sie sprang auf und versuchte, sich an mich zu drücken. Ich wehrte sie mit den Händen an den Schultern ab. Sie drehte abrupt den Kopf zur Seite und leckte mir über die Hand.

Ich schüttelte sie. »Nancy! Nancy! Schluß jetzt!«

Sie erschauerte und ließ mit einem traurigen Lächeln von mir ab. »Für einen Mann spielt das doch keine Rolle. Wieso sollte Sie das kümmern?«

»Ich muß jetzt los. Es war schön, Sie zu besuchen.«

»Danke«, sagte sie höflich. »Kommen Sie mal wieder vorbei.« Sie reckte die Schultern wie ein Kind, das etwas aufsagen will. »Wenn Sie zurückgehen, sagen Sie meinem ... V-V ... sagen Sie ihm, ich sei ein braves Mädchen. Sagen Sie ihm, daß ... ich gute Noten bekomme.«

»Natürlich.«

»Wiedersehen.«

Ich ging die dreißig Meter bis zu dem Pfad zurück. Als ich mich umdrehte und zurückschaute, schüttelte sie die Faust und rief: »Fragen Sie diese Patty M'Gruder, warum sie mich eingesperrt hat! Fragen Sie das die dreckige Schlampe!«

Auf halbem Weg zu den Gebäuden blieb ich auf dem Pfad stehen und lehnte mich an einen Baum. Ich hatte ein komisches Gefühl in den Knien. Ich zündete mir eine Zigarette an, nahm einen Zug und warf sie weg. Stan Burley war in dem kleinen Büro und unterhielt sich mit Dana. Er stand auf und holte mir einen Eistee. »Wie ist's gelaufen?« fragte er.

»Ich weiß nicht. Ihr Gedächtnis war ziemlich gut. Es hat mir fast das Herz gebrochen, wenn sie versucht hat, ihn Vater zu nennen. Was ist los mit dem Dreckskerl? Er hat sie zum Teufel geschickt. Er hat einen ziemlich lieben Menschen zum Teufel geschickt, glaube ich.«

»Hat sie dir helfen können?«

»Ich weiß nicht. Ich muß es nachprüfen. Stan, sie hat sich mir direkt an den Hals geworfen.«

Er hob seine zerfurchten Affenbrauen. »Bißchen zu früh dafür. Ich werd sie genau im Auge behalten. Danke.«

»Wie lautet die Prognose?«

Er wischte sich mit der Hand übers Gesicht. »Ich weiß nicht. Die Hochphasen scheinen nicht höher zu werden, aber die Phasen der Apathie werden tiefer und dauern etwas länger. Und wenn sie aus ihnen auftaucht, hab ich das Gefühl ... es ist etwas weniger von ihr da. Sie hat ein paar Lieder vergessen, die sie vor ein paar Monaten noch wußte. Sie wird ein bißchen ungeschickt und unreinlich beim Essen und in der Körperpflege. Den Strand liebt sie sehr. Sie haßt es, eingesperrt zu sein. Hier hat sie die Illusion von Freiheit. Eine große Anstalt könnte es vielleicht aufhalten, vielleicht sogar ein bißchen bessern, aber niemals so weit, daß man sie in die Welt entlassen könnte. Sie ist für niemanden eine Gefahr. Sie ist ein Opfer. Er hat sie zum Opfer gemacht.«

»Was ist mit ihrer Mutter passiert?«

»Die starb bei einem Hotelbrand, als Nancy sieben war. Sie war mit einem Liebhaber dort. Nancy hat einen kräftigen Körper. Ich fürchte, der wird auch noch lange funktionieren, nachdem der Verstand zum Teufel ist. Vielleicht noch vierzig Jahre oder länger. Es gibt noch einen Bruder. Älter und, allen Berichten nach zu urteilen, extrem spießig. War nett, dich mal wieder zu sehen. Nett, mit Ihnen zu plaudern, Miss Holtzer. Es ist eine seltsame Welt, wissen Sie. Wir können uns vor unseren Feinden schützen und sogar vor unseren Freunden, aber niemals vor unserer Familie. Die Kleine da wurde mit sieben ins Internat geschickt. Mit vierzehn hatte sie Liebhaber, alkoholisch bedingte Demenz in milder Form mit fünfzehn und die ersten Elektroschocks mit sechzehn. Ich geh jetzt Stühle streichen. Meine Therapie gegen Depression und Empörung. Sie können jederzeit wiederkommen, alle beide.«

Zum Mittagessen machten wir in einem Fischrestaurant halt. Wir hatten eine Ecknische für uns. Ich erzählte ihr von dem Toten. Sonny Catton. Ich erzählte ihr von den acht Bildern, der Ohrfeige des Vaters, der Feindseligkeit gegenüber den M'Gruders, ihrer letzten rätselhaften Bemerkung.

»So wie Sie aussehen, war es hart, Trav.«

»Ich schätze, ja. Ich weiß nicht, wieso es mich so mitgenommen hat. Ich glaube, weil sie so frisch und sauber und strahlend aussieht. Ich glaube, ein Mann bekommt das Gefühl ... ein wunderschönes verwirrtes Mädchen, wenn man sie mitnehmen könnte, ihr Liebe geben, sie gut behandeln, würde es ihr wieder bessergehen. Aber man weiß, es geht nicht. Der letzte, der etwas hätte tun können, war vielleicht Catton, aber der war nicht der Typ dafür. Ich schätze, sie ist eine ganze Weile herumgereicht worden, ohne daß einer von denen ihr gutgetan hätte.«

Ich erzählte ihr von Carl Abelle. Die Winkel ihres kräftigen Mundes verzogen sich zu einem spöttischen Lächeln. »Der Tafelritter der Skipiste. Ich habe ihn einmal kennengelernt. Da habe ich erst seit ein paar Wochen für sie gearbeitet. Das war eine ganze Weile, bevor sie zusammen zum Haus der Chipmans gefahren sind. Er sah richtig großartig aus. Dunkelblonde Locken, riesenbreite Schultern, braungebranntes Gesicht, schicker Sportmantel, Seidenschal und so ein leichter, vorgetäuschter deutscher Akzent. Die Haare ein bißchen zu weit über den Ohren. Sie wissen schon. Dort auch leicht gelockt. Riesige weiße Zähne und sehr kräftiger Händedruck. Fast schon ein zu klassischer Hollywoodmacker.«

»Schlau genug für eine kleine Erpressung auf Lees Kosten?

»Ach, das bezweifle ich sehr. Die Idee dazu kann er auf keinen Fall gehabt haben. Jemand könnte ihn dazu überredet haben mitzumachen. Ich glaube, unter Druck würde er ziemlich schnell zusammenbrechen. Nur ein verdammter Stümper hätte versucht, ihn dafür zu benutzen. Und der, der das alles angezettelt hat, war kein Stümper.«

»Haben Sie irgendeine Idee?«

»Wer hatte dort Geld oder einen Ruf oder sonst etwas zu verlieren? Lee, die Tochter des Architekten und die M'Gruders. Cass, wie es scheint, Sonny, Whippy und die beiden Collegejungs und Carl waren ganz eindeutig zu kleine Fische, der Mühe nicht wert, verglichen mit den anderen.«

»Einverstanden. Machen Sie weiter.«

Sie zuckte die Achseln. »Da gibt es nichts weiter. Wir wissen, daß mit zwei von ihnen Kontakt aufgenommen wurde. Lee hat gezahlt. Mr. Abbott offensichtlich nicht. Wie es mit den M'Gruders steht, werden wir noch erfahren. Wir sollten nach San Francisco gehen, denke ich. Nach Abelle oder vorher?«

»Danach.«

»Morgen?« Ich nickte. Sie glitt aus der Nische. »Dann mache ich jetzt besser ein paar Anrufe.« Sie ging zur Kasse, um Kleingeld zu holen.

Wieder zurück auf dem Boot, überprüfte Dana ihre Kopie des Terminplans von Lysa Dean und stellte fest, daß Lysa in etwa fünfzehn Minuten eine Stunde Pause hatte. Sie wartete zwanzig Minuten und rief sie über einen Privatanschluß an, der nicht über die Hotelvermittlung lief. Sie unterhielten sich etwa eine Viertelstunde. Dann rief Dana mich zu sich und legte die Hand auf die Muschel.

»Sie möchte mit Ihnen sprechen. Ich habe sie über alles informiert.«

»Süßer«, nuschelte sie schläfrig, als ich an den Apparat ging, »wie gefällt Ihnen das kleine Geschenk, das ich Ihnen geschickt habe?«

»Wie bitte?«

»Die höchst tüchtige traurige Gestalt, Dummerchen.«

»Ach sie, gut, sehr gut.«

»Sie wird darauf achten, daß Sie ehrlich bleiben und daß Sie sich anstrengen, mein Lieber. Ich vermisse sie jetzt schon. So ein paar Kleinigkeiten gehen jetzt schon schief. Nehmen Sie sie also nicht allzu lange in Beschlag.«

»Ich habe um nichts dergleichen gebeten, wie Sie wissen.«

»Ach, seien Sie nicht so steif! Und übrigens, McGee, geben Sie sich keinen falschen Hoffnungen hin. Sie ist nicht ohne, dunkel und herzlich. So ein gezügeltes Feuer im Blick oder so ähnlich. Ein paar von den größten Experten im Filmgeschäft haben es schon bei ihr versucht, mein Lieber, und sind mit glasigen Augen und Eiszapfen am Schniedel abgezogen. Das ist schon eine Art Insiderwitz.«

»Ich lach mich krank.«

»Sie sind wirklich ein Mistkerl, stimmt's? Wieso mag ich Sie nur trotzdem? Ich habe gehört, die kleine Abbott ist aus dem Spiel?«

»Ist sie Ihnen damals irgendwie merkwürdig vorgekommen?«

»Nicht besonders. Sie hat sich ganz schön einen hinter die Binde gegossen, da erwartet man nicht viel Verstand. Und sie war ab und zu ziemlich ruppig. Hat sich in die kleinen Spiele von anderen Leuten reingedrängt. Die ganze Zeit hat sie von ihrem lieben Pappi geredet. Und zu ganz komischen Zeiten diesen Song geträllert. My Heart Belongs to und so weiter. Wenn Sie Carl sehen, Lieber, dann drücken Sie ihm die Hand, lächeln, sagen Sie ihm einen schönen Gruß von mir und treten Sie ihm kräftig in die Eier. Dafür würde ich noch einen kleinen Bonus drauflegen.«

»Nur eins noch: Ist sein schwacher Akzent echt?«

»Gott bewahre, nein! Der ist nur fürs Skigeschäft.«

»Werden Sie gut beschützt?«

»Bisher sieht es recht gut aus. Passen Sie selbst auf sich auf. Dana wird mich auf dem laufenden halten.«

»Möchten Sie noch einmal mit ihr sprechen?«

»Auf Wiederhören und alles Gute für Sie beide. Weidmannsheil.«

Ich legte auf. »Sie haben vor, sie auf dem laufenden zu halten?«

Sie hatte das Scheckheft aus der Schublade geholt, um die Einzahlung, die sie getätigt hatte, einzutragen. Mit einer leicht hochgezogenen dunklen Augenbraue schaute sie zu mir herüber. »In diesem Geschäft werden ständig Intrigen geschmiedet. Jeder belauert jeden. Und wenn man *für* jemanden arbeitet, muß man auf einer bestimmten Stufe stehen, wie in einer Hackordnung. Sie versucht nur, Sie einzuordnen, Travis, irgendwo zwischen Drehbuchautor und Coproduzent. Sie weiß nicht, daß das nicht funktionieren wird, aber es hat keinen Sinn ... darauf herumzureiten. Ich werde ihr sagen, was sie wissen muß, und genug, um sie bei Laune zu halten, nicht mehr und nicht weniger. Okay?«

»Gespaltene Loyalität?«

»Eigentlich nicht. Sie sind doch beide hinter dem gleichen her, oder?«

»Ist das eine Frage?«

»Mr. Burley hat mir von einem Mädchen namens Marianne erzählt. Das hat einige meiner Zweifel an Ihnen beseitigt.«

»Ich bin einigermaßen anständig, Dana, auf meine Weise. Bis dahin mache ich mit. Vielleicht habe ich meinen Preis. Es hat nur noch niemand den richtigen Betrag angeboten. Vielleicht nächstes Mal. Und jetzt wollen wir mal sehen, wie schnell Sie uns hier rausbringen, Fräulein Tüchtig.«

Sechs

Sie schaffte es, für Mittwoch auf noch frühere Flüge umzubuchen. Nachmittags waren wir unter einem grauen Februarhimmel in wirbelndem Schnee in Albany gelandet und gleich weitergeflogen. Als es zu schneien aufhörte, war der Himmel dämmrig grau. Ich schaute hinunter auf die winterliche Kalligraphie des Staates New York. Weiße Felder, begrenzt von schwarzen Waldstücken, eine Radierung in schwarzweiß, wunderbar friedlich im Gegensatz zu dem qualmenden, stotternden, durchdringenden Gestank des Flugzeugs, das wie ein alter Pendelbus über den Himmel zog.

Dana wirkte nachdenklich. Sie hatte ihren Sitz am Fenster zurückgeschoben und das Gesicht zum Fenster gedreht. Ich konnte nicht sehen, ob sie die Augen offen oder geschlossen hatte. Ich betrachtete ihre Hände, die in ihrem Schoß auf dem genoppten Stoff ihres Kostümrocks lagen. Wenn man

Hände lange genug anschaut, kann man sie sich als die Pfoten eines Tiers vorstellen. Ihre Hände waren ein wenig länger, als sie es idealerweise vielleicht hätten sein sollen. Sehr lange, kräftige Finger, ovale, ziemlich schmale gewölbte Nägel. Die Fingerkuppen und die Handballen waren schwer. Die Handrücken wirkten sehr glatt und jugendlich. Man schaut sich Hände wie Tierpfoten an, und man denkt an die tierischen Aspekte des Menschen. Und plötzlich ist man wieder auf dieser Terrasse am Pazifik und sieht diese extremste und gefährlichste Form der Wollust vor sich.

Vielleicht, dachte ich, ist das die endgültigste Art, Menschen einzuordnen: danach, wozu sie fähig sind. Die Versuchung liefert die meisten von uns nicht dem Bösen aus, denn die Versuchung ist ständig da, während das Böse bei den meisten von uns etwas Vorübergehendes ist.

Bisher hatte ich nur zwei Personen gesehen, deren Lebensmuster sie, fast unausweichlich, zu dieser Terrasse geführt hatte. Eine davon hatte ihr ganzes Leben als Erwachsene über im Rampenlicht gestanden, getrieben von rastloser Gier, emotionaler Labilität und dem Bedürfnis aufzufallen. Ihre Künstlichkeit hatte es lediglich zu einer weiteren Rolle gemacht, die ihr nicht einmal da besonders real erschienen war, als es passierte. Die jüngere war schon lange zum Fraß von Jack Londons Nasenlosem geworden, bevor Abelle und die M'Gruders sie auf diese Terrasse geschleppt hatten. Die war, wie Mexiko, wie die Tour mit Sonny Catton, nur ein weiterer Schritt auf dem Weg der Selbstzerstörung.

Mit Catton würde ich nie mehr reden können. Vielleicht hätte es ihn sowieso einen Dreck gekümmert. Bevor eine Seele Empörung empfinden kann, muß sie erst einmal existieren. Für ein Scheusal wie Sonny war wahrscheinlich eine Braut so gut wie die andere, und wenn sie im Dutzend kamen anstatt nacheinander, dann war es ihm auch recht. Eine hatte er mitgebracht und sie für eine, die ihm besser gefiel, abgeschoben. Für ihn bedeutete das vielleicht nicht mehr, als etwas im Laden umzutauschen.

Ich konnte einfach nicht sein wie Sonny. Ich hegte noch die alten Illusionen. Darunter die, daß ich im Lauf der Zeit vielleicht ein bißchen, ein ganz kleines bißchen an Weisheit gewinnen würde. Und der Weise sagt, daß es an der Ladentheke keine wirklichen Werte gibt. Der Weise sagt, daß die einzigen Werte die sind, die man sich selbst setzt. Und ich habe mich in die prekäre Rolle eines Ritterclowns in Blechbüchsenrüstung begeben, der mit seinem Blechschwert auf Ungeheuer eindrischt, denen das ganz gleichgültig ist. Eines der Merkmale des Ritters, selbst des komischen, ist die Verehrung der Frau, und vielleicht ist sogar meine Art der Verehrung inzwischen aus der Mode. Obwohl ich es manchmal auch nicht geschafft habe, will ich, daß eine Beziehung, wenn sie intim wird, auf einer sicheren Basis von Vertrauen, Zuneigung, Respekt beruht. Nicht einfach nur um zu nehmen, Punkte zu machen, zu benutzen oder etwas zu beweisen. Damit fallen Gruppensex-Abenteuer von vornherein unter den Tisch. Nicht zur Erholung, nicht aus gesundheitlichen Gründen, nicht um soziologisch wertvolle Kontakte aufzubauen. Sondern weil sie eine Frau und kostbar ist. Und man selbst ist ein Mann und ebenso kostbar. Es laufen genügend Mädels und Jungs herum. Na, sag's schon, McGee. Sag es. Okay, der Liebe und ausschließlich der Liebe wegen. Es sind Menschen, verdammt, keine pneumatischen, hydraulischen Terrassenspielzeuge. Nicht unbedingt Heloïse und Abelard, Romeo und Fräulein Capulet oder auch nur Dornröschen und der Prinz. Sondern einfach nur ein Krümchen irgendeiner Art von Liebe, Junge. Von Liebe, die es schön macht, sie in den Armen zu halten, die einen wärmt, wenn man ihr Worte ins Ohr flüstert, auch wenn das Feuerwerk im Park schon längst erloschen ist. Und das geht nicht mit einem Terrassenspielzeug.

Dana rollte mit dem Kopf in meine Richtung und lächelte. »Ich wäre fast eingeschlafen.« Sie gähnte und legte die Hand vor den Mund. »Sie kennen das sicher, wenn man über etwas nachdenkt und dann alles verrückt wird und dann wieder real und man weiß, daß es sich mit einem Traum vermischt hat.«

»Erzählen Sie mir den verrückten Teil.«

»Der ist wirklich ganz dumm, Trav. Ich habe darüber nachgedacht, ob das Auto auch dasein würde wie bestellt, und mich dann plötzlich an das letzte Mal erinnert, als wir ein Auto brauchten – was natürlich nie passiert ist –, und wir sind hinausgegangen und eingestiegen, und da hatte es keine Räder. Sie waren fuchsteufelswild und haben ständig gesagt, daß sie das immer mit uns machen würden. Und ich dachte, daß ich diesmal nach den Rädern schauen würde, bevor ich den Mietvertrag unterschreibe, und plötzlich wurde mir klar, wie verrückt das war. Ich schätze, ein Psychiater hätte seine helle Freude daran.«

»Ich nehme an, er würde sagen, daß Sie erkannt haben, daß ich mit Ihnen nirgendwo hinkomme.«

Ich sagte es einfach so heraus. Sie schaute mich noch einmal an. »Wahrscheinlich könnte man fast jede Bedeutung hineininterpretieren«, sagte sie etwas zu beiläufig. Sie drehte den Kopf wieder weg, und ich sah, wie ihr die Röte in die Wangen stieg, ihre Stirn überzog und dann langsam wieder verschwand. Die Erklärung war zu logisch gewesen, und sie hatte sie einen Augenblick lang akzeptiert. Dann hatte sie im nächsten Schritt der Übersetzung gemerkt, was es bedeutete, zu träumen, daß sie diesmal nach den Reifen sehen wollte, bevor sie den Mietvertrag unterschrieb. Ganz unabsichtlich hatte ich ihr etwas bewußt gemacht, das sie doppelt wachsam dagegen machen würde, sich im geringsten emotional auf mich einzulassen.

Sie regelte das mit dem Auto, während ich das Gepäck abholte. Als sie neben mir einstieg, hatte sie eine Karte mit Markierungen in der Hand. Sie zeigte sie mir. »Nur zur groben Orientierung. Ich sage Ihnen, wo Sie abbiegen müssen«, sagte sie. Ein ausgesprochen brauchbares Mädchen.

»Essen?« fragte ich.

»Hoppla«, sagte sie, stieg wieder aus und eilte zurück zum Terminal. Sie kam mit neuen Markierungen auf der Karte wieder heraus, und wir fuhren entgegen unserer Richtung ein paar Straßen nach North Utica hinein zu einem italienischen Restaurant namens The Diplomat.

Es war nicht angetan, begeisterte Gourmetschreie hervorzurufen, aber ein paar Gläschen Frostschutzmittel waren ein hervorragender Schutz gegen die Nachmittagskälte von zwanzig Grad minus, den tiefhängenden Himmel und die feuchtkalte Luft. Heiße italienische Wurst und Spaghetti *al dente* beugten ähnlich vor.

Man weiß, wie das ist. Man kommt ins Rätseln. Wir waren zu einem nicht gerade behaglichen Schweigen verstummt. Ich hatte nicht viel Freude oder Leben in ihr gesehen. Wenn wir eine ganze Weile zusammen verbringen sollten, konnte das mühselig werden. Man rätselt also und denkt sich etwas aus. Und wenn man es sagt, ist man halb darauf gefaßt, einen völlig verständnislosen Blick und eine Frage wie ›Hä! Was soll denn das?‹ zu ernten.

Als sie also gerade dabei war, ein paar Spaghetti auf ihre Gabel zu drehen, legte ich los. »Mein Gott, Myra, ich wette, du hast vergessen, die Heizung herunterzudrehen.«

Ihre Gabel fiel klappernd auf den Teller. »*Ich* habe vergessen, sie herunterzudrehen? Frank, mein Schatz, das stand auf deiner Liste. Weißt du noch?«

»Natürlich stand es auf meiner Liste. Ich habe dich daran erinnert und es durchgestrichen.«

»Ich glaube, du könntest ein Mal, nur ein einziges Mal ... Wie hoch stand sie denn?«

»Auf vierundzwanzig. Was sonst? Zwanzig ist für normale Menschen genug. *Du* brauchst immer vierundzwanzig.«

»Mein Gott, all das schöne Öl. Liebling, vielleicht könnten wir die Hollisbankers anrufen.«

»Und wie kommen die rein?«

Sie zögerte einen Augenblick. »Ich hab's! Bei Helens Figur könnte Fred sie unter der Tür durchschieben.«

Ich brach ab. Ein klarer Sieg für sie. Man weiß es nie, bevor man es versucht. Wir lachten wie die Irren. Dann wurde aus ihrem nächsten Lacher ein unterdrücktes Schluchzen, und sie sprang auf und stürmte zur Damentoilette. Die Gäste ringsum starrten uns an. Sie hatte das meiste aufgegessen. Ich aß auch auf. Ich würde sagen, sie war gute zehn Minuten weg. Als sie wieder herauskam, war sie blaß. Ihre feinen Augen waren rot gerändert. Schwach sank sie auf ihren Stuhl. Sie sagte der Kellnerin, sie sei fertig. Nur einen Kaffee, bitte.

»Entschuldigen Sie«, sagte sie. »Ich war nicht darauf gefaßt.

Es ging mir ein bißchen zu nahe. Ganz plötzlich. Tut mir leid, es war ein bißchen zu sehr wie ... ein anderes Spiel, das ich früher immer gespielt habe. Schauen Sie nicht so besorgt. Es war nicht Ihre Schuld.«

»Ich werd's nicht wieder versuchen.«

»Das ist wahrscheinlich besser.«

Der Kaffee kam. Das Schweigen war unbehaglich. Als wir zum Aufbruch bereit waren, warf sie mir mit einemmal ein verkrampftes, aber lebendiges Lächeln zu und berührte zitternd mein Handgelenk. »Liebling, hast du dran gedacht, die Karten an Mama und Sis einzuwerfen?«

»Ich hab sie abgeschickt. Deine Mutter kriegt die mit den Böcken, die ihre Hörner verhakt haben.«

Sie verzog die Lippen, und ich wußte, daß sie überlegte, wie sie mir ein Stichwort geben könnte, damit ich gewann. »Ich frage mich, ob Mama nicht denkt, daß das eine Anspielung sein soll, Liebling, und sich aufregt oder so was.«

»Baby, um des Kaisers Bart streiten ist das, was sie am besten kann.«

Sie lachte. Eingeständnis der Niederlage. Schlechte Witze gewinnen. In ihren Augen glitzerte es, aber sie lachte. Ich war stolz auf sie, weil sie es überwunden hatte. Gleichzeitig hatte ich Schuldgefühle. Sie hatte sich eingerichtet, sich abgefunden. Es war nicht fair, sie aufzustören. Es war ihr gegenüber nicht fair von mir, daß ich sie ein bißchen aufheitern wollte, sehen wollte, was hinter ihrem eisernen Panzer steckte. Die beiden Spiele hatten ein Muster vorgegeben. Wir waren Myra und Frank. Wenn ich noch eine Runde versuchte, würde sie sich verpflichtet fühlen. Daher würde ich es ihr überlassen, mit der nächsten Runde anzufangen. Und sie würde wissen, daß ich es ihr überließ, und sie würde wissen, warum. Das war das Komische bei uns, gleich von Anfang an. Ich hatte das absolute Vertrauen, daß sie wußte, was ich denke.

Wir fuhren auf der Route 8 nach Norden in die Berge. Wir kamen durch ein Städtchen namens Poland. Es sah aus wie auf einer Weihnachtskarte. Die Straßen waren trocken, mit hohen Schneewehen gesäumt. Es war die Sorte von Städtchen, in dem man nicht unbedingt gerne leben würde, aber aus dem man gerne stammen möchte. Es wirkte wie ein guter Ort, um von da zu kommen.

Weiter oben im Adirondack-Naturpark war die Luft klarer und kälter. Die Heizung machte den kleinen Wagen behaglich warm. Serpentinen, winterliche Seen, schwarze Nadelwälder vor Schneelandschaft, Hügel mit Stoppeln aus Bäumen wie Buckel äsender Tiere, die in alle Ewigkeit vor sich hin fraßen. Zumindest hatten wir die Stimmung unseres Schweigens verändert. Oder diese wundervolle Landschaft hatte sie verändert.

Speculator, etwa gegen vier nachmittags, war ungefähr so groß wie Poland, hatte aber nur etwa ein Fünftel seines Charmes. Der Fortschritt hatte angefangen, sich mit Trommelgetöse und vereinzeltem Neonglitzern in die Hauptstraße zu fressen. Massen junger Skiläufer streiften durch die Gegend, johlten sich ihre Brunftschreie zu und spickten die Schneewehen mit glänzenden, leeren Bierdosen. Ich parkte vor einem großen, supermarktartigen Laden namens Chas Johns, dessen sämtliche Neonleuchten in die graue Dämmerung des späten Nachmittags strahlten. Dana telefonierte von einer öffentlichen Zelle aus. Kurz darauf kam sie zurück. »Angeblich ist er nach Gloversville gefahren, um eine Expreßlieferung Skier oder so etwas von der Bahn abzuholen. Er wird um sechs zurückerwartet.«

»Dann suchen wir uns mal was zum Übernachten. Ich möchte ihn mir zuerst einmal anschauen, die richtige Zeit abpassen und dann eine Stelle suchen, wo ich ihn mir vornehmen kann.«

»Denken Sie daran, er wird mich erkennen.«

»Ich weiß. Und vielleicht brauche ich Sie fürs Finale, wenn ich ihn weichgeklopft habe. Wir werden sehen.«

»Komisch. Sie reden von ihm wie von einer verschlossenen Kassette.«

»Genau so ist es auch, Dana. Und gewöhnlich hat einer mit der Ausstattung geknausert. Schlecht geschweißte Nähte und ein billiges Schloß.«

Fast im Stadtzentrum stand in einem komischen Winkel eingezwängt ein kleines, relativ neues Motel. Ich versuchte es. Der Gentleman am Empfang sagte, er habe nur ein Zweibettzimmer, da es eine Absage gegeben habe, und auch das könne er uns nur für eine Nacht überlassen, weil er, wie alle, von Donnerstag bis übers Wochenende ausgebucht sei. Der Schnee und die Wettervorhersage waren gut, und es sah aus, als würde es eine der besten Wochen der Saison werden.

Ich ging nach draußen und setzte mich hinters Steuer. »Dana, ich kann nichts dafür, glauben Sie mir. Es klingt wie ein Oberschülertrick. Sie können reingehen und selbst fragen.« Ich erzählte ihr, was ich erfahren hatte. »Ich könnte es nehmen und Sie wieder nach Utica bringen, wo Sie übernachten und morgen früh wieder hierherkommen könnten.«

Sie zögerte vier Sekunden. »Wenn du endlich mal was gegen dieses grauenhafte Schnarchen unternehmen würdest, zu einem Arzt gehen oder so, dann müßten wir das nicht jedesmal mitmachen.«

»Myra, ich gebe offen zu, daß ich ein bißchen schwer atme.«

»Ein bißchen schwer! Wenn du loslegst, dann rennen die Nachbarn in die Nacht hinaus und rufen ›Der Löwe ist los!‹«

»Nur wenn ich mich auf den Rücken drehe, Liebling.«

»Dann hast du auf beiden Seiten einen Rücken. Wie dem auch sei, mein Schatz, ich werde in dieser Bergluft so gut schlafen, daß du mich, glaube ich, heute nacht nicht stören wirst. Aber versuche bitte, es bei einem gedämpften Brüllen zu belassen.«

»Du tust, als würde mir das Spaß machen.«

»Weil es sich *anhört*, als würde es dir Spaß machen, mein Bärchen.«

Ein Auto bog ein, und ich fürchtete, wir würden das Zimmer verlieren, wenn wir das Spiel zu Ende spielten. Ich ging also hinein und trug uns als T. McGee und Gattin ein. Die beiden Dreiviertelbetten schienen den Raum auszufüllen. Wir mußten uns unaufhörlich höflich umeinander drehen und wenden, bis wir uns eingerichtet hatten. Mit einem raschen Gang zur Eismaschine und beachtlicher Zauberkraft brachte sie einen breiten, flachen Silberbecher mit genau der richtigen Menge Gin und den beiden Tropfen Wermut zum Vorschein.

»Ist das die Promibehandlung?« fragte ich taktlos.

»Ich wollte nicht aus der Übung kommen.«

»Ah, so ... danke. Schmeckt gut.«

»Wirklich keine Ursache, Travis.«

Wir kamen zu dem Schluß, das beste sei es, wenn sie an Ort und Stelle bliebe, während ich Carl Abelle einen ersten Besuch abstattete. Die Mohawk Lodge lag sieben oder acht Meilen außerhalb an der Indian Lake Road und war über eine eindrucksvoll steile Bergstraße zu erreichen. Das Gelände lag im Glanz von Flutlichtern mitten im Schnee. Das Gebäude war auffallend neu und aus matt lackiertem Fichtenholz erbaut, mit Kreuzbalken und Schweizer Giebeln. Ein Schild warb mit drei Schleppliften, acht Abfahrten, Unterricht, Anfängerpiste, isländischer Sauna, erstklassigen Steaks und Cocktails. Der ganze Schuppen war laut und platzte aus den Nähten. Überall herrschte ein Kommen und Gehen und Kichern und Johlen.

Ich bahnte mir den Weg in einen Raum, bei dem es sich um die Hauptlounge zu handeln schien. In dem Kamin aus Feldsteinen hätte man einen Ochsen braten können. Die Decke war niedrig und wurde von gewaltigen Balken getragen. Es gab eine Menge überbesetzter Couchs und Sessel, und auf dem Boden lagen dicke Teppiche. Dort schien es sich eine große Zahl junger Leute bequem gemacht zu haben. Ich sah mehrere Beine in Gips und Arme in Schlingen. Schwitzende Kellner schleppten Drinks von einer Bar in der Ecke herum, stiegen über die Leute und um sie herum und ignorierten beharrlich die Rufe nach Bedienung. Aus einer großen Stereojukebox plärrte laute Beatlesmusik, und einige Skihasen in engen Freizeithosen anstatt in Skiklamotten versuchten mit aller Kraft, den Twist zu neuem Leben zu erwecken.

Ich kämpfte mich zu einem Kellner durch und stopfte ihm einen Schein in die Hemdtasche. Das erkaufte mir vier Sekunden seiner Aufmerksamkeit. »Carl Abelle«, fragte ich.

Er deutete mit dem Kopf. »Rotes Jackett.«

Abelle lehnte an einer holzverkleideten Wand. Er trug einen roten Blazer mit Olympiawappen und silbernen Knöpfen und einen weißen Seidenschal. Er stand mit geneigtem

Kopf da, in jedem Arm einen reizenden kleinen Skihasen. Eine von beiden sagte ihm etwas direkt ins Ohr. Sie wand sich und zog ein komisches Gesicht wie eine Frau, die einen drekkigen Witz erzählt. Ich wartete ab, bis sie ihre Pointe losgeworden war. Silberhelles Gelächter von den Mädchen. Ein Hohoho von Abelle. Ich trat dazu, und die drei schauten mit dem höflichen Blick zu mir auf, den Eingeweihte einem Außenseiter schenken. Ich trug nicht die richtige Kleidung.

Die Mädchen sahen sehr jung aus, und der Aufenthalt im Freien hatte ihnen eine hübsche, gesunde Farbe verliehen. Ihre Augen jedoch wirkten verschlagen und alt. Carl sah großartig aus. Ein braungebrannter, blonder Held mit weißen Zähnen und blitzenden Augen. Trotzdem wirkte alles irgendwie wie geschminkt. Und trotz des hervorragenden Schnitts seiner Kleidung schien er in der Mitte ein bißchen rundlich zu werden.

»Abelle?«

»Ja?«

»Ich soll Ihnen etwas von Ihren Freunden ausrichten.«

»So?«

»Von Cass. Von Vance und Patty. Von Lee und Sonny und Whippy und Nancy und der ganzen Bande.«

»Kenne ich diese Leute?«

»Ja, Sie kennen diese Leute.« Mehr sagte ich nicht. Ich ließ ihn hängen. Er reimte es sich zusammen. Er war nicht besonders gut darin. Sein Gesicht wurde finster und besorgt.

»Oho«, sagte er. »Meinen Sie etwa Miss Abbott? Und die M'Gruders?«

»Und die Jungs von Cornell.«

»Richten Sie ihnen meine besten Grüße aus. Ja?«

»Das war eigentlich noch nicht das, was ich ausrichten sollte, Carl.«

»So?«

»Wenn wir für zwei Minuten rausgehen könnten.«

Er drückte die Häschen, flüsterte ihnen etwas zu und schickte sie beide mit je einem Klaps auf das gepolsterte kleine Hinterteil zum Kamin.

»Also, wir können auch hier reden, Mister ...«

»Ich habe etwas im Auto, das ich Ihnen zeigen möchte.«

»Dann bringen Sie's rein.«

»Tut mir leid. Ich muß mich an Miss Deans Anweisungen halten.«

Er gewann ein wenig an Sicherheit. »Ach, dann arbeiten Sie für sie. Eine sehr reizende kleine Lady, nicht?«

»Sie schickt Ihnen ihre besten Grüße.«

Er plusterte sich sehr hübsch auf. Aber dann erinnerte er sich an die Namen, die ich ihm genannt hatte. Er erfaßte es nicht mit dem Verstand. Es war ihm nur instinktiv und unbewußt klar, daß etwas nicht ganz stimmte. »Was könnte dieser Schatz mir schicken, was Sie nicht reinbringen könnten?«

Ich zwinkerte ihm höchst verschwörerisch zu. »Sich selbst!«

Er plusterte sich wieder auf und strahlte. »Natürlich!« Er gab mir einen Stups. »Ich verstehe.«

»Genaugenommen wartet sie nicht im Auto, verstehen Sie. Sie hält sich in einer Privathütte am See auf. Sie sagte, es solle eine sehr nette Überraschung sein. Sie ist dort mit alten Freunden zusammen. Inkognito.«

»Sie hat Sie geschickt, um mich abzuholen?«

»Eine spontane Idee. Sie verstehen.«

»Ah, natürlich.«

»Gehen wir?«

Mit einer Hundefalte zwischen den Heldenbrauen knabberte er an seiner Unterlippe. »Ich muß später wieder zurückkommen. Gesellschaftliche Verpflichtungen. Aber ja, es wäre unhöflich, sie nicht sofort aufzusuchen.«

Wir gingen hinaus zu dem Mietwagen. Sein roter Blazer im Licht der Scheinwerfer sah gut aus in den Schneewehen. Er stolzierte voran. In seinem Nacken wölbte sich eine dicke preußische Speckfalte. Möglicherweise war sie ihm als Reaktion auf seinen fingierten Akzent da gewachsen. Ich war fünf Zentimeter größer, und er mindestens fünfzehn Pfund schwerer. Ich konnte es nicht riskieren, ihm eine faire Chance zu lassen. Möglicherweise hätte er sich zu wehren gewußt.

Ich hastete an ihm vorbei und öffnete ihm die Wagentür. Er nahm es mit huldvoller Befriedigung zur Kenntnis. Als er sich zum Einsteigen bückte, bohrte ich die Füße fest in den verharschten Schnee, vollführte eine äußerst elegante Drehung und landete mit meinem besten rechten Haken einen sehr ordentlichen Versuch, ihm den mittleren Silberknopf glatt durch die Wirbelsäule zu treiben. Bei solchen kleinen Melodramen komme ich mir immer wie ein Arschloch vor. Aber man muß sie entschlossen hinter sich bringen. Ein überraschender, gnadenloser, gemeiner Gewaltakt, und alles ist klar. Männer werden wieder zu Kindern. Die Nacht ist voller Kobolde und Geister, die sie an den Tod erinnern. Ein Mann, der in einem fairen Kampf eine abbekommt, besitzt immer noch hartnäckige Reste von Stolz und Ehrgefühl. Ein Mann, den man ohne Vorwarnung ausknockt, ist viel zugänglicher. Mit einem geräuschvollen Rülpsen knickte er ein. Ich versetzte ihm mit verschränkten Händen einen seitlichen Hieb auf den Nacken, direkt unterhalb der Schädelbasis. Als er zu Boden ging, schubste ich ihn mit dem Körper in den Wagen, kickte seine heraushängenden Beine ins Innere und knallte die Tür zu. Ich glaube, das Ganze dauerte nur knapp dreieinhalb Sekunden.

Ich setzte mich hinters Steuer. Er steckte zum größten Teil unter dem Armaturenbrett. Er war total entspannt. Ich konnte ihn schnarchen hören. Nach paar hundert Metern auf dem Highway hielt ich an, wuchtete ihn auf den Sitz, nahm ihm den weißen Seidenschal ab und fesselte ihm damit die Hände, die ich über Kreuz unter seinen muskulösen Oberschenkeln verschnürte. Er sackte stöhnend gegen die Tür. Ein Häuflein Elend mit Silberknöpfen. Die Welt glitzert, aber ihre Oberfläche ist allzu brüchig. Jeden Moment kann etwas aus der Schwärze greifen und dich schnappen. Jeder besitzt sein eigenes Register von Zwangsvorstellungen. Man kann ohne Vorwarnung von einem wahnsinnig netten Kerl zu Brei gequetscht werden, körperlich oder seelisch. Es ist reine Glückssache. Ich hielt mich nicht für einen netten Kerl. Seine rote Jacke war mir ein bißchen zu protzig und prächtig. Jetzt wirkte sie wie ein Kinderspielzeug am Strand, nachdem das Kind ertrunken ist. Der hier war kein Unhold, nur ein dummer Angeber. Eine Skipisten-Version von Harry Diadem, und zwar eine weniger tückische, einfach ein Spezialist für Rennwachs und erogene Zonen.

Ich fuhr nach Speculator hinein und hielt nach einer Stelle Ausschau, wo ich ihn abladen konnte. Die Schneewehen machten es mir nicht gerade leicht. Ich bog nach Westen auf die Route 8 ab und entdeckte nach etwa einer Meile auf der rechten Seite ein unbeleuchtetes Gebäude, eine Art Lager für Baumaterialien. Die Zufahrt und der Parkplatz auf der Rückseite waren vom Schnee geräumt. Die umstehenden Häuser waren dunkel. Im Schein der weit auseinanderstehenden Straßenlaternen der Ortschaft konnte ich keinen Fußgänger ausmachen. Im Augenblick kam aus keiner Richtung Verkehr, und ich bog hastig ein. Dabei geriet das Heck ins Schleudern und knallte gegen eine Schneewehe. Auf dem Parkplatz schaltete ich sofort die Lichter aus. Ich parkte den Wagen hinter dem Gebäude, mit der Schnauze zur Ausfahrt, damit ich sofort losfahren konnte. Rasch stieg ich aus und schaute mich um, ob ich irgendwelche Aufmerksamkeit erregt hatte. Der Schnee hatte einen Mantel der Stille über das Land gebreitet. Ein Hund bellte, in beruhigender Entfernung. Der Nachthimmel funkelte silbern. Silhouetten von kahlen Bäumen. Flüchtiges Aufflackern von Scheinwerfern, wenn Autos vorüberfuhren. Es war etwa zehn Grad unter Null, schätzte ich, nicht allzu unangenehm, wenn kein Wind wehte.

Ich öffnete die Tür auf seiner Seite. Er kam langsam wieder zu Bewußtsein, schaffte es aber nicht, das Gleichgewicht zu halten, und rollte aus dem Wagen auf die hart verkrustete Schneedecke. Ich bückte mich, stützte mich gut ab und wuchtete ihn mit seinen gesamten zweihundertzwanzig Pfund in die Höhe, wobei ich mir Mühe gab, mir die Anstrengung nicht anmerken zu lassen. Ein erwachsener Mann wird nur selten hochgehoben. Das weckt vergessene Erinnerungen an die frühe Kindheit in ihm. Es vermittelt ihm ein Gefühl der Hilflosigkeit. Ich schleppte ihn vier Schritte weit und ließ ihn dann, Arsch voran wie auf einen Sessel, auf einen eins fünfzig breiten Schneehaufen fallen, den das Räumfahrzeug hier zusammengeschoben hatte. Er sackte darauf zusammen und rutschte ein Stück zurück; die Füße in der Luft, die Knie angezogen. Die verschnürten Handgelenke verhinderten, daß er sich aufrichten konnte. Er war so wehrlos, wie ein Mann nur sein kann.

Er schüttelte benommen das prächtige Löwenhaupt. »Mir ist schlecht. Richtig schlecht. Bitte«, sagte er.

Sobald etwas an die Klischees aus Fernsehen oder Kino erinnert, versuchen sie, irgendwie in die Heldenrolle zu schlüpfen. Besser, man gibt dem Ganzen einen Dreh, den sie nicht kapieren. Bullen sind darin Meister. Auf die witzige Tour. Bei den Bullen kann man sich eine ganze Menge abgucken.

Ich trat dicht an ihn heran, streckte die Hand aus und wuschelte ihm mit beiläufiger Zärtlichkeit durch die blonden Locken, wie man es bei einem kleinen Jungen macht. Ich kicherte. Ich tätschelte ihm dreimal die Wange, und beim viertenmal mit etwas mehr Dampf dahinter. Es war keine Ohrfeige, aber auch kein Tätscheln mehr. Es war eine strenge Ermahnung aufzupassen. Paß auf den Lehrer auf, Kleiner.

Meine Augen hatten sich an die Dunkelheit gewöhnt. Ich konnte ihn deutlich sehen. Es war alles viel zu schnell für ihn gegangen. Er starrte mich dümmlich an, bereit, gut Wetter zu machen. Das war genau die richtige Einstellung. Eine billige Blechschachtel mit einem lachhaften Schloß, die sich bei der ersten Berührung geöffnet hatte.

»Carl, Baby, Lee ist über tausend Meilen weg von hier, und sie würde nicht mal hallo sagen, wenn sie dir auf der Straße begegnet.«

»Was haben Sie ...«

»Es ist ziemlich viel Geld in Lee investiert worden. Die Leute, für die ich arbeite, machen sich große Sorgen um sie. Verstehst du das, Carl, Baby?«

»Ich weiß gar nicht, was Sie ...«

»Sie sind echt wütend auf dich, Süßer. Du hast dich sehr dumm verhalten und bist sehr böse gewesen. Und damit hast du ihre Investition aufs Spiel gesetzt. Du hättest dich nicht mit Leuten einlassen sollen, die Lee Ärger machen wollten. Du hättest wissen müssen, daß wir dir früher oder später auf die Schliche kommen, Baby.«

»Da muß irgendein Miß...«

»Spiel nicht den Dummen. Dazu ist es zu spät. Du kommst da nicht raus. Die lassen mir keinen großen Spielraum. Ich muß dich wenigstens ein bißchen in die Mangel nehmen. So zwei, drei Wochen wirst du wahrscheinlich flachliegen. Und wenn es ganz hart auf hart kommt, hole ich meine kleine Schaufel aus dem Kofferraum und verbuddle dich unter dem Schneehaufen da.«

Seine hervortretenden Augen warnten mich vor, und als sein Mund sich zu einem entsetzten Protestschrei öffnete, stopfte ich ihm eine Handvoll Schnee hinein. Als er mit Husten und Schniefen und Spucken fertig war, nahm ich ein Taschentuch und wischte ihm das Schneewasser aus dem Gesicht. Ihm klapperten die Zähne. Er war zwar naß von geschmolzenem Schnee, aber es waren Furcht und Kälte zugleich.

»Bitte!« sagte er. »Ich habe keine Ahnung, was ...«

Ich wuschelte ihm erneut durch die Haare. »Die *Bilder*, Süßer! Die Fotos, die Schnappschüsse, die von ihr auf dieser Terrasse geschossen wurden. So wie das da.«

Ich hatte es in der Innentasche, einmal gefaltet. Ich hielt es ihm vor die Nase und gab ihm mit dem Feuerzeug von der Seite Licht. Ein Lysa-Dean-Sandwich. Er schloß die Augen und steckte es wieder ein.

»Oh«, sagte er schwach. »O Gott.«

»Also«, sagte ich sanft, »kannst du mir einen *guten* Grund nennen, weshalb du nicht jung sterben solltest, Süßer?«

Sieben

Wenige Minuten vor neun kam ich ins Motel zurück. Die Tür war nicht abgeschlossen. Als ich eintrat, stand Dana vom einzigen Sessel des Zimmers auf und kam auf mich zu. Ihre Silhouette zeichnete sich gegen das Licht der Lampe ab.

»Sie waren lange weg«, sagte sie.

Es war warm im Zimmer. Ich zog die Jacke aus und legte mich auf eins der Betten. »Lange und weit weg«, sagte ich. »Einen Skilehrer ankratzen. Wir können jetzt gehen, wenn Sie wollen.«

Sie schaute eine Weile auf mich herab, dann ging sie und mixte einen weiteren Drink in dem Silberbecher. Ich stützte mich auf einen Ellbogen und trank. »Viel größer als der letzte«, sagte ich.

»Es schien mir angebracht.«

»Sie haben gute Instinkte.« Sie setzte sich an den Fuß des Betts. Ich zog die Füße weg, um ihr Platz zu machen.

»Haben ... Sie ihn verletzt?«

»Ich habe keine Narben hinterlassen. Am Ende bin ich mit ihm auf sein Zimmer in der Lodge geschlichen. Er wollte nicht gesehen werden. Er war nicht mehr so gut zu Fuß. Ich mußte ihm aus dem Auto helfen und ihn mit dem Arm um die Hüfte stützen. Er hat geflennt und geschnieft wie ein Kind und mir immer wieder gesagt, wie dankbar er mir sei, daß ich ihn nicht umbringe. Er mag mich. Es war eine spontane Abhängigkeitsbeziehung, so ähnlich, wie wenn man emotional dem Psychiater verfällt. An seiner Tür habe ich ihm auf die Schulter geklopft und gesagt, er solle sich mal richtig ausschlafen. Nein, Dana, ich habe keine sichtbaren Spuren hinterlassen. Aber andere. Die halten länger.«

Sie schwieg eine Weile. »Trav, wieso machen Sie diese Arbeit, wenn sie Sie so mitnimmt?«

»Vielleicht mag ich sie. Vielleicht nimmt sie mich deshalb so mit.«

»Schauen Sie mich an, und sagen Sie mir, daß sie Ihnen gefällt.«

»Okay. War nur ein Schlaubergerspruch. Ich habe ihm etwas genommen. Selbstsicherheit, Selbstgefälligkeit, Selbstvertrauen. Vielleicht ist ab jetzt seine Maske ein bißchen brüchig. Der Tonfall wird nicht mehr ganz stimmen. Die Skihasen werden's spüren. Und irgendwann wird eine mal ein bißchen zu schlau sein und die richtigen Knöpfe drükken, und der große Carl Abelle wird für ein einziges Mal impotent sein. Einmal reicht, denn das ist alles, was er noch hat.«

Sie legte die Hand auf meinen Knöchel, eine leichte, kurze Berührung, wie ein beruhigendes Tätscheln. »Travis, wenn Sie es so empfinden und es weiter so empfinden können, ist das dann nicht in Ordnung? Was, wenn es Ihnen einmal nichts mehr ausmachen sollte ... das Aufbrechen anderer Menschen wie kleine, billige Schachteln?«

»Vielleicht macht es mir jetzt weniger aus als noch vor ein paar Jahren.«

»Ist Abelle das wert?«

»Ist das nicht der Knackpunkt, Dana? Dieses Bewerten von allen Leuten? Ist das etwas, wozu ich für Geld berechtigt bin? Und wenn wir schon beim Bewerten sind, warum arbeite ich für Ihre Chefin?«

»Wieso tu ich's?« Wir schauten uns an. Plötzlich grinste sie. »Hören Sie schon auf, mir oder sich selbst etwas vorzumachen, McGee. Wenn Sie irgend etwas Wichtiges von ihm erfahren hätten, würden Sie nicht so ein Theater machen.«

Ich gab es zu. Sie machte mir noch einen Drink. Ich berichtete ihr, was ich erfahren hatte. Nicht sehr viel. Einer Sache war Carl sich sicher. Niemand hatte Lysa Dean zum Haus der Chipmans verfolgt. Keiner der Mitspieler hatte jemandem einen Tip geben können, daß sie dort war, weil er niemandem gesagt hatte, mit wem er sich da einquartiert hatte. Und als alle dort waren, war keiner weggegangen, bevor alles vorbei war. Und das Telefon war nicht angeschlossen. Bei Cass handelte es sich um Caswell Edgars, einen Künstler aus San Francisco. Abelle hatte nicht gewußt, daß Nancy Abbott mit Sonny Catton gegangen war. Auch nicht, daß Sonny tot war. Er hatte bestätigt, daß Nancy Hausgast bei den M'Gruders in Carmel gewesen war. Und Vance M'Gruder sei ein Freund von Alex Abbott, Nancys älterem Bruder.

»Weiter nichts?« fragte sie.

»Nur Vermutungen. Aber wie gut sind sie? Ein verängstigter Mann versucht, es einem recht zu machen, so wie eine Versuchsperson unter Hypnose. Die Cornelljungs können wir streichen. Cass Edgars und die Kellnerin auch. Und laut Abelle können wir Lysa Dean auch streichen.

Alles war genügend abgesichert. Wer also war das Opfer? Nancy Abbott? Vance M'Gruder? Patty M'Gruder? Bei denen ist Geld zu holen. Geeignete Erpressungsopfer. Miss

Dean war eine reine Zugabe. An Nancys Vater wurden andere Bilder geschickt als an Lee. Okay, der Junge hat vielleicht ein Dutzend Filme verknipst. Zwei Dutzend. Zweihundertfünfzig bis fünfhundert Aufnahmen. Er hatte vielleicht einen anderen Satz, den er Vance verkaufen wollte, noch einen anderen für Patty, vielleicht hatte er für jeden einen Satz, bis er herausfand, wer Geld hatte. Vielleicht ist er am Anfang ja einfach, weiß Gott, auf brütende Wasservögel aus gewesen und hat dann mit der Terrasse hundert Meter weiter den Jackpot geknackt.«

»Aber der Gedanke, es sei Zufall gewesen, behagt Ihnen nicht?«

»Nein. Schon bevor sie die Lebensmittel einkauften, wußten alle den Namen der abwesenden Besitzer des Hauses, das sie besuchen würden. Wenn es arrangiert war, dann könnte entweder einer aus der Gruppe während des Trubels vor der Abfahrt der Autos dem Fotografen einen Tip gegeben haben. Oder sie wurden verfolgt. Irgendwie ziehe ich die erste Annahme vor, Dana. Sie paßt zu dem, wie die Party sich entwickelt hat, so als sei es eigens inszeniert gewesen.«

»Konnte er sagen, wer angefangen hat?«

»Er hat gesagt, es sei einfach so passiert. Alle waren ziemlich dicht. So ein richtiges lockeres Wohnzimmerspiel, angepaßt für eine Sommerterrasse. Jemand bekommt die Augen verbunden, krabbelt herum, und der erste, den er berührt, muß stillhalten, keinen Laut von sich geben und durch Tasten erkannt werden. Wird er erkannt, muß er etwas ausziehen und bekommt die Augenbinde. Ist der Tip falsch, verliert der Rater ein Teil und versucht's noch mal.«

»Hört sich ja toll an.«

»Er hat gesagt, eigentlich hätte niemand richtig angefangen. Sie haben die Regeln so im Verlauf aufgestellt.«

»Mit viel fröhlichem Gelächter.«

»Etwas ist komisch an Abelle. Er hatte keine Ahnung, daß Fotos gemacht wurden. Aber er hatte das Gefühl, daß irgend etwas nicht stimmte. Und er ist kein besonders sensibler Bursche. Er konnte es nicht in Worte fassen. Nachdem die Gruppe sich aufgelöst hatte und er wieder mit Lee alleine war, hatte er das Gefühl, daß es für irgend jemanden schlecht ausgehen würde.«

»Hätte nach so etwas nicht jeder ein komisches Gefühl gehabt?«

»Wenn man es nicht kannte, bestimmt. Aber Abelle hat solche Gruppenspiele schon früher gespielt und seither auch. Und sonst hat er nicht so ein Gefühl dabei gehabt. *Etwas* hat es in ihm ausgelöst. *Etwas* hat diese Reaktion in ihm hervorgerufen. Aber er war betrunken. Er konnte es nicht festmachen. Er hatte das Gefühl, früher oder später würde einer einen anderen wegen dieser Party umbringen.«

»Wohin fahren wir als nächstes, Travis?«

»Ich möchte wissen, wie Nancy Abbotts Vater an ihre Bilder kam und ob es noch zu weiteren Kontakten gekommen ist.«

Ich stellte den Silberbecher beiseite. Kurz darauf, wie mir schien, rüttelte Dana mich sanft wach. Im Zimmer hing ein köstlicher Geruch. Sie war in ein Lokal namens The Log Cabin Restaurant nebenan gegangen, hatte dort gegessen und mir eine riesige Schüssel hausgemachter Muschelsuppe und einen gegrillten Hamburger, dick wie ihr Handgelenk, mitgebracht. Es schmeckte so gut, wie es roch.

Ich wachte wieder auf. Das Zimmer war dunkel. Meine Schuhe waren ausgezogen. Ich lag unter einer Decke, aber die Kälte hatte mich geweckt. Von draußen fiel das Licht der Leuchtreklame durch die Fensterläden, und ich konnte ihren schlafenden Schatten mit den dunklen Haaren auf dem Kissen sehen. Ich schlich zum Badezimmer, kam zurück, zog mich bis auf die Unterhose aus und schlüpfte unter die kühlen Laken. Ich schlief sofort ein. Man weiß nur selten im voraus, was einen emotional auslaugt. Der Muskelprotz hatte sich als Schwächling und Angeber erwiesen. In meinen Träumen hörte ich ihn flennen. Oh, bitte nicht. Bitte. Bitte, Mister.

Nach Danas Flugplänen war es günstiger, von Syracuse abzufliegen. Wir brachen früh auf und fuhren durch einen kalten, grauen Morgen und spärlichen Schneefall zur Autobahn nach Westen zum Flughafen Syracuse. Sie fand die beste Verbindung über Chicago und dann nonstop nach San Francisco. Beim Buchen, Einchecken und Zurückgeben des Leihwagens, ja sogar im Umgang mit den Stewardessen fiel mir etwas an ihr auf. Ohne das geringste Aufsehen erreichte sie allein durch ihre Haltung – lächelnd und höflich –, daß etwas anderes als perfekter Service undenkbar erschien. Sie konnte eine Augenbraue heben, und schon eilte aus zwanzig Metern Entfernung ein Träger herbei. Es ist eine seltene Gabe. Ich versuchte, ihr das eine oder andere abzunehmen, aber das schien sie zu irritieren. Es war ihr Job, und sie war daran gewöhnt. Und sie wußte, wie sie alles zu regeln hatte. Ihre ganze Tüchtigkeit kam mir zugute. Leute starrten mich an, als versuchten sie sich zu erinnern, wo sie mich schon gesehen hatten. Genau das zu bekommen, was man will, und es genau dann zu bekommen, wenn man es will, ist eine Fähigkeit, über die nur große Damen, Könige und die besten Chefsekretärinnen verfügen. Ich muß auch zugeben, ihr starkes, hübsches Gesicht und die funkelnde Intensität ihrer dunkelgrauen Augen erweckten den Eindruck, daß, wenn etwas nicht nach ihrem Willen ginge, sofort die Hölle losbrechen würde. Aber es war komisch, jemanden derart Tüchtiges dabeizuhaben. Ich fühlte mich ein bißchen wie die Braut eines bedeutenden Witwers auf Flitterwochen. Oder wie ein Junge, der von einer jener Supermütter ins Sommerlager gebracht wird.

Sie versuchte, mir ihren Fensterplatz abzutreten. Kaum hatten wir uns angeschnallt, schaute sie in ihr kleines Notizbuch. »In Chicago haben wir eine Stunde und fünfzig Minuten Aufenthalt. Da werde ich ein paar Anrufe erledigen«, sagte sie. »Haben Sie es auch wirklich bequem, Travis? Brauchen Sie noch etwas?«

»Sie gehen jetzt besser nach vorne und helfen denen bei der Checkliste für den Abflug, Süße.«

Ihr Mund wurde schmal, und ihr Gesicht rötete sich leicht. »Ich wollte nicht übereifrig sein.«

»Sie sind ein wenig überwältigend, Dana.«

»Sie könnten das alles genauso gut. Aber warum sollten Sie?«

»Okay. Danke. Sie sind wirklich toll.«

Es war nicht gerade nett. Die meisten meiner Frauen waren

außerhalb der Wohnung nicht besonders brauchbar. Ich blickte auf ihr ausdrucksloses Profil und seufzte. »Och, *komm* schon, Myra.«

Widerwillig wurde ihr Mund weicher. »Du hast wieder deine miese Laune, Frank.«

»Ich mach mir halt Sorgen, wie es im Büro läuft.«

»Ich wette, die haben kaum bemerkt, daß du weg bist, Süßer.«

»Oh, danke. Vielen Dank. Das ist wirklich beruhigend.« Sie lachte mit mir. Ihre Augen lachten mit. Es ging tief. Diese Art der Zuneigung wird bei der Abschleppclique bedeutend unterschätzt. Wem sollten sie auch Vertrauen schenken? Jemandem, der sie mag. Wenn sie lachte oder breit lächelte, konnte ich sehen, daß einer ihrer Eckzähne, der linke, leicht schief stand und sich über den Zahn davor schob. Wenn einem ein kleiner Makel sehr liebenswert erscheint, ist das eine Botschaft, die man nicht ignorieren sollte. Lysa Deans Zähne waren gnadenlos perfekt. Da war keine Botschaft. Vielleicht machte meine Aufmerksamkeit sich bemerkbar. Dana Holtzer hörte plötzlich auf, echt zu lachen, und fuhr kurz mit einem unechten Lachen fort. Dann verkroch sie sich wieder in sich selbst, außer Sicht- und Reichweite, und wurde wieder zu der Sekretärin an meiner Seite. Elegant, in Wolle, Spitzen, Gürtel eingerüstet, saß sie aufrecht neben mir, den Hals gereckt, die Augen auf einen fernen Punkt gerichtet, den Sitzgurt zum Abflug fest angezogen.

Alexander Armitage Abbott, Mitglied des Amerikanischen Architektenverbandes, lag auf Zimmer 310 der Universitätsklinik von San Francisco im Sterben. Am Ende des Korridors gab es einen Aufenthaltsraum. Ein grauer Regen, der nicht aufhören wollte, rann an den Fenstern herab und verschleierte die Aussicht auf die grauen Hügel. Es war Freitagnachmittag. Dana und ich saßen da wie abgekämpfte Passagiere in einem dicht besetzten Zug, der irgendwo in der Wildnis auf ein Nebengleis abgeschoben worden ist. Sie legte eine zerfledderte Zeitschrift aufs Regal zurück und setzte sich neben mich auf die Couch.

»Sie machen sich sehr gut«, sagte ich ihr.

»Ich mag diesen jungen Mann und seine Frau nicht.«

»Das merkt man. Aber es macht überhaupt nichts. Die legen keinen Wert darauf, gemocht zu werden.«

Der junge Mann kam zurück. Nicht ganz so jung, wie er aussah oder aussehen wollte. Nancys Bruder. Alex. Feist, dunkelhaarig, nichtssagend. Von der Sorte, die immer nach Fichtennadel riecht und perfekt manikürt ist. Er lächelte uns gemessen bekümmert an und nahm gegenüber Platz. »Entschuldigen Sie die ständigen Unterbrechungen. Sie wissen ja, wie das ist.« Er zuckte die Schultern. »Einer von uns beiden sollte bei ihm sein. Es scheint ihm ein bißchen zu helfen. Elaine kümmert sich ja so um ihn. Sie haben keine Ahnung.«

»Ich nehme an, er hat nicht den Wunsch, Nancy zu sehen«, sagte Dana unschuldig.

»Um Himmels willen, nein!« sagte Alex. »Wirklich, ich bin überzeugt, daß er noch Jahre hätte leben können, wenn sie nicht ... wenn sie ihm nicht solche Schande und solchen Kummer zugefügt hätte. Sie ist meine einzige Schwester. Aber mir geht jede geschwisterliche Regung ab. Manche Menschen sind einfach von Geburt an verdorben.« Er machte eine hilflose Geste. »Alles, was wir für sie getan haben, war vergeblich. Sie hat sich das Leben nur schwer gemacht ... und uns allen.«

»Sie verstehen unseren Standpunkt in dieser Sache, Mr. Abbott«, sagte ich.

»Natürlich. Natürlich. Ich weiß es zu schätzen, daß Sie versuchen, die Angelegenheit ganz unbürokratisch zu regeln. Ich denke, ich weiß, wie es um sie steht, und begreife auch, daß Mr. Burley sich Sorgen macht. Und ich bin durchaus bereit, ihm persönlich und schriftlich zu garantieren, daß die tausend Dollar pro Monat so lange ausgezahlt werden, wie sie ... wie sie dort bleiben kann. Offen gesagt, war ich für die Auswahl dieses Sanatoriums verantwortlich. Ich wollte sie so weit entfernt wie möglich von San Francisco untergebracht wissen. Dad hinterläßt ihr natürlich nichts. Aber ich kann Ihnen ganz im Vertrauen sagen, daß das Vermögen ... beträchtlich ist. Ich halte es für meine moralische Pflicht, für sie aufzukommen. Ich bin sehr froh, daß Miss Holtzer und Sie wegen einer anderen Angelegenheit hierherkommen mußten. Es ist gut, die Sache zu besprechen.«

Er versuchte, uns abzuwimmeln. Vielen Dank und auf Wiedersehen. Er wollte sich auf nichts festlegen lassen. »Wir haben es noch nicht geregelt, Mr. Abbott«, sagte ich zu ihm. »Mr. Burley hat ebenfalls gewisse moralische Verpflichtungen, deren er sich sehr wohl bewußt ist. Er ist nicht dafür eingerichtet, Nancy die notwendige psychologische Betreuung angedeihen zu lassen. Und unter den gegebenen Umständen ist er nicht in der Lage, regelmäßig jemanden kommen zu lassen, der sie dort behandelt. Wir sind hier lediglich in der Eigenschaft als ... Freunde von Hope Island, Mr. Abbott.«

»Ich verstehe, aber ...«

»Wenn der monatliche Beitrag verdoppelt werden könnte ...«

»Das kommt nicht in Frage«, sagte er mit gut gespieltem Bedauern. »Ich glaube, es wäre besser, wenn Mr. Burley sie in eine psychiatrische Einrichtung verlegen lassen würde, wenn es das ist, was sie seiner Meinung nach braucht.«

»Da gibt es nur ein kleines Problem«, sagte ich. »Zuweilen wirkt sie völlig gesund und vernünftig. Und sie hat sich eine ganze Verschwörungstheorie zusammengebastelt. Wir wissen natürlich, daß es nicht der Wahrheit entspricht, aber es hört sich völlig plausibel an. Wenn sie an einen anderen Ort ginge, könnte man dort glauben, eine vollständige Untersuchung sei erforderlich.«

»Ich glaube, ich verstehe nicht ganz«, sagte er.

Ich schaute Dana an und nickte ihr zu. Sie übernahm. »Nancy beharrt darauf, daß Sie sie vor eineinhalb Jahren einem Ehepaar in Carmel namens M'Gruder in Pflegschaft gegeben hätten.«

»In Pflegschaft!« schnaubte er. »Das stimmt überhaupt nicht. Sie haben mir nur ausgeholfen. Natürlich kannten sie Nancy. Sie wußten, daß sie zum Problemfall werden konnte. Es ging nur darum, sie aus einem äußerst widerlichen Umfeld herauszuholen, in das sie geraten war ...«

»Ich berichte Ihnen nur, was Nancy erzählte. Wir alle

wissen, daß sie nicht gesund ist, Mr. Abbott. Sie behauptet, die M'Gruders hätten sie, Ihnen zu Gefallen, betrunken gemacht und in eine Situation gebracht, in der unter kompromittierenden Umständen Aufnahmen von ihr gemacht wurden. Diese Aufnahmen seien an Ihren Vater geschickt worden, um sicherzustellen, daß Sie der Alleinerbe werden. Sie behauptet, Sie und Ihr Vater hätten dann versucht, sie abzuschieben, aber sie sei geflohen und hätte sich eine Weile versteckt gehalten, bis Sie sie aufspürten und nach Hope Island schickten.«

Dana machte ihre Sache wunderbar. Ich beobachtete sein Gesicht. Er hatte eine Menge Reaktionen zur Auswahl. Er versuchte es mit amüsierter Entrüstung und wäre ums Haar damit durchgekommen. Aber nicht ganz. Man muß auf das Nicht-Ganze achten.

»Wollen Sie mir etwa erzählen, sie könnte irgend jemanden von diesem Unsinn überzeugen?«

»Nicht unbedingt«, sagte ich. »Aber jemand könnte es nachprüfen wollen.«

»Aber wieso?«

Ich nickte Dana zu. Sie nahm das Bild aus ihrer großen Handtasche. Ich zog es aus dem Umschlag, beugte mich nach vorn und reichte es Alex Abbott. Er hielt es mit bebenden Händen und starrte es an. Er schluckte krampfhaft. »Das hier war nicht ...«, sagte er leise und brach ab. »Das hier hatte sie? Meine Schwester hatte dieses Foto?«

»Es ist nur eins von vielen. Mr. Burley bewahrt sie in seinem Safe auf.«

»Aber wo hat sie die her? Als sie dorthin gebracht wurde, hatte sie keine Fotos.«

»Sie wurden ihr mit der Post zugeschickt«, sagte ich. »Mr. Abbott, was wollten Sie gerade sagen? Das hier war nicht ... Das hier war nicht was?«

Er riß die Augen auf und lächelte bekümmert. »Ich schätze, ich sollte offen mit Ihnen sein.«

»Dafür wären wir Ihnen sehr dankbar«, sagte Dana.

»Ich gestehe gern, daß es ein Fehler war, als ich ... ihren Besuch bei den M'Gruders arrangierte. Ich kannte sie als ein sehr lebenslustiges Paar. Ich dachte, sie würden Nancy bei Laune und von Problemen fernhalten. Ich hatte keine Ahnung, daß sie sich auf solche Sachen einließen.« Er gab mir das Bild zurück.

»Ich hätte erwartet, daß Sie ein bißchen wütender reagieren würden«, sagte ich.

»Um die Wahrheit zu sagen, es gab noch andere Bilder von Nancy. Sie wurden meinem Vater zugeschickt, zusammen mit einer Geldforderung. Er hatte einen sehr häßlichen Streit mit Nancy. Sie hat das Haus verlassen. Er zeigte mir die Bilder. Er war am Boden zerstört. Sein Herz war gebrochen. Er hat mich gebeten, die Bilder zu vernichten, und das habe ich sehr gerne getan. Einige Tage später, nachdem Nancy gegangen war, rief jemand meinen Vater wegen des Geldes an. Er sagte ihm, er möge sich zum Teufel scheren und mit den Bildern könne er machen, was er wolle.«

»Er nahm keinen Kontakt zur Polizei auf?«

»Nein.«

»Bedrohte ihn der Mann am Telefon in irgendeiner Weise?«

»Nein. Dad sagte, der Mann sei ganz höflich gewesen.

Er sprach anscheinend eine Art britischen Arbeiterakzent. Er sagte, er würde vielleicht später wieder zurückrufen, hat es aber meines Wissens nie getan. Auf einem der Bilder war ... nun ja, es war Vance M'Gruder mit meiner Schwester. Ich war schrecklich wütend auf ihn, das kann ich Ihnen sagen. Ich fuhr nach Carmel. Er war alleine zu Hause. Patty hatte ihn verlassen. Später erfuhr ich, daß ihre Ehe annulliert wurde. Er schien keine Schuld oder Scham oder ähnliches zu empfinden. Es war ihm einfach schrecklich gleichgültig. Er war durch nichts aus der Fassung zu bringen. Er sagte, er sei kein Kindermädchen und sei auch nie eins gewesen, egal, was für einen Eindruck ich von ihm gehabt hätte. Er wußte nicht, wo Nancy war, und es war ihm auch egal. Ich hatte eigentlich gedacht, sie wäre bei ihnen. Ich wollte wissen, wer die Bilder und diesen ... Zirkus aufgenommen hatte.«

»Wußte er es?«

»Er sagte, niemand auf der Party hätte sie aufgenommen. Es müsse jemand mit einem Teleobjektiv gewesen sein.«

»Wirkte er überrascht, als er hörte, daß Aufnahmen gemacht worden waren?«

»Nein. Ich frage mich, ob von ihm auch Geld verlangt worden war.«

»Haben Sie ihn danach gefragt?«

»Nein. Er war unfreundlich und ungeduldig und wollte mich offensichtlich so schnell wie möglich loswerden.«

»Kannten Sie jemanden von den anderen, die auf den Bildern zu sehen waren?«

»Abgesehen von den M'Gruders nur einen, einen Künstler, den ich ...« Plötzlich hielt er inne und runzelte die Stirn. »Wieso fragen Sie eigentlich so neugierig nach diesen Bildern, Mr. McGee?«

Ich zuckte die Achseln. »Ich glaube, das ist nur natürlich. Mr. Burley war auch neugierig. Die Fotos haben einen Einfluß auf das Selbstbild des Mädchens. Ich nehme an, wenn sie glaubt, es sei ein Komplott gewesen, ein Trick, dann wird sie besser damit fertig.«

»Mr. McGee, wenn Nancy je die Hoffnung gehegt haben sollte, die Hälfte des Vermögens zu erben, dann hatte sie ihre Chancen schon lange verspielt, bevor diese Aufnahmen gemacht wurden, glauben Sie mir. Natürlich werde ich sie unterstützen, solange sie lebt. Aber was Sie da fragen, erscheint ...«

»Ach, ich glaube nicht, daß sie Ihnen ernsthafte Schwierigkeiten bereiten könnte, Mr. Abbott.«

»Ich sehe nicht, wie sie überhaupt welche bereiten könnte.«

Ich lächelte und zuckte die Achseln. »Eine Anstalt könnte jemanden hinzuziehen, der sie juristisch berät. Sie wissen ja, wie das ist. Auf Erfolgshonorarbasis. Und Sie sagen selbst, daß das Vermögen beträchtlich ist. Nancys Geschichte hört sich plausibel an. Alles, was sie vermutlich erreichen könnte, wäre, daß sich die Testamentsbestätigung hinauszögert.«

Er studierte eingehend seinen Daumennagel. Er biß ein kleines Stück von der Ecke ab, stand auf und ging zu dem Stahlfenster, wo er auf Hacke und Spitze vor- und zurückwippte.

»Sie sagen, sie wirkt glücklich da auf der Insel?«

»Sie hat dort Freunde. Und die Illusion von Freiheit.«

»Und die Demenz, die Sie erwähnten. Ist die fortschreitend?« fragte er, ohne sich umzudrehen.

»Allen Anzeichen nach.«

»Ich könnte mir vorstellen, daß sie, wenn ich die Rechnung für zusätzliche Behandlung ... sagen wir, für sechs Monate aufbringe, daß sie dann ...«

»Sagen wir, achtzehn Monate.«

»Ich zahle ein Jahr lang. Nicht länger.«

»Ich werde Mr. Burley entsprechend informieren.«

Er schaute auf seine Uhr. »Elaine wird nervös, wenn ich sie zu lange da drinnen allein lasse. Äh ... danke für Ihren Bericht. Auf Wiedersehen.« Er ging hinaus, ohne einen von uns direkt anzuschauen.

Im Aufzug schaute Dana mich an und schüttelte langsam den Kopf. »Sie sind verdammt gut, Travis. Sie sind besser, als ich dachte. Sie sind unverschämt. Sie sind ein Mistkerl, Trav. Sie wissen verdammt gut, daß er glaubt, Sie würden sich den Zuschuß mit Mr. Burley teilen. Er denkt, Sie würden in ihrem Namen einen Prozeß anstrengen, wenn er nicht mitspielt. Und Sie sitzen da, ganz rechtschaffen und nett. Junge, Junge.«

»Ein Mann wie er kann nichts glauben, wenn es sich nicht nach einer krummen Sache anhört.«

»Ein Mann wie er löst das Bedürfnis in mir aus, mich abzuschrubben. Den lassen sie besser nicht alleine mit dem lieben Papa. Der ist ungeduldig.«

Bevor ich das Auto anließ, wandte ich mich zu ihr um. »Zusammenfassung.«

»Was? Oh. Er hat die Bilder nicht aufnehmen lassen. Der Mann, der sie gemacht hat oder hat machen lassen, hat einen britischen Arbeiterakzent. M'Gruder wußte von den Bildern. Und noch etwas. Lassen Sie mich nachdenken. Ach ja, die Ehe der M'Gruders wurde annulliert. Habe ich etwas vergessen?«

»Sie sind auch sehr gut.«

»Ich bin mit einem systematischen Verstand geschlagen.«

So fuhren wir also zurück ins Herz der Stadt. San Francisco ist die deprimierendste Stadt in Amerika. Den Nachzüglern mag das anders vorkommen. Sie mögen sich bezaubern lassen von den Straßen hinauf zu Nob, Russian und Telegraph Hill, vom maritimen Geheimnis der Brücke hinüber ins Land der Redwoods in einer Nebelnacht, von den getrennten Stadtvierteln von Chinesen, Spaniern, Griechen, Japanern, von der Eleganz der Frauen und dem eisernen Zugriff der Stadt auf die Kultur. Auf Neulinge mag sie recht nett wirken.

Aber so viele von uns haben sie geliebt, wie sie früher war. Sie war eine wilde, rassige, verrückte Kleine, so eine Spaziergängerin bei Regen, mit lachenden grauen Augen, zerzausten Haaren – voll vom Dunst der See, eine geschmeidige, lebensfrohe Lady, die über einen und mit einem lachen konnte, und notfalls auch über sich selbst. Die einem seltsame und wunderschöne Sachen erzählte. Ein Mädchen, in das man sich verlieben konnte, mit einer Liebe, die wundersam zu Kopf stieg.

Aber das ist alles weg, Junge. Früher hat sie es verschenkt, und heute verkauft sie es an Touristen. Sie äfft sich selber nach. Ihre Figur ist rundlich geworden. Die Sachen, die sie jetzt sagt, sind mechanisch und auswendig gelernt. Sie nimmt Wucherpreise für zynische Dienstleistungen.

Wenn man von Dayton oder Amarillo oder Wheeling oder Scranton oder Camden kommt, kann sie einem zauberhaft erscheinen, weil man nie Gelegenheit hatte, zu erleben, was eine Stadt wirklich sein kann. Sie hatte ihre Chance, den geraden Weg zu gehen, und hat sie irgendwie verspielt. Und seitdem ging es immer nur bergab. Daher kommt es, daß sie auf uns, die wir sie früher kannten, so deprimierend wirkt. Wir alle wissen, was aus ihr hätte werden können, und wir alle kennen die schäbige Wahl, die sie getroffen hat. Diejenigen, die sie am meisten liebten, hat sie vertrieben. Ein paar versuchen es noch. Herb Caen und ein paar andere. Aber das Liebesgeflüster klingt inzwischen hohl.

Acht

Einer kalten Spur zu folgen kann außerordentlich trostlos und sehr frustrierend sein. Diesmal ging es recht gut, vielleicht, weil wir zu zweit waren, mit unterschiedlichen Intuitionen, Ideen und Herangehensweisen.

Wir stöberten Caswell Edgars in Sausalito auf. Er sah zwanzig Pfund schwerer aus als auf den Fotos. Er wohnte in einem Schweinestall im luxuriösen Heim einer dürren, abgetakelten Blondine weit über fünfzig. Sie war ebenfalls anwesend, in extrem eng anliegenden Hosen und mit einem hohen Teenagerkichern. Cassie würde demnächst ganz hart an einer Einmann-Show arbeiten, die sie für ihn arrangieren wolle. Sie hatten eine Stereoanlage, die aus einem weniger stabilen Gebäude die Wände geblasen hätte. Sie hatte schmutzige Knöchel, einen ungewaschenen Hals und ein blaues Auge, das zu Safrangelb verblichen war. Auf irgendwas waren sie drauf. So, wie sie sich benahmen, schloß ich auf Halluzinogene. Das Haus roch nach dreckiger Wäsche. Ihrer Verbindung haftete eine Atmosphäre von Auflösung und Gefahr und Verzweiflung an. Man konnte sich leicht vorstellen, daß sie in ihrem Tran irgendwann einmal das Haus in Flammen setzen und mit brüllendem Gelächter herumrennen würden, bis sie feststellten, daß alle Ausgänge versperrt waren. Sie redete die ganze Zeit über von dem armen alten Henry, vermutlich der Ehemann, es wurde mir allerdings nicht klar, ob er noch lebte oder schon tot war. Im letzteren Fall war er wahrscheinlich im Hof unter dem Unkraut verscharrt. Edgars wußte absolut nichts von irgendwelchen Bildern. Aber er hatte kein Problem, sich an die Vorfälle zu erinnern. Er sprach in einer Art Musikerslang, den er aber nicht sehr gut drauf hatte. »Mann, das war 'n Hammer. Die kleine Kinoschlampe war echt der Knaller. Schönste Frau aller Zeiten. Einer hat versucht, sie mit den Fotos hochzunehmen? Is' ja 'n Ding, Mann.«

»Tja, is 'n Ding.«

»Sonny hat die Kellnerin gegen die große Brünette eingetauscht, und dann ist er verbrannt. Is' ja tough, sich so die Kohle zu verdienen, Mann, immer die Gefahr, zu verbrennen. Hab's irgendwo gelesen.«

»Leg meine Platten auf, Cassiebabyschätzchen, hm?«

Ich glaube nicht, daß einer von ihnen bemerkte, daß wir gegangen waren, oder sich darum geschert hätte. Obwohl es im Auto warm war, zitterte Dana.

»Streich noch einen Mitbewerber aus, Danababyschätzchen.«

»Bitte nicht«, sagte sie mit brüchiger Stimme.

»Wie heißt es so schön? Ein Leben in stummer Verzweiflung.«

»Trav?«

»Ja?«

»Ich denke, diese Terrasse war ein verteufelt unglückseliger Ort. Sonny Catton, Nancy Abbott, Carl Abelle ... und Caswell Edgars.«

»Strafe von oben?«

»Ich weiß nicht. Vielleicht. Vielleicht gibt es so etwas, Trav.«

Um Carmel kümmerte sie sich mit ein paar Anrufen. Das Haus der M'Gruders war vor fast einem Jahr verkauft worden. Mit Zeitungsberichten hatten wir weniger Glück. Ich grub noch ein paar Informationen über M'Gruder aus. Es hatte einen älteren Bruder gegeben, der im Krieg gefallen war. M'Gruders Vater hatte ein kleines Teil erfunden, von dem jede Raffinerie auf der Welt ein oder zwei Stück brauchte. Vance M'Gruder hatte vor drei Jahren in Kalifornien eine gewisse Patricia Gedley-Davies geheiratet, die er aus London importiert hatte. Sie war bei einigen kleineren Regatten mitgesegelt. Gesellschaftlich spielten sie keine große Rolle und bemühten sich offensichtlich auch nicht darum. Aber da Geld im Spiel war, konnte man davon ausgehen, daß die Annullierung mehr als nur eine Sechszeilennotiz auf Seite 36 einnehmen würde. Sie war etwa zwei Monate nach der Party ausgesprochen worden.

Dana Holtzer saß ohne Schuhe in meinem Hotelzimmer. Sie hatte die Füße hochgelegt und zog grübelnd die Stirn in Falten, nachdem sie einen Sonntagnachmittagsanruf bei Lysa Dean getätigt hatte.

»Diese Annullierung«, sagte sie. »In einem Staat mit Gütergemeinschaftsregelung ist das der billigste Weg, was meinen Sie?«

»Stimmt.«

»Und es war eine geschlossene Sitzung oder wie das heißt,

nur der Richter und sie und ein Anwalt. Und alle erklärten sich mit allem einverstanden, und am Ende erklärte der Richter die Ehe für ungültig. Und das war keine bescheidene Frau, Trav. Eher laut und herrschsüchtig. Nehmen wir mal an, sie kam von ganz unten und hat einen reichen Mann geheiratet. Würde sie da kampflos aufgeben? Was hat sie dazu gebracht, kampflos aufzugeben?«

»Und wo ist sie?«

Wir wußten keine Antwort auf unsere Fragen, aber wir konnten nach Antworten suchen. Ich beschloß, daß wir uns, um Zeit zu sparen, am Montag aufteilen würden. Ich wollte einem eigenen kleinen Verdacht nachgehen. Sie sollte das Lloyd-Register durchgehen und unter einem geeigneten Vorwand das ganze Segelvolk und die Regattatypen abklappern und sehen, ob sie über Klatsch etwas herausbekommen konnte.

Es regnete den ganzen Tag, was zu der Stimmung der Büros paßte, die ich aufsuchte. Detektivbüros haben wenig Bedarf an Zimmerdekoration. Sie halten die Unkosten gerne niedrig. Ihre Kundschaft ist normalerweise nicht auf Shoppingtour nach schöneren Vorhängen. Die meisten Detektive sind traurige, weichliche, bleiche, übergewichtige Gestalten. Sie arbeiten mit der gleichen Begeisterung wie Leute, die zu einem nach Hause kommen, um die Wohnung mit Insektengift auszuräuchern.

Beim dritten spulte ich meine Geschichte wie am Schnürchen ab. Mein Name war Jones, und ich sprach ihn mit einem Nachdruck aus, der darauf schließen ließ, daß mein Name alles andere als Jones war. Von Beruf managte ich ›mein eigenes Investitionsprogramm‹. Bei diesem Wort trat dann ein kleines Funkeln in ihre müden Augen. Meine junge italienische Frau trieb sich herum. Bei zwei Männern war ich mir sicher. Vielleicht gab es einen dritten. Ich wollte jemanden, der ein paar Bilder in flagranti von ihr machte, sehr still und diskret, ohne daß sie es merkte. Mit den Bildern in der Hand könnte ich dann mit ihr feilschen und mich ohne allzu hohe Kosten scheiden lassen.

Nein, Sir, solche Aufträge übernehmen wir nicht.

Wer sonst? Wo soll ich hingehen?

Bedaure, das weiß ich nicht, Mister.

Um vier Uhr erwischte ich einen, der schmierig und gierig genug war. Er sah aus wie ein Bulle. Nicht wie ein guter Bulle, sondern wie einer, der sich schon mal an fremden Äpfeln vergriffen hatte. Ich lag sicher nicht falsch mit der Vermutung, daß man ihn wegen der falschen Kombination aus Habgier und Dummheit gefeuert hatte und daß er es in seiner neuen Branche auch nicht besonders weit bringen würde. Sein Schreibtisch stand in einem jener Lagerhausbüros, wo der Schreibtisch gestellt und die Post gebracht wird, mit Telefonzentrale und Sekretärin auf Stundenbasis – und einem zusammengewürfelten Haufen aus juristischen Telefonberatern, Leuten, die mit Waren fragwürdiger Herkunft handelten, unabhängigen Juwelieren und so weiter als Nachbarn.

Er hörte sich meine Geschichte mit dem verstohlenen Appetit eines zahnlosen Krokodils an, das einen fetten braunen Hund am Ufer beäugt. Er wollte wissen, wie er mich an den Haken kriegen konnte. Wir rückten die Stühle zusammen und beugten uns zueinander. Er hatte einen Atem, wie ihn nur außergewöhnlich verrottete Zähne ausdünsten können.

»Also, Mr. Jones, vielleicht kann ich Ihnen helfen, vielleicht auch nich. 'ne Sache wie die hier läuft nur bar, verstehnse?«

»Natürlich.«

»Also, ich hab da 'nen Kerl im Sinn. Der is Spitze. Wenn der hinter was her is, dann kriegt er's auch. Is aber teuer.«

»Wie teuer?«

»Wenn man die Risiken und alles bedenkt, is der nich unter fünftausend zu kriegen, is aber 'n echter Profi. Und der kommt mit Bildern von der kleinen Schlunze rüber, da schlakkern der die Ohren. Der Typ, der hat die ganze Technik und Ausrüstung, is aber komisch. Wenn dem nich nach Arbeit is, dann arbeitet der nich.«

»So etwas habe ich ja noch nie gehört.«

»Der is zickig wie 'n Künstler, verstehnse?«

»Ich glaube, ich weiß, was Sie meinen.«

»Vielleicht würd's ja klappen, wenn er über mich arbeitet. Ich hab allerdings keine Lust, meine Zeit mit Überreden zu verplempern. Was ich brauche, is 'ne Garantie Ihrerseits. Ich mein, daß Sie wenigstens so weit mitmachen, daß für den ersten Teil gesorgt is, weil ich nämlich erst mal 'n Ferngespräch führen muß.«

Ich zückte die Brieftasche unterhalb der Tischkante, nahm einen Hunderter heraus und legte ihn neben seinem Ellbogen hin. »Reicht das?«

Seine große Pranke legte sich darauf, und der Schein war verschwunden. Mit dem Rücken der anderen Pranke wischte er sich über den Mund. »Okay. Jetzt warten Sie draußen auf dem Flur. Da steht 'ne Bank, auf die Sie sich setzen können.«

Ich wartete fast eine Viertelstunde. Merkwürdiges Volk kam und ging, Mieter, Klienten und Kunden. Pack von der Sorte, die irgendwie an der feuchten Unterseite der Realität klebt. Leute, die den Eindruck machen, als könnten sie einen Psychiater oder einen Bakteriologen noch echt zum Staunen bringen.

Er kam heraus und drängte sich so dicht an mich, daß seine fauligen Ausdünstungen meinen Kragen zu zersetzen drohten. »Also folgendes is passiert. Ich hab ihn nich erreicht, aber so wie's aussieht, hab ich was gefunden. Da gibt's einen, der ganz nette Arbeit macht. Ich brauch nur noch 'n bißchen Zeit.«

»Wieso bekommen Sie nicht den Mann, von dem Sie gesprochen haben?«

»Der ist schon 'ne Weile tot. Wußt ich nich. Hatte nix davon gehört, weil der wohnt nich in der Stadt.«

»Wie hieß er?«

»Es gibt Jungs, die sind genauso gut. Sagen Sie mir, wie ich Sie erreichen kann, und wenn ich 'n guten Mann erwisch, bei dem ich sicher bin, daß der den Job erledigt, dann ...«

»Ich werde Sie in ein paar Tagen anrufen.«

»Also, ich muß da noch 'n bißchen rumtelefonieren, wenn ich den richtigen Kerl für Ihr Problem auftreiben will. Wie wär's, wenn Sie mir noch mal so 'n Scheinchen als Vorschuß rüberschieben?«

»Darüber reden wir lieber, wenn Sie jemanden gefunden haben.«

Nach ein paar weiteren halbherzigen Versuchen schlurfte er mit hinten herunterhängender Hose und grauen Haarbüscheln im Stiernacken zurück in seinen Mietstall.

Ich machte mich rasch auf den Weg zum nächsten schäbigen Saloon gleich um die Ecke, schloß mich in einer Telefonzelle ein und rief zurück. Ich hatte mir den Namen des Mädchens in der Telefonzentrale gemerkt. Er hatte an ihrem Platz auf einem Schild gestanden.

»Miss Ganz, hier ist Sergeant Zimmerman. Betrugsdezernat. Sie haben in den vergangenen zwanzig Minuten ein Ferngespräch für Gannon vermittelt.«

»Wer? Was?«

»Bitte geben Sie mir Namen, Nummer und den Ort, den er angerufen hat.«

»Aber ich bin nicht befugt ...«

»Ich kann Sie auch abholen und hierher bringen lassen, Miss Ganz, wenn Ihnen das lieber ist.«

»Sagten ... sagten Sie Zimmerman?«

»Wenn Sie sich vergewissern wollen, Miss Ganz, rufen Sie mich hier auf dem Polizeipräsidium an. Wir haben einen eigenen Anschluß.« Ich gab ihr die Nummer der Telefonzelle. Sie hatte sich schon fast wieder gefangen, und ich mußte das Risiko eingehen, wenn ich noch etwas aus ihr rausholen wollte.

Nach dreißig Sekunden klingelte es. Ich steckte den Daumen in den Mund und sprach eine halbe Oktave höher. »Betrugsdezernat, Halpern.«

»Sergeant Zimmerman, bitte.«

»Einen Moment.« Ich zählte bis zehn, bevor ich mich meldete. »Zimmerman.«

»Hier ist Miss Ganz«, sagte sie forsch. »Die Nummer, die Sie wissen wollten, gehört einem Mr. D. C. Ives in Santa Rosita, 805–765–4434. Der Anschluß wurde abgeschaltet. Danach hat er einen Mr. Mendez in Santa Rosita angerufen, 805–384–7942. Das Gespräch hat keine drei Minuten gedauert. War das alles, was Sie wissen wollten, Sergeant?«

»Vielen Dank für Ihre Mitarbeit, Miss Ganz. Wir werden diese Information vertraulich behandeln. Es könnte sein, daß wir Sie in dieser Angelegenheit in Zukunft noch um einen weiteren Gefallen bitten müssen.«

»Aber bitte sehr«, sagte sie.

Ein nettes, tüchtiges, umsichtiges Mädchen. Sie hatte sich zuerst vergewissern müssen, ob sie tatsächlich mit den Cops redete.

Kurz nach sechs kam Dana ins Hotel zurück. Sie wirkte blaß und abgespannt. Ihr Lächeln kam und ging zu schnell. Sie hatte mich gleich angerufen, als sie eingetroffen war, und ich ging über den Flur zu ihrem Zimmer. Eine Frau in diesem Zustand muß umarmt und gehalten und ein bißchen getätschelt werden. Leider waren unsere Beziehungen keineswegs so, daß ich das hätte tun können.

Ich gab ihr Feuer. Die Zigarette in ihrer Hand zitterte. Dann ging sie im Zimmer auf und ab. »Ich bin jetzt eine echte Trinkkumpanin von Mrs. T. Madison Devlaney III. Ich nenne sie Squeakie, wie praktisch alle. Ich habe die Drinks in die Blumentöpfe gegossen. Bis sie umkippte. Sie ist neunundzwanzig. Zwei Tage jünger als M'Gruder. Sie kennt ihn schon ihr ganzes Leben lang. Sie hat eine Kleinmädchenstimme, zehntausend Sommersprossen und zehn Millionen Dollar. Und Muskeln hat sie wie eine Hochseilartistin. Jeden Morgen Schwimmen, jeden Nachmittag Tennis, jede Nacht bekifft. Heute kein Tennis. Verstauchter Knöchel.«

»Was haben Sie ihr vorgeschwindelt?«

»Trav, werden Sie nicht böse, aber ohne die beste Verbindung, die ich habe, wäre ich überhaupt nicht an sie herangekommen. Lysa Dean. Die öffnet eine Menge Türen. Und ich habe ja die Visitenkarten.«

»Ich habe nicht gesagt, daß Sie das nicht tun sollen. Ich habe nur gesagt, benutzen Sie sie nicht, wenn Sie nicht müssen.«

»Ich mußte. Ich habe ihr erzählt, Lysa hätte Vance kennengelernt. Ich habe gesagt, Lysa wolle eine eigene kleine Produktionsgesellschaft gründen und denke daran, als erstes einen Film über Segelregatten, eventuell das Rennen nach Hawaii, zu drehen. Und sie hätte mich gebeten herauszufinden, wieviel Unterstützung sie dafür von den Besitzern der großen Yachten bekommen könne. Das ist natürlich Unsinn, aber die Leute wissen so wenig darüber, wie es im Filmgeschäft zugeht, daß sie fast alles glauben. Ich habe mir sogar eine Art Plot ausgedacht.«

»Sie hat es also geschluckt. Darauf kommt es an. Was ist mit M'Gruder?«

»Mal sehen. Ach, da gibt es eine ganze Menge. Er ist ein Fitneßfanatiker. Guter Hochseesegler. Er ist unglaublich geizig. Er wird streitsüchtig und gewalttätig, wenn er betrunken ist. Die Ehe mit Patricia Gedley-Davies war, seinen Freunden zufolge, ein grotesker Fehler. Das hat sie mindestens zweiundvierzigmal gesagt. Grotesker Fehler. Squeakie und ihre Freundinnen sind überzeugt davon, daß Patty in London Callgirl war. Ich würde nicht sagen, daß Vance besonders beliebt ist, aber alle waren froh, als mit dieser Ehe Schluß war. Ihrer Meinung nach war sie unpassend. Und welch ein Glück, daß es keine Kinder gab.« Sie zückte ihr kleines Notizbuch. »Seine neue Frau soll reizend sein. Ihr Name ist Ulka Atlund. Sie ist kurz vor der Hochzeit achtzehn geworden. Ihre Mutter ist tot. Ihr Vater hat sie vor zwei Jahren mit hierhergebracht. Er war zu einer einjährigen Gastprofessur an die Universität von San Francisco gekommen und ist ein zweites Jahr geblieben. Er war gegen die Hochzeit, hat dann aber unter der Bedingung zugestimmt, daß sie nach den Flitterwochen ihre Ausbildung fortsetzt. Sie planen, sechs Monate lang in Flitterwochen zu fahren. Jetzt sind sie seit zwei Monaten weg. Squeakie glaubt, irgendwo gehört zu haben, daß Vance vorhat, die Yacht von jemand anderem aus Acapulco zurückbringen zu lassen. Auf dem Rückweg muß man zu sehr gegen den Wind segeln. Ihrer Meinung nach will Vance die beiden letzten Monate der Flitterwochen in seinem Haus auf Hawaii verbringen. Dann wollen sie wieder hier wohnen, und Ulka geht zurück aufs College.«

»Was ist mit der Annullierung?«

»An der Stelle wird es ziemlich schmuddelig, Travis.«

Ich verlor die Geduld mit der Art, wie sie um den heißen Brei herumredete. Ich packte sie an den Handgelenken und drückte sie sanft zurück, bis sie mit der Rückseite der Beine die Stuhlkante berührte. Sie setzte sich und schaute erschrocken zu mir auf.

»Ich will Ihnen mal was sagen, Miss Holtzer. Die ganze Geschichte ist schmuddelig. Es war nicht der sagenhafte Glamour von Lysa Dean, der mich hier reingezogen hat. Es lag an Ihnen, daß ich mich dazu habe überreden lassen.«

»Was? Was?«

»Wenn sie jemand anderen geschickt hätte, wäre die Antwort nein gewesen. Sie wirken so unerschütterlich und loyal und aufrecht und ernst. So verdammt *anständig*. Bei Ihnen bin ich mir wie ein ungewaschener Opportunist vorgekommen. Ich reagiere emotional auf Leute, Dana, egal wie sehr ich es abstreite. Ich wollte Ihnen beweisen, daß ich das, was ich mache, gut mache.«

»Aber das ist doch absurd!«

Ich wich zurück und setzte mich auf ihr Bett. »Da haben Sie recht. Also, wie schmuddelig wird die Angelegenheit noch?«

Sie zuckte die Schultern. »Squeakie weiß nichts Genaues. Nur Gerüchte aus zweiter und dritter Hand. Aber Nancy Abbott spielt dabei eine Rolle. Die Lieblingstheorie unter Squeakies Freundinnen ist offenbar, daß Patty M'Gruder Nancy als Hausgast in Carmel beherbergte und sie praktisch als Gefangene dort hielt, weil sie ... Patty ... sich in Nancy verliebt hatte. Dieser Theorie nach hat Vance mitgespielt, weil er dadurch beweisen konnte, daß Patty den Ehevertrag unter Vorspiegelung falscher Tatsachen eingegangen war, indem sie ihre wahren Neigungen verheimlicht hatte. Vance hat Nancy ... Squeakie nannte sie ständig ›das arme, arme kranke Kind‹ ... benutzt, um den Beweis zu bekommen. Und als er ihn hatte, hatte Patty nichts mehr in der Hand, um sich gegen die Scheidung zu wehren. Alles wurde sehr diskret abgewickelt.«

»Das würde erklären, was Nancy mir nachgeschrien hat, daß Patty sie eingesperrt hätte.«

»Vermutlich ja. Patty ist weggegangen. Squeakies Ausdruck dafür war, sie hat sich verdrückt. Vor ein paar Wochen wurde sie in Las Vegas gesehen. Nicht in einem der großen

Läden am Strip. In der Innenstadt, wo sie in einem Schuppen namens The Four Treys arbeitete. An der Wechselkasse, glaube ich. Irgend so ein kleiner Job. Dorthin würden sich sicher nicht viele alte Freunde verirren, die sie sehen könnten. Egal, Mrs. T. Madison Devlaney hat nichts von irgendwelchen Bildern gewußt ... zumindest hat sie nichts davon gesagt. Ich hatte Glück, daß ich sie angetroffen habe. Sie und ihr Mann und noch ein Paar fliegen diese Woche nach Hawaii. Die ganze Gruppe scheint von Hawaii begeistert zu sein. Die Devlaneys haben ein Boot dort liegen.«

»Das haben Sie sehr gut gemacht, Dana.«

»Danke. Sie haben ein wunderschönes Heim. Sie hat sich schrecklich betrunken. Haben Sie eigentlich etwas herausgefunden?«

»Ich weiß nicht recht. Ich bin einem Mann auf die Spur gekommen, der die Bilder gemacht haben könnte. Aber der lebte dreihundert Meilen weit entfernt. Es sieht so aus, als hätte M'Gruder die Aufnahmen in Auftrag gegeben. Davon können wir, glaube ich, ausgehen, zumindest zur Zeit. Aber ich habe keinen Beweis für einen Kontakt zwischen M'Gruder und dem Fotografen. Eine Sache macht mich allerdings fast sicher, daß ich den Richtigen erwischt habe. Er ist tot.«

»Wie bitte?«

»Nehmen wir mal an, aus Spaß oder zur Erinnerung oder aus sonst einem Grund hat er einen Satz der Abzüge selbst behalten. Dann ist er gestorben. Die Bilder bekommt jemand in die Finger, der ...«

»Natürlich.«

»Sein Name war wahrscheinlich D. C. Ives. Und er hat wahrscheinlich in Santa Rosita gewohnt. Wir werden ihn auf einen primitiven britischen Akzent hin überprüfen, und wenn ja, dann sieht die Sache schon sicherer aus.«

»Tun wir das als nächstes?«

»Mit einem Zwischenstopp, denke ich.«

Neun

An einem klaren, kalten Dienstagmorgen kletterte ich den Rückhang des Kliffs hinauf. Die Brandung rauschte in stetigem Dröhnen gegen den Fels. Ich streckte die Hand aus, packte den dürren Stamm eines vom Wind zerzausten Baums und zog mich hoch, damit ich über den Grat an der Spitze schauen konnte. Überrascht hätte ich mich fast geduckt. Ich hatte nicht erwartet, daß die Sonnenterrasse der Chipmans so nah sein würde. Ich schaute in einem Winkel von etwa dreißig Grad auf sie hinab. Vielleicht wirkte sie dadurch näher. Aber sie lag schätzungsweise hundert Meter entfernt. Eine besondere Ironie fügte es, daß sich auf der Terrasse eine nackte Frau befand. Sie lag ausgestreckt auf einer ausgebleichten blauen Matratze. Die Mauer schirmte sie etwas von dem Westwind ab, und sie hatte zusätzlich einen Windschutz aus glänzendem Metall aufgestellt, der die Sonnenwärme verstärken sollte. Sie besaß eine Walkürenfigur, eine imposante Frau, der Körper braun wie Kaffeebohnen, das Haar weizenblond gebleicht, Schenkel wie Bierfässer, Schultern wie Sonny Liston. Ich nahm an, es handelte sich um Mrs. Chipman, die liebe Freundin, die Carl das Haus für sein Rendezvous mit der Berühmtheit geliehen hatte. Es war seltsam, die Terrasse in so lebhaften Farben zu sehen, nachdem ich sie schon so oft in schwarzweiß gesehen hatte. Die Frau hatte mir das Gesicht zugewandt. Auf dem Betonboden neben der Matratze stand ein halbes Glas Tomatensaft.

Es gab keinen einzigen anderen Ort, von dem aus man die Terrasse hätte einsehen können. Sie hatte allen Grund, sich unbeobachtet zu fühlen. Ich wich zurück außer Sicht, drehte mich um und schaute nach unten. Ich konnte einen Teil des Hecks unseres hellgrauen AVIS-Mietwagens sehen, den ich in einer Ausbuchtung geparkt hatte. Ich schaute mich um. Es war unsinnig anzunehmen, nach eineinhalb Jahren ließe sich noch etwas finden. Aber etwas fand ich doch. Es steckte in einer Spalte zwischen den Steinen, als habe jemand es dort zerdrückt und hineingezwängt. Eine kleine, verkrumpelte Pappschachtel, einst gelb, inzwischen von Sonne, Regen und

Witterung zu einem breiigen Weiß verblichen. Schemenhaft konnte ich weiß auf weiß eine Schrift erkennen. Kodak – Plus X Pan.

Ich nahm sie mit nach unten und reichte sie Dana, als ich mich hinters Steuer setzte. Sie schaute sie mit gerunzelter Stirn an, dann erkannte sie, was es war. Sie schaute mich fragend an. »Wieso sollte es dadurch realer werden? Mein Gott, könnte etwas realer sein als diese Bilder? Aber das ist ... wie Archäologie, irgendwie. Es ist ... faßbarer.«

»Gewöhnen Sie sich nicht an das Gefühl, Dana. Detektivspielen kann zur Krankheit ausarten.«

»Es ist ein unheimliches Gefühl. Ich glaube nicht, daß es mir gefällt. Irgendwie ist es unfair, Travis. Die Menschen werden so bloßgestellt. Es macht Menschen zu Zwergen, nicht wahr? Indem sie zu Zwergen werden, fühlt man sich selbst größer. Macht das die Faszination aus?«

»Ich weiß nicht.«

»Aber auf irgendeine Weise *befriedigt* es Sie doch, oder?«

»Lassen wir das Thema, ja?«

»Tut mir leid, ich wußte nicht, daß es ein wunder...«

»Lassen wir es?«

»*Okay!*«

In raschem Tempo fuhr ich nach Süden, stumm und mit einer schweigenden Frau neben mir. Seitdem Freuds fauler Zauber populär geworden ist, bohren wir alle wie süchtig in uns herum, um zu sehen, wo es weh tut, Mammi. Ohne jemanden zu haben, der uns küßt und alles wieder heil macht.

Was macht es schon, wenn ich süchtig nach der Jagd bin? Nichts weiter, als daß ein regelmäßiges Leben unmöglich wird. Man tauscht Kinder und Kamin und regelmäßige Beförderungen und die Berufung ins Haus- oder ins Gartenkomitee für ein paar seltene, sehr seltene, klare, saubere Momente einer wilden Befriedigung ein, die so etwas wie wahrer Freude nahekommt. Und kann sich bei alledem möglicherweise ein Stück notwendiges Privatleben bewahren. Der liebe Onkel Sam besitzt über 23 000 Polygraphen. Lügendetektoren. Gott allein weiß, wie viele die Industrie hat. Sie geben sich nicht mehr zufrieden damit, einen mit sämtlichen Skalen der Persönlichkeitstests zu traktieren, sondern wollen hundertprozentig sichergehen, daß man ihnen nicht einfach die Antworten gibt, die sie, vermeintlich, hören wollen. Sie wollen dich ein für allemal in deine Schachtel stecken, Kumpel. Kriech rein und bleib still liegen, und in vierzig Jahren buddeln wir dich ein.

Immer mal wieder drängt sich mir so ein komisches Gefühl auf. Das Gefühl, daß zum letzten Mal in der Geschichte Spinner wie ich die Möglichkeit haben, in den Nischen und Ecken des riesigen Baus einer immer normierteren Gesellschaft zu überleben. In fünfzig Jahren würde man mich durch die Straßen jagen. Sie würden mir kleine Löcher in den Schädel bohren und mich vernünftig und zuverlässig und angepaßt machen.

Ich bin, um es so bitter wie möglich auszudrücken, ein Romantiker. Ich erkenne eine Windmühle, wenn ich sie sehe, weiß Gott, und ich pfeife auf mein weißes Roß. Es paßte schon, daß Lysa Dean die Maid in Bedrängnis war. Sie ist so ein liebes Mädchen.

»Egal«, sagte ich laut, »jedenfalls schafft sie es, wie ein liebes Mädchen rüberzukommen.«

Zwei Sekunden blieb Dana ruhig und nickte mit dem Kopf. Dann zuckte sie zusammen und starrte mich an. »*Lassen* Sie das!«

»Was soll ich lassen?«

»So in meinem Kopf herumzuspionieren. Woher wußten Sie, was ich gerade denke?«

»Ich wußte es nicht.«

Sie schaute mich zweifelnd an. Ich warf ihr von Zeit zu Zeit einen Blick zu, wenn ich die Augen von dem zähen, eintönigen kalifornischen Verkehr wenden konnte. Und mit einemmal waren wir uns irgendwie näher. Vielleicht ist es wie bei der Lernkurve, die das Profil einer Treppe hat. Wir wußten beide, daß etwas geschehen war, und wußten nicht, was. Ihr Gesicht hatte Farbe angenommen, und sie wandte sich ab. Ich konnte sie nicht mehr realistisch *sehen*. Ich erinnerte mich, daß ich eine dunkelhaarige, beherrschte Frau mit energischen Zügen kennengelernt hatte. Eine Fremde. Das war nicht sie. Das hier war Dana. Jemand anderes. Danas Augen, Danas Mund, Danas Haare und Ohren und Körper. Individuell und einzigartig und in keiner Weise verwandt mit irgend jemandem, den ich von früher kannte. Dana mit dem liebenswerten schiefen Zahn.

Santa Rosita war eine verkleinerte Version der Lebensweisen von Santa Barbara. Drei Industriebranchen, Elektronik, Plastik und Touristen, und aus allen dreien wurde rausgeholt, was das Zeug hielt. Sie nahmen teil am großen Boom. Die unvergleichlich öden, nagelneuen Reihenhäuser drangen über die Hügel vor. Mit identischen Kombis, identischen Kindern, identischen Picknicks, identischem Blumen- und Fernsehgeschmack. Du siehst, Virginia, es gibt wirklich ein Santa Rosita, voller Plastikmenschen in Plastikhäusern in Vierteln, die durch das weitmaschige Netz ihrer Einkaufszentren zusammengehalten werden. Aber du darfst ihnen nicht vorwerfen, daß sie so langweilig und so unerträglich selbstzufrieden sind. Denn es ist keiner übrig, der ihnen sagt, wer sie wirklich sind und was sie eigentlich tun sollten.

Die dümmsten Nachrichtenagenturen, die die Welt je gesehen hat, füllen ihre kleinen monopolisierten Blätter mit schmierigem Eigenlob. Ihr Radiosender ist unsäglich. Ihr Fernsehen ist auf den kleinsten gemeinsamen Nenner von dreißig Millionen ihrer Sorte zugeschnitten. Und alles, was dreißig Millionen mögen, muß, abgesehen von ihren eher privaten Eigenschaften, schlecht sein. Ihre Schulen sind Zentren zur allgemeinen Anpassung und zur Abwehr alles Rebellischen. Ihre Kirchen sind wöchentliche Bekenntnisse des Gottvertrauens. Ihre Politiker sind außerordentlich liebenswürdig und sagen nie ein böses Wort. Die Waren, die sie kaufen, werden von Jahr zu Jahr schäbiger, aber dafür bunter. Diejenigen, die noch lesen, begnügen sich größtenteils mit dem grauenhaften Gestammel von Uris, Wouk, Rand und anderen, die den gleichen dummen Mist schreiben. Ihre Magazine, die sie lesen, werden von ausgeflippten Komitees zusammengestellt.

Du siehst, meine Liebe, daß keiner übrig ist, der ihnen auch nur eine einzige verstörende Frage stellt. Wie zum Beispiel: Woher kommst du, und wohin gehst du, und ist es das wert?

Es sind die Unbeirrten. Die Gernschläfer.

Und alljährlich füllen sie ergeben und gewissenhaft eine gewaltige Zahl von Formularen aus. Jeder bekommt eine Nummer, die er sein ganzes Leben lang behält.

Und werden sie einst mit einem Kuß erweckt werden? Ganz vage ist ihnen bei dem Gedanken an ihre Kinder nicht wohl. Mein Gott, wieso wissen diese Jungspunde diese beste aller Welten nicht zu schätzen? Was stimmt nicht mit diesem undankbaren Gesindel? Diesen ... diesen gottverdammten *Versagern!*

Virginia, Liebes, durch die rätselhafte Alchemie der Götter kommt in letzter Zeit eine überproportionale Anzahl von Kindern mit IQs daher, die sich in Höhen schwingen, die gar nicht mehr meßbar sind. Diese Kinder haben kalte Augen. Sie sind es, die eines Tages aufhören werden, mit Transistoren, Dioden und Mikroschaltkreisen zu spielen. Sie werden auf Barrentown starren und dann anfangen, unangenehme Fragen zu stellen. Oder sie bauen eine Maschine, die sie stellt.

In der Zwischenzeit, Virginia, wird Santa Rosita fortbestehen. Es ist, als habe ein teuflisches Genie eine riesige Strafkolonie unter der Sonne entworfen, die keine Wachtürme und keinen Stacheldraht braucht, weil über den Insassen Tag und Nacht eine riesige elektronische Botschaft erstrahlt, die ihnen sagt: Ihr seid im Paradies! Seid glücklich! Wenn ihr hier nicht glücklich sein könnt, dann nirgendwo! Geht zur Wahl! Konsumiert! Spendet! Und vergeßt nicht, eure Nummer anzugeben.

An jenem ersten Dienstag im Monat fuhren wir um vier Uhr nachmittags von Norden in die Stadt hinein. Ich buchte zwei Einzelzimmer in einer Motelkette – Baustil: hingerotzte Moderne. Sie wollte Miss Dean anrufen, und ich versuchte es mit der Nummer von Mendez. Nach kurzem, vorsichtigem Zögern beschloß ich, das Gespräch nicht über die Motelvermittlung laufen zu lassen. Vorsicht kann zur Lebensweise werden. Nie etwas hinterlassen, was zurückverfolgt werden könnte, wenn man die Wahl hat.

Es antwortete eine klare Mädchenstimme. »Gallagher, Rosen und Mendez. Guten Tag.«

»Äh ... könnte ich bitte mit Mr. Mendez sprechen.«

»Einen Augenblick, Sir.«

»Guten Tag. Hier spricht die Sekretärin von Mr. Mendez. Kann ich etwas für Sie tun?«

»Ich möchte bitte mit Mr. Mendez sprechen.«

»Er spricht auf einer anderen Leitung. Kann ich Sie zurückrufen, oder möchten Sie lieber warten?«

Ich wartete. Mit der freien Hand blätterte ich im Telefonbuch. Es handelte sich um Anwälte.

»Ja? Hallo?« sagte Mendez mit ungeduldiger, gehetzter Stimme.

»Entschuldigen Sie die Störung. Wir benötigen die Adresse der nächsten Angehörigen von D. C. Ives.«

»Wer ist wir?«

»Keller-Foto, Sir. Wir hatten ein Objektiv in Reparatur. Es war noch unter Garantie, aber es hat sehr lange gedauert. Wir mußten es zum Hersteller nach Deutschland schicken, ohne Kostenberechnung natürlich, und jetzt ...«

»Miss Totter? Geben Sie dem Burschen die Adresse von Jocelyn Ives.«

Ich hörte, wie er auflegte. »Hallo?« sagte Miss Totter. »Einen Augenblick bitte.« Rasch war sie wieder am Hörer. »Haben Sie etwas zum Schreiben? Miss Jocelyn Ives, 2829 Appleton Way. Telefon 765-2193. Haben Sie es?«

»Danke. Wann ist Ives eigentlich gestorben?«

»Ach, ein paar Tage vor Weihnachten. Er hat länger durchgehalten, als man dachte, wissen Sie. Tag um Tag, und alles bei diesem Hirnschaden. Es ist so ein Jammer. Er war ja *so* begabt.«

»Nun ja, das ist der Lauf der Welt.«

»Ich hoffe, man schnappt die Kerle eines Tages.«

»Das hoffen wir alle. Vielen Dank, Miss Totter.«

Ich war schon auf dem Weg aus der Telefonzelle, dann ging ich zurück und probierte die Nummer, die sie mir gegeben hatte. Es klingelte dreimal. Eine Frau nahm ab. »Ist Georgie zu sprechen?« fragte ich.

»Da sind Sie falsch verbunden, glaube ich«, sagte sie. Ich bedankte mich und legte auf. Nachdenklich ging ich wieder auf mein Zimmer. Diesen Akzent kannte ich. Er klingt nach Cockney, ist es aber nicht, sondern australisch.

Dana hatte gerade ihr Gespräch mit Lysa Dean beendet. Miss Dean berichtete, die Werbetournee sei ein Erfolg und das Publikum habe *Winds of Chance* am Premierenabend gut aufgenommen. Bald würde sie mit ihrer Gruppe nach New York weiterreisen. Zusätzliche Werbearbeit, Showauftritte und so weiter, vier Tage dort und dann weiter nach Chicago.

Ich berichtete, was ich erfahren hatte, und ergänzte es um das, was ich mir zusammenreimte. Dana wirkte eher fasziniert als schockiert. »Umgebracht, hm?«

»So sieht es aus.«

»Er war in einer gefährlichen Branche tätig.«

»Am besten versuchen wir es einfach bei dieser Schwester.«

»Darf ich mitkommen?«

»Vielleicht muß ich Gewalt anwenden. Ich probiere es erst mal alleine. Sie können es dann ja mit einer anderen Methode versuchen.«

Der Appleton Way war eine Sackgasse. Lagerhallen rückten immer dichter heran. In der Nähe wurden zwecks zweifelhafter Verbesserungen Häuserblocks geschleift. Aber die Straße selbst bot noch die Illusion von Frieden. Neben Wohnblocks gab es alte Gartenanlagen in pseudomaurischem Stil mit verblichenen Gelbtönen auf alter Stukkatur. 2829 war einer der größeren Bauten, und ihre Tür ging von einem überdachten offenen Flur an der Seite ab. Eine dunkle Tür, die sich ins Dämmerlicht einer kleinen Wohnung mit zu wenigen Fenstern öffnete. Sie musterte mich durch die fünfzehn Zentimeter breite Lücke, die die Sicherheitskette zuließ. Ich stellte fest, daß es sich wohl eher um die Tochter als um die Schwester handelte.

»Was wollen Sie?«

Man muß ein Gespür dafür haben, ein unmittelbares, instinktives Erkennen der Schwachstellen. Die hier war ängstlich und überheblich. Ein großes, blasses Mädchen, wie Alice unter einem seltsamen Vergrößerungsglas. Eine zwanzigjährige alte Jungfer. So etwas gibt es. Ein massiger, ungelenker, fetter Leib in einem häßlichen Pullover. Ein Kindergesicht. Rote Nase. Bleiche, volle Lippen.

»Ich möchte mich vergewissern, daß Sie Jocelyn Ives sind. Könnten Sie mir irgend etwas zeigen, das Sie ausweist?« Ich sprach mit vertraulich gedämpfter Stimme.

»Wie käme ich dazu?«

»Sie haben den gleichen Akzent.«

»Wer sind Sie? Was wollen Sie?«

»Es ist schon einige Zeit her, da habe ich gewissermaßen in geschäftlicher Verbindung mit ihm gestanden. Ich bin gekommen, um wieder Kontakt mit ihm aufzunehmen, und mußte feststellen, daß er tot ist.«

Sie nagte an ihrer Lippe. Dann zwinkerte sie mir zu meiner höchsten Verblüffung verschwörerisch zu. Sie schloß die Tür, hakte die Kette aus und machte auf. »Bitte kommen Sie rein«, sagte sie herzlich. »Ich verstehe, daß Sie mir Ihren Namen nicht nennen können«, sagte sie, während sie die Tür hinter uns schloß.

»Äh ... das freut mich.«

»Hier hinten durch. Die Wohnung ist ein einziges Durcheinander. Ich hab heute frei.« Ich folgte ihr durch den düsteren Flur in ein kleines Wohnzimmer. Es stand voll mit Möbeln, die für die kleine Wohnung viel zu groß und viel zu teuer waren. Alle Flächen waren bedeckt mit großen Fotoabzügen, und Kontaktabzüge lagen auf dem Boden und lehnten an den Möbeln und Wänden. Viele waren mattiert. Mit ungeschickter Hast machte sie zwei Stühle frei. »Setzen Sie sich doch. Ich bin grade am Aussortieren. Lens Lab ... das ist ein Hobbyverein hier ... und die wollen eine Ausstellung mit seinen besten Werken machen. In der Bücherei. Es sind so *viele*. Ich komm ganz durcheinander.«

»Das kann ich mir vorstellen. Es sieht richtig nach Arbeit aus.«

»Und ob! Ich bin jetzt dafür verantwortlich, daß alle erfahren, wie gut Vater war. Ich will auch noch eine Wanderausstellung zusammenstellen. Und in Rochester gibt es natürlich auch Interesse.«

»Natürlich.«

Sie setzte sich mir gegenüber und verknotete die Hände. »Ich hab ja so gehofft, daß irgend *jemand* mal kommt. Es war alles so schrecklich schwierig für mich.«

»Das kann ich nachvollziehen.«

»Der arme Mr. Mendez hat sein Bestes getan, um alles mit der Steuer zu klären. Aber dann ist da noch eine große Summe Bargeld aufgetaucht, und das hat die Sache irgendwie kompliziert. Und ich konnte ihm das mit dem Bargeld natürlich nicht erklären. Falls es für notwendige Ausgaben bestimmt war, tut's mir leid. Und jetzt hängen da die Gerichte und die Steuer und alles drin. Irgendwann werd ich's kriegen, nehm ich an, oder das, was sie davon übriglassen. Wenigstens darf das Haus verkauft werden. Wissen Sie, ich hab gehofft, daß sich jemand melden würde. Und Sie sehen fast genauso aus wie die Art Mann, die ich mir vorgestellt hab.«

»Was kann ich für Sie tun?«

»Ich hab den Mund gehalten, wie es Vater gewollt hätte. Und ich glaube, ich brauche auch wirklich keine nachträglichen Ehrungen für ihn. Er hat gesagt, das wäre etwas, was man nicht erwarten dürfte. Er hat mir beigebracht, mit den ... Kontakten ganz vorsichtig und diskret zu sein und ihm keine Fragen zu stellen. Ich hab mich schon gefragt, ob ich nicht zu Mr. Mendez gehen und ihm erklären soll, was für eine Arbeit Vater für Sie gemacht hat. Ich glaube, dann wäre das mit dem Geld einfacher.«

»Es tut mir leid, dazu bin ich nicht befugt.«

»Das hab ich befürchtet«, sagte sie. »Och Mann. Und die blöde Polizei muß natürlich denken, daß nur irgendwer hinter seinem Kleingeld her war.«

»Ich fürchte, ja.«

Sie musterte mich. »Echt mal, woher soll ich wissen, daß Sie der sind, für den ich Sie halte?«

»Wir haben leider keine Ausweise oder ähnliches.«

»Dacht ich mir. Wäre wohl nicht sehr sicher, schätze ich.« Es schien ihr nicht ganz wohl bei der Sache zu sein. »Aber wieso haben Sie nicht gewußt, daß er tot ist?«

»Ich hatte keinen Kontakt mehr mit ihm.«

Jetzt war mir so manches klar. Es ging etwas Ungesundes von ihr aus, ein schmieriger Glanz auf ihrer Haut, ein Geruch nach Schmutz von der düsteren, kleinen Wohnung. Aber sie war seine geliebte Tochter. Erpressung brauchte eine Coverstory. Vielleicht hatte sie anfangs vermutet, daß Vater irgendeine geheime Arbeit fürs Vaterland erledigte, und als sie ihn darauf ansprach, war es am einfachsten gewesen, dabei zu bleiben. Und natürlich hatte Der Feind ihn abgeschlachtet.

Ich mußte den richtigen Weg finden, damit sie sich mir öffnete. Ich beugte mich zu ihr. »Jocelyn, ich glaube, ich kann Ihnen versprechen, daß eines Tages alles öffentlich gemacht werden darf.«

Auf ihren blassen Pausbacken glitzerten Tränenbäche wie Schneckenspuren, und sie gab ein quakendes, schluchzendes Geräusch von sich ...

Zehn

Es gefiel mir, wie Dana zuhörte. Sie fühlte sich nicht gedrängt, ein Schweigen mit Fragen auszufüllen. Sie wußte, es würde noch mehr kommen. Ich konnte sie nicht ganz deutlich sehen. Sie saß mir gegenüber im Finstern an den Motelfenstern. Das Licht fiel auf meinen Ellbogen und glänzte auf dem Silberbecher.

»Ives liebte das gute Leben«, sagte ich. »Er war freier Fotograf in Melbourne. Mode, aktuelle Stories, alles. Eine Hollywoodtruppe machte einen Film drüben. Er bekam die Erlaubnis, auf dem Set zu arbeiten. Seine Standaufnahmen waren offenbar verdammt gut. Die Stars mochten ihn. Das Studio holte ihn nach Hollywood. Das war vor acht Jahren. Sie war zwölf. Er arbeitete etwa vier Jahre dort und machte seine Sache ziemlich gut. Und er lebte gut. Dann ging etwas schief. Ich nehme an, er ist auf die schwarze Liste gerutscht, die sie da haben. Ich weiß nicht, ob es wichtig ist, was ihn da reingerissen hat. Das Mädchen sagt, es war Neid. Seine Arbeit war zu gut. Er zog hier herauf nach Santa Rosita. Sein Studio hatte er bei sich zu Hause. Hochzeiten, Parties, Preisverleihungen, Porträts. Ein netter Deckmantel. Sie glaubt, er hatte noch eine Außenstelle in der Stadt. Sie ist mächtig stolz auf ihn. Stolz auf diesen zynischen Mistkerl mit seinen Sportwagen und dem feinen Haus und der Haushälterin.«

Ich stand auf, nahm beide Silberbecher und machte uns noch einen Drink.

»Sie hat mir die Zeitungsausschnitte gezeigt. Er machte einen Trip. Sie weiß nicht, wohin. Er war zwei Tage lang weg. Dann kam er wieder nach Hause. Dann ist er wieder weggegangen und hat gesagt, er würde in einer knappen Stunde zurück sein. Das war letztes Jahr um zehn am Abend des zehnten Dezember. Sein Auto wurde abgeschlossen auf der Verano Street und er selbst etwa dreißig Meter weiter gefunden. Er war mit eingeschlagenem Schädel hinter ein Lagerhaus geschleppt worden, die Taschen leer, die Uhr weg. Sie dachten, er würde noch vor der Einlieferung sterben, aber sein Herz hat noch fünf Tage lang geschlagen. Soweit das Mädchen weiß, hat die Polizei keinen Anhaltspunkt. Niemand weiß, was er in dem Viertel wollte. Da ist vor allem Kleingewerbe, nachts ist alles leer.«

Sie schwieg lange. »Hat er ihr etwas hinterlassen?« fragte sie.

»Eine kleine Versicherung. Das Haus. Etwa dreißigtausend in bar, die schon beschlagnahmt sind, solange sie seine Steuer prüfen. Dann eine Menge Kameras, Studio- und Dunkelkammerausrüstung, Riesenstapel von künstlerischen Fotografien.«

Sie fragte, ob ich mir mit Ives sicher sei. Das hatte ich für sie aufgespart. Ich berichtete ihr, wie ich dem Mädchen die Würmer aus der Nase gezogen hatte. »Es war also seine liebende Tochter, die ihm bei der Übergabe half und das grüne Licht hat blitzen lassen, damit Sie das Geld rauswerfen.«

Dana schüttelte langsam den Kopf. »Und ich dachte, da draußen seien gräßliche Unholde ... und dabei war es nur das arme, einfache Mädchen, das Daddy bei seiner Spionagetätigkeit geholfen hat. Was für ein totaler Schweinehund muß das gewesen sein, sie so in Gefahr zu bringen!«

Und ich dachte wehmütig, wie einfach es für Lysa Dean gewesen wäre, gleich zu Beginn alles auffliegen zu lassen, bevor es außer Kontrolle geriet. »Ives konnte sich auf seine Tochter verlassen«, erklärte ich. »Und er brauchte nicht mit ihr zu teilen, und sie wußte nicht, was in den Päckchen war. Auf die gleiche Weise hat er sie, mit Abwandlungen, auch bei anderen Projekten benutzt.«

»Die treue, kleine Helferin«, sagte Dana. »Genau wie ich.«

»Gehen wir essen.«

Sie zog ihren Pullover an. An der Tür hielt sie mich auf. »Trav, Sie haben ihr doch nicht den Verdacht in den Kopf gesetzt, daß ... es doch nicht so war, wie sie denkt?«

»Als ich ging, habe ich ihr gesagt, sie könne stolz auf ihren Daddy sein. Sie hat vor mir gestanden, und die Tränen sind ihr von ihrem fetten Kinn getropft.«

Sie drückte meinen Arm. Im Licht von draußen glänzten ihre dunklen Augen. »Weich wie Butter«, sagte sie.

»Der Arm?«

»Idiot. Ihr blöder Arm ist wie ein Stück Redwoodholz. Ich bin nur froh, daß Sie ihr noch soviel gelassen haben, habe ich gemeint.«

»Ich frage mich, wie lange es noch dauert, bis sie die Wahrheit erfährt.«

»Was soll das heißen?«

»Irgend jemand hat ihn umgebracht. Wenn sie ihn finden, könnte er die richtigen Gründe dafür gehabt haben. Ich denke, ich sollte mit den Bullen reden.«

»Wieso, Liebes?« fragte sie voller Ernst.

»Liebes?«

»Ach, halten Sie den Mund! Das war nur ein ... Reflex.«

»Das haben Sie heute schon zweimal gemacht.«

»Wieso wollen Sie mit den Bullen reden?«

»Weil die wahrscheinlich ein bißchen mehr wissen, als Miss Ives glaubt. Und wir sind inzwischen ganz dicht dran, Dana. Was ist aus den Abzügen von D. C. Ives geworden?«

Mein Mann war Sergeant Starr. Bill Starr. Er war ein kleiner Kerl, etwa vierzig, sehr lebhaft und temperamentvoll. Zu zwanzig Prozent bestand er aus Nase, und es sah aus, als sei ihm diese Nase schon mindestens einmal aus jeder möglichen Richtung eingeschlagen worden. Unter der Nase kam übergangslos ein liebenswertes Lächeln. Er war ein Scherzbold, ein äußerst fideler Bursche. Er sah aus, als wolle er, daß man ihn mochte. Die Nase war so hervorstechend, daß man Gefahr lief, seine Augen zu übersehen. Sie waren klein, katzengelb und etwa so weich und sanft wie Messingplatten.

In seinem ordentlichen, kleinen, langweiligen Büro standen auf einem Regal Pokale, die er in verschiedenen Disziplinen gewonnen hatte. Ein paar davon waren für Pistolenschießen. Er sprang auf, hockte sich auf die Schreibtischkante und strahlte mich an. »Wieso sollte ich irgendwelche Spielchen spielen, Kumpel? Was hätte ich davon? Wenn Sie von hier wären, vielleicht. Wenn ich 'ne Quelle am Laufen halten will. Klar. Aber Ihren müden, grauen Arsch kann ich in 'ne Zelle stecken und Sie da lassen, bis Sie ganz wild drauf sind, alles zu verraten, was ich wissen will.«

Ich kicherte so fröhlich wie er. »Diesen Freund, dem ich den Gefallen tue, würde das schrecklich aufregen. Er hat natürlich keinerlei Beziehungen hier. Außer den Anwälten, die man für Geld kriegen kann. Notfalls ganze Kompanien davon. Ich bin nicht vorbestraft, Sergeant. Aber von unvorsichtigen Leuten bin ich von Zeit zu Zeit und hier und da mal eingelocht worden. Und die altmodischen haben mir auch mal eins übergebraten. Es würde uns daher beiden nur Unannehmlichkeiten bereiten. Ich bin sowieso scharf drauf, alles zu erzählen. Und ich bin scharf drauf, daß Sie mir alles verraten, was Sie wissen.«

Er nahm die verschiedenen Ausweise und Bescheinigungen vom Schreibtisch und reichte sie mir. »McGee, Sie haben da alle möglichen Ausweise, nur nicht den richtigen.«

»Braucht man einen Ausweis, um einem Freund einen Gefallen zu tun?«

»Ich sag's Ihnen noch mal. Wenn Sie einen offiziellen Status haben, dann können Sie Ihren Freund *unter Umständen* decken. Aber Sie haben gar nichts. Sie *müssen* mir sagen, wer Sie angeheuert hat.«

»Aber ich sagte Ihnen doch schon, Sergeant, daß wir darauf noch kommen, wenn alles gut läuft. Außerdem hat er mich nicht angeheuert. Es ist nur ...«

»Herrgott, ja. Ein Gefallen für einen Freund.« Er griff nach seinem Hut. »Geh'n wir 'n Kaffee trinken.«

Er holte einen Wagen aus der Garage, und wir fuhren zehn Straßen weiter zu einem Drive-In. Die hübsche Kellnerin kannte ihn beim Namen und brachte uns Kaffee und Rosinendoughnuts.

»Ich fange an«, sagte ich. »D. C. Ives. Manchmal muß einer umgebracht werden, bevor die Leute drauf kommen, daß da irgendwas nicht ganz koscher ist.«

»Nicht ganz koscher. Na, das ist aber nett! Sagen wir mal so. Es ist nicht gesetzlich vorgeschrieben, daß ein Mann ein Bankkonto haben muß, aber fast jeder, der vierzigtausend Mäuse besitzt, hat eins. Sein Einkommen mit legaler Arbeit lag schätzungsweise bei etwa fünfzig oder sechzig die Woche. Seine Ausgaben bei über tausend Dollar im Monat. Also hat er entweder von einem dicken Fischzug von früher gelebt, oder er hat immer so nebenbei kleinere Fischzüge gemacht.«

»Er hat sie immer so nebenbei gemacht.«

»Vielen Dank. Das hatte ich mir schon zusammengereimt.«

»Wieso?«

»Sie sind wieder dran, McGee.«

»Er hatte ein Studio und eine Dunkelkammer zu Hause, aber er hatte auch noch eine Dependance. Ich nehme an, irgendwo in der Nähe der Verano Street. Mit einer weniger aufwendigen Ausrüstung. Ein guter 35-mm-Vergrößerer, eine Vorrichtung zur Herstellung und zum Trocknen von acht bis zehn Abzügen, keine Geräte zur Massenproduktion ... so etwa das, was man bei einem fortgeschrittenen Amateur erwarten würde, ein Einmannbetrieb.«

»Und wofür?«

»Sind jetzt Sie nicht dran, Sergeant?«

»Okay. Er machte dort Sachen, die er wegen seiner Tochter nicht daheim erledigen wollte. Wenn sie nicht in der Schule war, hat sie ihm zu Hause geholfen. Er ist viel herumgereist. Kurze Trips. Aufträge, wie er es nannte. Ich meine, es war keine übliche Drecksarbeit. Dazu gibt es zu wenig Nachfrage auf diesem Gebiet. Und die Bezahlung ist schlecht. Was meinen Sie, was es war, McGee?«

»Diskrete, sorgfältig geplante, fachmännische Erpressung. Dazu vielleicht ein bißchen Industriespionage. Und vielleicht Aufnahmen von Leuten zusammen mit den falschen Leuten – der Manager, der mit der Konkurrenz redet, der Banker mit der Nutte. Zeug fürs Teleobjektiv, die Küste rauf und runter. Wie kam er an die Arbeit? Zum Teil über seriöse Agenturen vielleicht. Zum Teil aus der Unterwelt. Mit echt scharfen Fotos konnte er 'ne Menge Geld rausholen, wenn die Leute wichtig waren.«

»Und irgendwann macht er einen Fehler und kriegt den Kopf eingeschlagen.«

»Wahrscheinlich.«

»McGee, wenn Sie versuchen, einem Freund einen Gefallen zu erweisen, indem Sie Abzüge oder Negative in die Finger kriegen wollen, können Sie's vergessen.«

»Sind sie verschwunden?«

»Wenn er gleich umgebracht worden wäre, hätten wir uns vielleicht ein bißchen früher dahintergeklemmt. Wir haben sein Versteck gefunden. Eine Ecke in einem Lagerhaus, mit separatem Eingang. Es ist durch eine Überprüfung des Viertels rausgekommen. Überall waren seine Fingerabdrücke. Seine Ablage für Abzüge war nicht groß, aber gähnend leer. Keine Negative. Der Aktenschrank war abgeschlossen gewesen und geknackt worden. Die Tür war mit einem Schlüssel auf- und wieder zugeschlossen worden. Gutes Schloß. Hinten im Aktenschrank stand eine Blechbüchse für Kleingeld. Die war auch aufgebrochen.«

»Was verschweigen Sie, Starr?«

»Ich? Ich!«

»Na schön. Bei meinem Freund handelt es sich um ein krankes, trauriges Mädchen. Sie ist in Hope Island auf Bastion Key in Florida. Ihr Name ist Nancy Abbott. Sie ist Alkoholikerin und befindet sich seit Monaten in diesem Sanatorium. Ihr reicher Architektenvater liegt im Sterben in San Francisco oder ist inzwischen vielleicht schon tot. Ives hat vor eineinhalb Jahren ein paar üble Fotos von ihr geschossen. Jetzt erzählen Sie mir den Rest.«

»Das läßt sich alles nachprüfen. Den Rest? Okay, ich konnte

zweifelsfrei ermitteln, daß der Einbruch erst einen Tag, *nachdem* Ives einen über den Schädel bekommen hatte, passiert ist. Und in Ives' Tasche befand sich ein Schlüssel zu seinem kleinen Labor. Ives hatte einen Angestellten. Nicht ganz richtig im Kopf. Samuel Bogen, Alter 46. Seit Jahren immer mal wieder auf Stütze. Vor zwanzig Jahren Ärger wegen Voyeurismus und Exhibitionismus. Dafür hat er etwa viermal neunzig Tage gesessen. Soweit ich herausfinden konnte, hat Ives ihn für die Drecksarbeit beschäftigt. Er zahlte ihm einen Dollar pro Stunde dafür, daß er die Schalen auswusch, Bilder trocknete, solche Sachen. Bis wir ihm auf die Spur kamen, hatte Bogen sich auf und davon gemacht. Er kann genausogut auch ein harmloser Spinner sein. Oder er ist ausgeflippt und hat seinen Boss erschlagen. Wir nehmen an, daß er mit dem Bus nach Los Angeles ist. Seitdem steht er auf der Fahndungsliste. Mittelgroß, mittelschwer, Brille, schlechte Zähne, braunes Haar, das grau wird, keine besonderen Merkmale oder Eigenschaften. Keine Familie. Keine Spuren in seinem möblierten Zimmer drei Straßen von der Verano Street. Und da gibt es noch etwas, weshalb er mich nicht besonders interessiert. Etwa zur Tatzeit hat sich ein Auto in hohem Tempo vom Tatort entfernt. Bogen hat offenbar nie ein Auto besessen und kann nicht fahren.«

Ich konnte es nicht riskieren, die Bogensache weiter zu verfolgen. Ich mußte befürchten, daß der kleine Tiger Nachforschungen anstellte und auf Lysa Deans Namen stieß.

»Und wer war nun in die Sache mit den Bildern von der kleinen Abbott verwickelt?« fragte er.

Darauf war ich vorbereitet. »Ein Rennfahrer namens Sonny Catton. Er starb im letzten Jahr, als er gegen eine Mauer fuhr.«

»Wo wurden die Bilder aufgenommen?«

»Irgendwo in der Nähe von Big Sur in einem Privathaus, glaube ich.«

»Vor eineinhalb Jahren, sagten Sie? Wieso dann die Eile, sie zurückzubekommen?«

»Sie macht sich Sorgen, er könnte sie benutzen und ihren sterbenden Vater erpressen.«

»Wie sind Sie diesem Ives auf die Spur gekommen?«

»Sergeant, das ist eine lange, lange Geschichte. Eine Frage noch. Angenommen, jemand hatte einen Auftrag für Ives, konnte ihn aber nicht erreichen. Also rief er Mendez von Gallagher, Rosen und Mendez an und erfuhr von Mendez, daß er tot ist. Hat das irgendwas zu bedeuten?«

»Das habe ich mich auch schon gefragt. Charlie Mendez ist sauber. Kleine Dienstleistungen zu kleinem Preis. Wie den Empfang von Post.«

»Zusammenfassung, Sergeant?«

»Wer, ich? Okay. D. C. Ives war durchtrieben und schlau und sehr vorsichtig. Aber eines Abends war er nicht vorsichtig genug, und eines seiner Opfer hat ihn erwischt. Als Bogen hörte, daß sein Boss im Sterben liegt, hat er den eigenen Schlüssel benutzt, um reinzukommen. Er hat sich die schmutzigen Bilder und das Geld geschnappt und ist abgehauen.«

»Dann bin ich jetzt in einer Sackgasse gelandet, Sergeant.«

»Sind Sie da sicher?«

»Es war nur ein Gefallen für eine Freundin.«

Elf

Wir fuhren am frühen Donnerstagmorgen in die Stadt zu Lysa Deans Canyonhaus. Es war von einer eindrucksvollen rosa Mauer umzäunt. Das Personal war auf ein koreanisches Ehepaar, Dienstmädchen und Gärtner, reduziert worden. Als der Gärtner Dana erkannte, lächelte er breit und öffnete uns das schwere Metalltor. Es war ein heißer Tag. Die Mauer umschloß eine Fläche von etwa 1000 Quadratmetern. Ein mexikanischer Architekt hatte das Haus für sie und den dritten Ehemann gebaut. Ich schätze, man hätte es Cuernavaca-Aztekisch nennen können.

Dana führte mich herum. Die Gartenanlage war großartig. Der Swimmingpool war leer. Die Hunde waren in Pflege gegeben worden. Beim Gang durch die Stille von Mosaiken, flauschigen weißen Teppichen und dunklen Paneelen, die aus alten Kirchen stammten, zählte ich fünf Ganzkörperporträts der Besitzerin in Öl. Und kein einziges von einem der Ex-Gatten.

Dana wollte sich umziehen. Sie zeigte mir, wie sie untergebracht war. Eine kleine, praktische Wohnung gegenüber den Arbeitsräumen mit einem ziemlich kahlen Schlafzimmer, einem großen, luxuriösen Bad, einem kleinen ordentlichen Büro mit einer Reihe großer grauer Aktenschränke und einem Schreibtisch in der Größe eines Schlachtschiffs. Im Schlafzimmer stand eine Fotografie. Dana, jünger, strahlend, energisch – mit dem neugeborenen Baby auf dem Arm. Ein junger Mann mit freundlichem, zerknautschtem, liebenswertem Gesicht schaute, den Arm um seine Frau gelegt, das Baby an.

Sie sah, daß ich das Bild betrachtete. »Bitte warten Sie draußen im Büro auf mich«, sagte sie etwas zu schroff. »Es dauert keine Minute.«

Auf einem Regal erblickte ich die gebundenen, mit goldenen Lettern beschrifteten Drehbücher der Filme von Lysa Dean, darunter *Winds of Chance*. Ich zog es heraus und öffnete es an einer beliebigen Stelle. Es erschien mir höchst unwahrscheinlich, daß jemand, lebendig oder tot, je solche Sätze von sich gegeben haben sollte.

Ich stellte das Drehbuch wieder ins Regal und tigerte rastlos durch das Zimmer. Es gab lose Enden. Eine ganze Menge. Aber ich konnte nicht erkennen, was sie mit dem zu tun haben konnten, wofür ich angeheuert worden war. Ich konnte von dem Geld, das Lysa an Ives gezahlt hatte, nichts wiederbeschaffen.

Man konnte davon ausgehen, daß Bogen selbst ins Geschäft eingestiegen war. Seine Nachricht an Lysa paßte zu dem, wie Starr ihn beschrieben hatte. Wahrscheinlich hatte er sich ein paar grobe Techniken von Ives abgeschaut. Wenn die Polizei ihn schon drei Monate lang erfolglos suchte, standen die Chancen schlecht, daß ich nur die Hand auszustrecken brauchte, um ihn zu schnappen.

Wir konnten nach Osten fliegen und Lysa in New York erwischen. Ihr einen Bericht vorlegen. Auf dem Amtsweg durch die Polizeikanäle konnten wir Einsicht in die Akten über Bogen bekommen. Die Leute, die für die Sicherheit des Stars verantwortlich waren, konnten angewiesen werden, nach jedem Ausschau zu halten, der wie Bogen aussah. Wenn sie darauf bestand, konnten wir uns sogar eine Falle für ihn mit ihr als Köder ausdenken. Mit ein bißchen Spürsinn und einer Menge Glück hatte ich die Sache fast so weit vorangetrieben, wie es ging.

Ein paar Vermutungen konnte ich anstellen. Bogen war mit einer ordentlichen Stange Geld und einem ganzen Stapel unangenehmer Bilder geflüchtet und hatte sich verkrochen, vielleicht in Los Angeles. Er war am 6. Dezember geflohen. Diese Bilder waren durchaus geeignet, einen ohnehin schon gestörten Geist noch mehr zu verwirren. Es war höchst unwahrscheinlich, daß er in der Lage war, eine nette kleine Liste mit Namen und Adressen zusammenzustellen. Vielleicht deckten die Bilder ja eine ganze Reihe von Ives' heimlichen Unternehmungen ab. Wenn Bogen alle abzocken wollte, mußte er sich auf die Personen beschränken, die er erkannte. Vielleicht waren ja noch ein paar mehr berühmte Gesichter in dem Stapel. Wie war es zeitlich abgelaufen? Anfang Januar, einen Monat nachdem er aus Santa Rosita geflüchtet war, war er in Las Vegas gewesen und hatte den Umschlag für Lysa Dean am Empfang des The Sands hinterlegt. Wo sie war, hatte er aus den Zeitungen erfahren können. In den beiden folgenden Monaten kein Kontakt. War er damit beschäftigt, noch weitere Berühmtheiten anzubaggern, die vor Ives' schmierige Linse gekommen waren? Wartete er darauf, daß Lysa Dean wieder nach Los Angeles zurückkam?

Auf jeden Fall würde es sie beruhigen, wenn sie wußte, was für ein Spinner mit den Bildern, die sie ruinieren konnten, durch die Gegend rannte, seinen Namen zu kennen und zu wissen, wie er aussah. Sie würde zu entscheiden haben, was ihr das wert war. Ich hatte ein ganz schönes Loch in die Spesen gerissen.

Ives' Mörder ging mich nichts an. Die Liste der Verdächtigen wäre endlos gewesen.

Aber es gefiel mir nicht, wie der Fall endete. Und ich

konnte mir auch nicht vorstellen, daß Lysa Dean darüber jubeln würde.

Dana kam aus ihrem Schlafzimmer. Sie trug ein wunderschönes grünes Kostüm und hatte ihren frisch gepackten Koffer in der Hand. »Sind wir soweit?« fragte sie ein wenig zu munter.

Sie wirkte sehr angespannt. Ich ging zu ihr und nahm ihr den Koffer ab. »Dieser Ort geht mir auf die Nerven«, sagte sie mit einem Zittern in ihrer fröhlichen Stimme. »Das ist mir noch nie passiert. Ich weiß nicht, warum.

Es kommt mir vor, als würde ich die Dana Holtzer, die hier wohnt, kaum kennen. Ich bin ständig darauf gefaßt, daß sie hereinkommt und mich fragt, wer zum Teufel ich sei.«

»Nehmen Sie sich vor ihr in acht. Eine sehr frostige Dame.«

Sie blieb auf der Schwelle stehen und schaute mich mit zugleich verletzlicher und wachsamer Miene an. »Travis?«

»Ja, Süße?«

»Ich ertrage keine allzu häufigen Wechsel. Also, lassen Sie es bitte. Wenn etwas brüchig ist ... dann bricht es auch leicht, verstehen Sie.«

»Ich mag Sie. Das ist alles.«

Sie nickte. »Aber wir haben zuviel gelacht. Verstehen Sie das?«

»Ich verstehe es. Und heute abend sind Sie wieder in Ihrer Rüstung.«

»Das Bild, das Sie da drinnen gesehen haben. Hat es Ihnen etwas erklärt?«

»Ich hätte es aus dem Gedächtnis zeichnen können, noch bevor ich es gesehen habe. Ich brauche keine Erklärung. Ich muß mich nicht neu auf Sie einstellen. Zum Teufel damit. Sehen wir, daß wir unser Flugzeug bekommen.« Ich zog ihr Kinn nach oben und küßte sie auf den Mundwinkel, ganz dicht bei ihrem schiefen Zahn. Ein kleiner Schmatz, wie unter Cousins. Sie lächelte, und ich folgte ihr auf dem Fuß, dem Klackern der Absätze auf den Mosaiken, dem wehenden grünen Rock, den straffen Waden, dem sehr geraden Rücken und dem hochgereckten Kopf.

Wir hatten noch zwanzig Minuten, bis der Flug aufgerufen

würde. Unser Gepäck war an Bord. Es war früher Nachmittag. Ich kaufte eine Zeitung und überflog sie. Der Name sprang mir aus einer kleinen Notiz in der zweiten Spalte der Titelseite entgegen. Kasinoangestellte in Las Vegas ermordet. Patricia Davies gestern nacht auf der Schwelle von Wohnwagen erschlagen. Früher verheiratet mit Sportler Vance M'Gruder.

Schweigend deutete ich darauf und gab Dana die Zeitung. Sie schaute mich mit geweiteten Augen an.

»Das darf ich mir nicht entgehen lassen«, sagte ich. »Es könnte Sammy gewesen sein.«

»Aber ... unser Gepäck ist ...«

»Dana, Sie fliegen nach New York. Kümmern Sie sich dort um meine Sachen. Ich überprüfe das und komme nach.«

»Aber ich soll doch bei Ihnen bleiben.«

Ich packte sie an den Handgelenken und schüttelte sie leicht. »Sie müssen nach New York. Sie sind ein großes Mädchen. Ich muß Ihnen das nicht haarklein erklären. Für Sie und mich ... ist es zu spät.«

Sie hielt meinem Blick stand, und ihr Mund formte lautlos diese Worte. Zu spät. Ihr angespanntes Gesicht wurde etwas weicher. Und jünger. »Danke«, sagte sie feierlich. »Danke, Travis, daß Sie wissen, wann es zu spät ist.«

Ich ließ sie los und wandte mich ab. »Ihr Boss erwartet Sie. Also los.« Sie brummelte, daß sie das mit meinem Ticket regeln würde, und verschwand in der Menge. Ich sah ihr nach, und für einen Moment schoß mir das groteske und würdelose Bild des Augenblicks durch den Kopf, wenn man spürt, daß der Schwertfisch noch einmal zu seinem letzten, großen, verzweifelten Sprung ansetzt, ihn hochsteigen sieht, und dann sieht, wie er am höchsten Punkt mit einem letzten Schnicken des Kopfes einem den Köder wieder in den Schoß zurückschleudert. Das Bild paßte nicht einmal. Ich war zum Umweltschützer geworden. Ich ließ die Leine locker und sagte auf Wiedersehen.

Ich wartete. Und wartete. Ihr Flug wurde aufgerufen. Ich ging zum Gate. Ich sah sie nicht. Ich ging zum Schalter der Fluglinie. Man überprüfte die Passagierliste. In aller Ruhe.

Sir, die Passagierin hat vor Abflug storniert. Ich hatte Angst, war besorgt und wußte gar nichts mehr. Ich hatte das ganze Spiel zu locker gespielt, zu selbstsicher, und vielleicht war jemand, der viel schneller und klüger war, aus dem Schatten getreten.

Ich durchstreifte die Ausläufer des Terminals und suchte nach meinem Mädchen in Grün. Und fand sie, sah sie durch die Scheibe eines Herrenbekleidungsgeschäfts. Ich eilte hinein. Ein Verkäufer beriet sie. Sie warf mir einen erschrockenen, schuldbewußten Blick zu. »Liebling, ich hatte dir doch gesagt, daß ich deine Hemdengröße immer vergesse. Es ist ja *so* verdammt lästig, wenn man sein Gepäck verliert. Sind die da recht? Bügelfrei, da kommen wir mit zwei aus, meinst du nicht? Aber welche Größe, Liebes?«

»Vierundvierzigeinhalb, zweiundfünfzig«, sagte ich ergeben.

»Zwei in dieser Größe bitte. Und Stretchsocken machen dir doch nicht so viel aus, oder? Unterhosen Größe acht, mhm? Nein, nicht einpacken. Ich kann sie einfach hier reinstecken.« Sie stellte ihren kleinen Koffer auf den Tresen, ein billiges Ding aus blaßblauem Aluminium. Ich erhaschte einen Blick auf ein paar Frauenutensilien und ein paar Schachteln aus der Drogerie. Sie verschloß ihn und wartete auf das Wechselgeld.

»Wir haben in etwa fünfundzwanzig Minuten einen Flug«, sagte sie.

Ich trug den Koffer aus dem Laden in die Wartehalle. Ich brachte ihn an eine ruhige Stelle, stellte ihn ab und drehte mich zu ihr um. »Haben Sie Ihr bißchen Verstand verloren?«

Sie packte mein Handgelenk mit kräftigen, eiskalten Fingern und schaute zu mir hoch. »Es ist schon in Ordnung. Wirklich. Alles in Ordnung.«

»Aber ...«

»Ich konnte das Gepäck nicht zurückbekommen. Es war schon an Bord verstaut. In New York kümmert sich jemand darum. Schauen Sie. Ich bin schon seit einer ganzen Weile erwachsen.«

»Es ist nur so, daß ...«

»Sei still, Liebling. Sei still. Sei still. Sei still. Muß ich dir etwa alles bis ins einzelne erklären? Und schau nicht wie ein lendenlahmer Elch. Sag, daß du dich freust. Sag irgendwas.«

Ich legte eine Fingerspitze an ihre Wange und fuhr mit dem Daumen über ihre schwarz glänzende Augenbraue. »Okay. Irgendwas.«

Sie schloß die Augen und erschauerte. »Mein Gott. Keine Ansprüche, Trav. Nichts dergleichen. Von keiner Seite.«

»Von keiner Seite.«

»Lach bloß nicht.«

»Das weißt du doch besser.«

Ich konnte Verstörung in ihrem Blick lesen. »Vielleicht bin ich gar nicht, was du ... Vielleicht hast du nie wirklich ... Du hättest einfach nur höflich sein können, und jetzt ...«

»Das weißt du doch auch besser. Sei still, Liebes.«

»Ich habe nach New York telegrafiert.«

»Bitten Verspätung gütigst zu entschuldigen.«

»Verdammt, wir haben uns noch nie richtig geküßt. Meine Knie sind ganz schwach und wacklig. Bitte führ mich zu einem Drink, Liebling.«

Der betörende, unmittelbare Zauber mädchenhafter Weiblichkeit, ihr Duft, ihre Nähe, dunkle Augen, in denen man sich verlieren konnte, das atemlose Gefühl der Erwartung – trotz alledem bewegte sich der auf Arbeit abgestellte Bereich meines Verstandes in den alten, unerquicklichen Bahnen.

Wir hatten einen großen Umweg gemacht und einen nach dem andern aus der Endabrechnung gestrichen. Carl Abelle, den Schrecken der Skilifte, gefährlich wie ein Trottel auf dem Idiotenhügel. Sonny Catton, geröstet in einem prächtigen Feuerball hochprozentigen Treibstoffs. Nancy Abbott ebenfalls gründlich geschmort, aber auf kleinerer Flamme. Die beiden Jungs von Cornell, Harvey und Ritchie, zu überprüfen war sinnlos. Deren größtes Problem war, überhaupt jemanden zu finden, der ihnen die Geschichte abnahm. Caswell Edgars hatte sich verabschiedet. Und zwar von fast allem auf der Welt. Ives war aus dem Rennen, und zwar mit Gewalt. Patty M'Gruder ebenfalls. Wenn der alte Abbott, Nancys

Vater, noch ein klein bißchen Glück hatte, war er inzwischen auch tot. Mit weniger Gewalt, aber auch weniger angenehm. Es spitzte sich zu. Auf einen Yachtfan namens Vance M'Gruder, auf eine Kellnerin namens Whippy, auf einen schwachsinnigen kleinen Mann namens Bogen. Es war, als ginge man durch ein leeres Haus und durchsuchte die Schränke. Entweder war das Ganze so kompliziert, daß ich es mir nicht vorstellen konnte, oder nicht, aber dann ergab alles noch weniger Sinn. Aber irgendwo steckte darin etwas Böses, das außer Kontrolle geraten war. Das spürte ich, und ich spürte, daß es gegen Lysa Dean gerichtet war, und vielleicht gegen mich, und ich konnte mir nicht denken, was oder wer es war. Ich wußte nur zwei Dinge. Mir gingen die Schränke aus. Und ich war froh, daß ich nicht bei dieser Party dabeigewesen war. Also hielt ich die Hand des Mädchens fest und redete mir ein, die Welt sei schön, und verscheuchte meine düsteren Gedanken.

Ein gelangweiltes Kind hatte mit seinem neuen Baukasten eine leuchtende, perfekte Miniaturstadt erbaut. Und als es fertig war, hatte es ihr einen ordentlichen Tritt versetzt und die Einzelteile über den Wüstenboden verstreut. Als wir im Nachmittagslicht zur Landung ansetzten, erblickten wir ein unwirkliches Panorama blauer Swimmingpools und grüner Golfbahnen vor dem uralten Eidechsenbraun der ewigen Wüste. Wir trafen zusammen mit einem Haufen von Wallfahrern ein – den blutigen Anfängern, die sich bemühten, trotz ihres Interesses an den Spielautomaten im Terminal, trotz des ganzen Gewimmels und der Ansagen und lauten Marktschreier cool zu wirken. Die alten Wallfahrer schleppten alle schmerzbeladene Erinnerungen mit sich. Sie waren ungeduldig und wollten schnell an einen bestimmten Tisch an einem bestimmten Ort, rechtzeitig zur Kreuzigung. Als unsere Gruppe durch das Gate kam, bemerkte ich zwei Aufpasser, die an der Wand lehnten. Mit schläfriger Wachsamkeit schauten sie sich verstohlen nach links und rechts um und schossen gezielt unauffällige, finstere Blicke auf die Wallfahrer ab. Sie haben in ihrem Gedächtnis das Verzeichnis von zehntausend Gesichtern, die in Slotsville unerwünscht sind. Und sie haben ein Gespür für Leute, die auf Ärger aus sind – für diejenigen, die hierherkommen, um auf Teufel komm raus ihren Schnitt zu machen, und wenn sie dazu den Gewinner abknallen müssen. Diesmal kümmerte sich meine Lady nicht um Transitformalitäten. Der Unterschied war angenehm und unübersehbar in ihrer absoluten Ruhe während des Fluges, die Hand sicher in meiner, in ihrem in sich gekehrten Blick. Sie stand aufrecht da, still und bescheiden, geduldig und sinnlich, während ich mich, da ich kein Gepäck abzuholen hatte, aufmachte, um ein Gefährt zu leihen. Aus einer ironischen Laune heraus wählte ich einen der typischsten Spielerstadtwagen, ein dickes Cabrio mit Klimaanlage, blaugrün-metallic mit weißen Ledersitzen und wundersam leise wie Forest Lawn.

Weit draußen am Strip hatte es früher einen Ort gegeben, der mir gefiel, ein völlig spielfreies und daher teures Motel namens Apache. Ich wußte, daß es ihr egal war und sie sich nur wundern würde, wenn ich sie um Rat fragte. Am Empfang sagte ich, ich sei schon einmal dagewesen und wolle ein Doppelapartment am Pool. Ich gab dem Portier einen Dollar, damit er mir den Schlüssel aushändigte und mich den Weg alleine finden ließ.

Es war ein großer, langgestreckter Raum in Gold und Grün mit zwei riesigen Betten, viel zu hell in der gleißenden Sonne, die sich im Pool spiegelte. Ich zog an den Schnüren, worauf die schweren gelben Gardinen sich quietschend vor die hektargroße Glasfront legten und das Zimmer in ein schattig goldenes Dämmerlicht hüllten. Im leisen Zischen der Klimaanlage wurde es zu einer Oase, tausend Jahre entfernt von gestern und zehntausend Jahre entfernt von morgen. Jeder fünfte ihrer Atemzüge war ein tiefer Seufzer, der in einem kleinen Stocken wie bei einem Schluckauf endete. Ich berührte sie mit den Händen, an Hüfte und Nacken, um sie aus ihrer träumerischen Unschlüssigkeit zu holen. Der Mann in der Zentrale, der die Schalter umlegt und die Knöpfe drückt, kann die Hand auf den Schreibtisch legen und, mehr wie ein tiefes Brummen denn eine meßbare Vibration, die Kraft spüren, die in den Eingeweiden des Kraftwerks dröhnt. Sie fühlte sich unnachgiebig an, und ich konnte nicht sagen, wie es für uns werden würde. Sie stieß einen kleinen, abgehackten Seufzer aus und wandte mir einen Mund voller Wärme und Weichheit und Verlangen zu.

Es gibt eine Art von richtigem Umgang miteinander, der nur fast richtig ist. Denn er ist grausam und umfassend und endet in todesähnlicher Erstarrung.

Und es gibt eine andere Art von fast richtigem Umgang, der aber niemals ein Ende findet.

Beide machen einander fremd. Beide machen einen auf unselige Art bestrebt, Bestätigung zu geben und zu empfangen.

Aber mit Dana war es jene seltene, selbstlose Übereinstimmung, die in nur kaum wahrnehmbaren Sprüngen von einer Ergänzung zur nächsten führt, deren jede ein Wachstum an Kennen und Nähe mit sich bringt, während die tiefen, süßen Stunden unmerklich verrinnen. Wenn alle Heftigkeit vorbei ist, kommt sie überraschend ein letztes Mal zurück, worauf sie vorerst zu Ende ist, ohne daß Fragen bleiben, und die Frau erlischt, schlaftrunken und voller Liebe.

Ich kämpfte gegen den Schlaf an und zwang mich aufzustehen. Ich deckte sie zu, ging unter die Dusche und zog mich an. Ich schaltete das kümmerliche Zimmerlicht an und setzte mich aufs Bett, schob schwarze Locken beiseite und küßte den zarten Nacken ihres duftenden Halses. Sie drehte sich um und schaute mit einem weichen, ausdruckslosen, jungen Gesicht zu mir hoch. »Du bist ja angezogen!« murmelte sie vorwurfsvoll.

»Ich gehe eine Weile raus. Schlaf weiter, Süße.«

Sie versuchte, die Stirn zu runzeln. »Sei vorsichtig, Liebling.«

»Ich liebe dich«, sagte ich. Es kostet nichts. Nicht, wenn es stimmt. Ich küßte ihren weichen, lächelnden Mund, und ich glaube, sie war eingeschlafen, noch bevor ich aufstand. Ich ließ das spärliche Licht brennen und ging hinaus.

Mit all den seltsam gespaltenen Gefühlen eines männlichen Eroberers ging ich auf die Hauptgebäude zu. Aufgeblasene Selbstüberschätzung, eine leichte Melancholie, ein nicht unangenehmes, ungerichtetes Schuldgefühl, aufrecht wie ein Zinnsoldat.

Aber bei ihr war es noch etwas mehr. Ein Gefühl des Gelingens, des Aufbaus von Identitäten, ihrer und meiner.

Es hatte keine Unaufrichtigkeit zwischen uns gegeben. Und in all dem grenzenlosen Geben und Nehmen hatte ich sie immer als Dana wahrgenommen, mit all ihrer Vitalität und Beständigkeit. Die kleine körperliche Fremdheit ganz zu Beginn hatte nur sehr kurze Zeit angedauert. Danach war sie mir völlig vertraut und lieb. So als seien wir sehr lange getrennt gewesen und hätten nach nur kurzer Befangenheit wieder zueinandergefunden.

Danach war es ein tiefes Erkennen und Wiedererkennen, für das es keine Worte gibt. Es entstand ein symbolischer Dialog. Ich gebe mich Dir. Ich nehme Dich entgegen. Ich verehre Dich.

Und dann war da das alberne Gefühl unglaublichen Glücks. Und die Chancen, so ein Glück zu erleben, sind verdammt gering.

Ich arbeitete mich durch zwei gedankenschwere Gins mit Wermut, während mein Steak verbrutzelt wurde. Beim Kaffee hörte ich auf, über mich nachzugrübeln, besorgte mir eine Lokalzeitung und las den detaillierteren Bericht über den Mord an Patty M'Gruder.

Dann fuhr ich in die Stadt und parkte und wanderte durch das merkwürdige Viertel mit Billigläden, pastellfarbenen Heiratskapellen und offenen Kasinos, die in gleißendes Neonlicht getaucht waren. Gespenstische Gestalten irrten zwischen den Touristen umher, und die Bullen waren auf der Hut. Alte Damen zerrten an den Hebeln und verspielten ihre Zehner aus Pappbechern. Musik dröhnte wild durch die trockene Nachtluft, und in den geräuschvolleren Ecken konnte man alles von Büchern über Traumdeutung bis zu Vogelkacke aus Plastik kaufen.

Das Four Treys entpuppte sich als langer, greller, enger Dschungel aus Geldspielautomaten. Was war nur aus dem altmodischen einarmigen Banditen geworden? Jetzt kann man an zwei Hebeln ziehen, drei Raumschiffe und einen Astronauten erwischen und einen Moonpot gewinnen, der anderthalb Jackpots entspricht. Die Geldwechselgirls saßen hinter Draht, rissen die Münzrollen auf und entleerten sie für die Kundschaft in Pappbecher. In regelmäßigen Abständen erklangen das Klirren von Geld und schrille Freudenschreie.

Ich hatte mich nur umschauen wollen. Ich brauchte keinen Wegweiser. Erst einmal setzte ich mich erneut hinter das Steuer einer Luxuskarosse, die ich mir von dem Geld eines berühmten Filmstars leisten konnte, und fuhr wieder durch die Neonnacht davon.

Zwölf

Der Wohnwagenpark trug den Namen Desert Gate. Ich mußte quer durch die Stadt bis ans andere Ende fahren und kam kurz nach zehn an. Ein ordnungsliebender Mensch hatte ihn so eingerichtet, daß alle Wohnwagen in Fischgrätmuster zu beiden Seiten eines breiten Asphaltstreifens, der ins Leere führte, aufgestellt werden mußten. Die Einfahrt bestand aus einem hohen, dünnen Aluminiumbogen, an dem ein rosa Scheinwerfer hing.

Die Wohnwagen waren groß und alle aufgebockt und hatten kleine Vorplätze und Markisen vor den Türen. Etwa die Hälfte von ihnen war unbeleuchtet. Patricia hatte im sechsten auf der linken Seite gewohnt – und war davor gestorben. Es brannte Licht. Ich parkte und ging zur Eingangstür. Als ich die Hand hob, um an die Aluminiumtür zu klopfen, tauchte drinnen die Silhouette einer stämmigen Frau auf.

»Was wollen Sie?«

»Ich möchte mit Martha Whippler sprechen.«

»Wer sind Sie?«

»Mein Name ist McGee. Ich war mit Patty befreundet.«

»Hören Sie, wieso hauen Sie nicht ab? Die Kleine hat 'n schweren Tag hinter sich. Die ist fix und alle. Okay?«

»Schon gut, Bobby«, sagte eine schwache Stimme. »Laß ihn rein.«

Ich trat ein, und die stämmige Frau machte mir Platz. Als ich sie bei Licht sah, stellte ich fest, daß sie jünger war, als ich angenommen hatte. Sie trug Jeans und ein blaues Arbeiterhemd, dessen Ärmel sie weit über die braunen, kräftigen Unterarme hochgerollt hatte. Ihre Haare waren braun und kurzgeschoren, und sie benutzte kein Make-up. Das Innere bestand aus hellem Sperrholz, Kunststofffliesen, Glasjalousien, Plastikpolstern und Edelstahl. Auf einer Tagesliege lag auf Kissen ein schmächtiges Mädchen, dessen lange, kupferrote Haare wirr in ein trauriges, bleiches Gesicht hingen. Ihre Augen waren gerötet, ihr Lippenstift verschmiert, und sie trug einen rüschenbesetzten Morgenmantel aus Nylon. In der Hand hielt sie einen Drink. Obwohl sie sehr viel dünner war, erkannte ich sie sofort.

»Whippy!« sagte ich und kam mir im gleichen Moment wie ein Idiot vor, weil ich nicht gleich darauf gekommen war.

Sie erschrak und schaute mich feindselig an. »Ich kenne Sie nicht. Ich kann mich nicht erinnern, Sie irgendwo schon mal gesehen zu haben. Ich werde jetzt Martha genannt. Pat hat nicht zugelassen, daß mich wer bei meinem alten Namen ruft.« Sie hatte etwas sehr Ernstes und Kindliches. Und Verletzliches.

»Entschuldigung. Ich werde Sie Martha nennen.«
»Wie heißen Sie?«
»Travis McGee.«
»Ich hab nie gehört, daß Patty Ihren Namen erwähnt hat.«
»Ich kannte sie nicht sehr gut, Martha. Ich kenne ein paar andere Leute, die Sie vielleicht auch kennen. Vance, Cass, Nancy Abbott, Harvey, Ritchie, Sonny.«

Sie nippte an ihrem Drink und schaute mich stirnrunzelnd über den Rand des Glases an. »Sonny ist tot, hab ich gehört. Ich hab gehört, daß er verbrannt ist, und es war mir total wurscht.«

»Nancy hat ihn verbrennen sehen.«
Sie schaute ungläubig. »Wie denn das?«
»Sie ist damals mit ihm herumgereist.«
Verwundert schüttelte sie den Kopf. »Die ist mit ihm rumgereist? Junge, Junge. Wer hätte das gedacht? Ich, klar. Aber sie? O Mann, kaum zu glauben.«

»Martha, ich möchte unter vier Augen mit Ihnen sprechen.«

»Das kann ich mir denken«, sagte das stämmige Mädchen hinter mir.

»Mr. McGee, das ist meine Freundin Bobby Blessing. Bobby, geh doch kurz mal raus, okay?«

Bobby taxierte mich. Es war der traditionelle Blick, den sie für echte Männlichkeit übrig haben. Eine herausfordernde Abneigung, ein rowdyhafter Widerwille. Es scheinen heutzutage immer mehr zu werden. Oder sie sind einfach mutiger geworden. Das Wort dafür ist Kesser Vater. Wenn sie schon weder Penis noch Bart haben, dann bemühen sie sich verdammt gut, alles andere aufzuweisen. Eins der sekundären Geschlechtsmerkmale, die sie sich anscheinend gut anzueignen in der Lage sind, ist das mackerige Verhalten, das verkrampfte Schulterschwenken, die gockelhafte Leck-mich-am-Arsch-Haltung. In letzter Zeit haben sie die bedrohliche Angewohnheit, in Scharen rumzurennen. Und der arglose Kerl, der versucht, eine ihrer Bräute anzubaggern, kann sich auf eine Tracht Prügel gefaßt machen, auf die ein Vollmatrose stolz wäre. Sie bilden schon lange eine Subkultur, aber in letzter Zeit kommen sie aus ihren Verstecken. In ihrer neuen Courage sind sie beängstigend gut beim Rekrutieren. Und den größten Erfolg haben sie in den wehrlosen Reihen duldsamer Mädchen wie Martha Whippler, die von Männern wie Sonny Catton mißbraucht werden. Die benutzt, mißbraucht, krank gemacht, herumgereicht, eingeschüchtert und ... am Ende ins Lager der Kessen Väter getrieben werden.

»Ich bleibe in Rufweite«, sagte Bobby, ohne ihren versteinerten Blick von meinem Gesicht zu wenden. Sie rollte mit den Schultern, zog die Jeans hoch und ging nach draußen.

Ich ging dichter zu Martha hin und setzte mich ihr halb zugewandt auf einen kümmerlichen Plastikstuhl. Sie schaute in ihr halb geleertes Glas. »Sie haben die Leute genannt, die damals dabei waren.«

»Und jemanden ausgelassen?«

»Die Filmschauspielerin«, flüsterte sie.

»Haben Sie jemandem davon erzählt, daß sie dort war?«

»Ach, so was ist mir noch nie vorher passiert. Das konnt

ich doch keinem *erzählen*. Das heißt, mit Pat konnte ich ab und zu drüber reden. Sie wissen schon. Ich hatte immer Alpträume. Sie hat mich von dort mit heimgenommen. Ich hab gewußt ... ich hab immer gewußt, daß es ihr lieber gewesen wär, es wär Nancy gewesen.«

Sie blickte bekümmert vor sich hin. Sie hatte ein billiges, nichtssagendes, hübsches Gesicht, die Augenbrauen bis auf schmale Linien gezupft, den Mund mit Lippenstift vergrößert.

»Haben Sie die Bilder je zu Gesicht bekommen?« fragte ich sie.

Selbst die Abgestumpftesten besitzen eine gewitzte Schlauheit, den Argwohn der beständigen Verteidigungshaltung.

»Was für Bilder?«

»Die, die Vance hat machen lassen.«

»Ich bin schon stunden- und tagelang verhört worden. Woher soll ich wissen, daß Sie nicht auch so 'n Klugscheißer sind?«

»Ich kann es nicht beweisen.« Ich zögerte. Sie war zu beeinflussen. Ich suchte den richtigen Ansatz, ohne Schereien. Der Kummer machte sie zusätzlich wehrlos. Der nette alte McGee erschien mir als die beste Methode. Traurig schüttelte ich den Kopf. »Ich glaube nur, daß Vance M'Gruder Patricia böse mitgespielt hat, sehr böse, genaugenommen.«

Ihr kamen die Tränen. Sie schnüffelte in ihre Hand. »Ach Gott, ach Gott, ja. Das Schwein. Das dreckige Schwein!«

»Ein paar von uns haben nie begriffen, wieso Pat sich nicht ein bißchen stärker dagegen wehrte.«

»Mein Gott, Sie wissen ja nicht, wie er sie reingelegt hat. Dieser hundsgemeine Vance hatte alles schon lange geplant. Er hat sich so 'ne Art Führungszeugnis von der Polizei in London besorgt, aus der Zeit, bevor sie verheiratet waren. Wahrscheinlich, um zu beweisen, daß sie wußte, daß sie gar nicht heiraten durften. Und dann hatte er noch Tonbandaufnahmen von ihr und Nancy in ihrem Haus, und von ihr und mir in ihrem Haus, und die Bilder von dem Mann, den er angeheuert hatte, damit er ihnen hinterherfuhr. Die ganze Sache muß eine

Riesenstange Geld gekostet haben, aber Pat hat gesagt, es sei noch 'ne ganze Menge billiger als 'ne Scheidung in Kalifornien. Sie konnte keinen Anwalt dazu bringen, es anzufechten. Ich meine, schließlich stand ja fest, wie sie war.«

»Haben Sie diese Bilder gesehen, Martha?«

»Na klar. Das Komische war, die haben das so hingedreht, daß es aussah, als wär sonst niemand dabei. Ich hab keine Ahnung, wie der die Bilder von so nah knipsen konnte. Pat mit mir und mit Nancy und mit Lysa Dean. Nur eins mit Lysa Dean, eins, wo man nicht erkennen konnte, daß es Lysa Dean war, wenn man's nicht wußte.«

»Als Sie diese Bilder sahen, waren Sie und Pat also zusammen?«

»Ja. Er hat noch so eine Schweinerei gemacht. Wir waren zu Besuch bei ein paar Freunden von ihr in der Stadt. Und dann kamen wir zurück nach Carmel, und er war weg, und die Schlösser waren ausgetauscht, und unsere persönlichen Sachen waren in der Garage aufgestapelt. Und da war ein Mann, der aufpaßte, daß niemand einbricht. Die Sache war die, daß sie immer noch in Nancy verliebt war, und vielleicht hat sie's nie geschafft, drüber wegzukommen. Ich glaube, daß sie nie drüber weggekommen ist. Aber ich hab wirklich versucht, sie glücklich zu machen, wirklich.«

»Wieso hätte jemand sie umbringen sollen, Martha?«

Sie schluchzte erneut auf und schneuzte sich die Nase. »Ich *weiß* nicht! Ich *weiß* es einfach nicht. Das haben die mich auch ständig gefragt. Himmel, wir haben hier ganz friedlich gelebt, über ein Jahr jetzt schon, und eine ganze Weile haben wir zusammen in der gleichen Schicht im Four Treys gearbeitet, ich als Kellnerin und sie an der Wechselkasse. Wir hatten nur ganz wenige Freunde. Sie hat sich nicht für andere Mädchen interessiert oder so, und hinter mir war auch niemand her. Da war nur eins.«

»Was meinen Sie damit?«

Sie runzelte die Stirn und schüttelte den Kopf. »Ich weiß nicht. Es fing vor ein paar Wochen an. Davor wurde sie immer fuchsteufelswild, wenn sie an Vance dachte, und manchmal hat sie auch geweint. Vor ein paar Wochen bekam sie von irgend jemand einen Brief. Sie hat ihn mir nicht gezeigt, und ich kann ihn auch nicht finden. Ich nehm an, sie hat ihn weggeschmissen. Ein paar Tage lang war sie irgendwie ... weit weg, nachdem sie ihn bekommen hat, und sie hat mir kein Wort gesagt. Dann an einem Tag, als ich weg war, hat sie so Ferngespräche gemacht. Gab echt 'ne fette Rechnung. Über vierzig Dollar. Und später hat sie noch ein paar Anrufe gemacht. Dann hat sie sich über irgendwas ganz doll gefreut. Sie grinste immer so und summte vor sich hin, und ich hab sie gefragt, wieso es ihr so gut geht, und sie hat gesagt, ach nichts. Manchmal hat sie mich geschnappt und ist mit mir rumgetanzt, und sie hat gesagt, alles würd gut werden und wir würden reich. Mir war das ziemlich egal. Ich meine, es ging uns doch ganz gut hier. Wir *brauchten* nicht reich zu sein. Ich weiß nicht, ob's irgendwas damit zu tun hatte, daß sie letzte Nacht umgebracht wurde.«

»Wo waren Sie, als es passierte?«

»Ich hab's *gehört!* Mein Gott, ich war im Bett und hab schon halb geschlafen. Ich hab mir irgendwie Sorgen um sie gemacht. Ich hatte mir 'nen Virus eingefangen und hatte frei. Sie sollte um elf Uhr fertig sein und Viertel nach zu Hause, aber es war schon kurz nach zwölf, als ich das Auto hörte. Ich wußte, daß es unseres war, das macht so 'n Krach. Ich hatte ein Licht für sie angelassen. Ich war neugierig, was sie mir mitgebracht hatte. Sie hat mir immer kleine Geschenke mitgebracht, wenn ich krank war. Irgendwas Witziges. Das Auto hat draußen angehalten, und ich hab die Autotür gehört, und dann, genau vor der Wohnwagentür, hab ich sie schreien hören: ›Was machen Sie ...‹ Mehr nicht. Dann gab es so ein gräßliches Krachen. Und jemand fiel hin. Und jemand rannte weg. Ich knipste das Licht an und hab den Bademantel übergezogen und bin rausgerannt. Und da lag sie direkt vor der Tür auf dem Boden, und ihr Kopf ...«

Ich wartete ab, bis sie sich langsam und mühsam wieder gefaßt hatte.

»Sie war so lebenslustig«, seufzte Martha.

»Aber vor einigen Wochen hat sie aufgehört, auf Vance böse zu sein?«

»Ja. Aber ich weiß nicht, was das zu bedeuten hat.«
»Nachdem sie aus dem Haus ausgesperrt worden war, hatte sie da noch Gelegenheit, mit ihrem Mann zu sprechen?«
»Ach, öfters. Sie hat gebettelt und gefleht.«
»Aber es hat nichts geholfen.«
»Er ließ ihr nicht mal ihr Auto. Er sagte, sie könnte noch froh sein, daß sie die Kleider behalten dürfte, die sie sich gekauft hatte. Am Ende gab er ihr fünfhundert Dollar, damit sie weggehen konnte. Ich hatte ungefähr fünfundsiebzig Dollar. Wir kamen mit dem Bus hier an und fanden Arbeit. Er war gemein zu ihr.«
»Martha, sagt Ihnen der Name Ives irgend etwas? D. C. Ives.«
Sie machte ein ahnungsloses Gesicht. »Nein.«
»Santa Rosita?«
Sie hob ihren leeren, kleinen Kopf. »Ist ja komisch!«
»Wieso denn das?«
»Gerade vor ein paar Tagen hat sie dieses alte Lied gesungen. Santa Lucia. Aber anstatt Lucia hat sie Rosita gesungen, und ich hab gesagt, das wäre falsch, und sie hat gelacht und gesagt, das wüßte sie. Wieso fragen Sie danach? Das versteh ich nicht.«
»Vielleicht hat es gar nichts zu bedeuten.«
»Aber wenn es irgendwas damit zu tun hat, wieso sie umgebracht wurde ...«
»Hatte sie etwas von irgendeiner Verabredung gesagt?«
»Verabredung? Ach, das hatt ich ja ganz vergessen. Ganz kürzlich sagte sie, sie müßte vielleicht einen kleinen Trip machen. Allein. Nur ein, zwei Tage. Ich war ganz eifersüchtig. Sie hat mich aufgezogen und echt eifersüchtig gemacht, und dann hat sie gesagt, es sei nur so 'ne Art Geschäftsreise und sie würd mir später alles erzählen.«
»Wo wollte sie hin?«
»Nach Phoenix. Gott, wir kennen keine Menschenseele in Phoenix.«
»Wann wollte sie fahren?«
»Ich weiß nicht. Es klang, als würde sie sehr bald meinen.«
Ich bekam nichts weiter aus ihr heraus, was von Interesse

gewesen wäre. Sie war erledigt. Aber immer noch wach genug, um mich noch einmal zu fragen, wer ich sei und was ich wolle. Ich mußte eine Frage mit einer Gegenfrage beantworten.

»Was werden Sie jetzt machen, Martha?«

»Darüber hab ich noch nicht nachgedacht.«

»Es wäre die Chance für Sie, aus dieser ... Situation herauszukommen.«

Ihr kleiner Mund verhärtete sich. »Ich weiß nicht, was Sie damit andeuten wollen. Hören Sie zu, Pat hat mich aus einer ganz miesen Lage befreit. Ich will so was nie wieder haben. Was wissen denn Sie schon?«

»Werden Sie nicht sauer.«

»Wieso denn nicht? Herr im Himmel! Alles, was ihr nicht versteht, muß mies sein. Das hat Pat auch immer gesagt. Die Welt braucht nicht nur so zu sein, wie Sie sie haben wollen. Wir haben niemand um Zustimmung oder Ablehnung gebeten. Das geht nur uns was an. Haben wir jemandem was getan?«

»Vielleicht tun Sie sich ja selbst was an?«

»Ich mir selbst? Das ist ja 'n Witz. Also wirklich. Ehrlich, wenn ich daran denke, wie es zu sein hatte, als ich dachte, das wär das einzig richtige, was es gibt. Junge, da dreht sich mir der Magen um. Ich habe Freundinnen, die sich um mich kümmern wollen.«

»Darauf wette ich.«

Sie starrte mich an, kniff die Augen zusammen und warf den Kopf zurück. »Bobby! Bobby!«

Ich machte mich ohne besondere Hast davon, aber auch ohne zu zögern. Aber auch so waren sie zwischen mir und meinem Auto. Bobby hatte eine Freundin von ähnlicher Statur. Im Lichtschein sah die Freundin aus wie der junge Joe DiMaggio, nur mit einem schwarzen Bubikopf und in Wüstenuniform. Joe hatte einen Golfschläger in der Hand. Das goldene Ende und der Chromschaft blitzten.

Sie trennten sich und kamen von beiden Seiten.

»Machen Sie keine dummen Fehler«, sagte ich und blieb stehen.

Joe hatte sich einen guten Bariton antrainiert. »Ihr Mistkerle braucht 'ne Lektion, damit ihr nicht herkommt und die Bräute belästigt.«

»Und was soll das hier sein?« fragte ich, »'ne Kolonie?«

»Klugscheißer«, sagte Bobby, während sie näher kamen.

Normalerweise haben sie eine gute Chance gegen einen unvoreingenommenen Mann, den so etwas wie Ritterlichkeit daran hindert, eine Frau zu schlagen. Martha war an die Tür des Wohnwagens gekommen, um sich das Gemetzel anzuschauen. Ich hatte vor langer Zeit eine schmerzhafte Lektion erteilt bekommen, als diese Ritterlichkeit meine Reaktion verzögert hatte und ich die nächsten Tage wie ein Achtzigjähriger hatte herumlaufen müssen. Diese Art von Fehler macht man nicht zweimal im Leben. Und die beiden da waren gefährlicher als männliche Schläger, denn ihre Perversion feuerte den Haß gegen einen wirklichen Mann noch an. Sie hätten vielleicht nicht gewußt, wann sie mit dem Zuschlagen hätten aufhören müssen.

Die Beleuchtung war tückisch, und der Golfschläger machte mich nervös. Wenn ich es mit gutem Zureden versuchte, würde sie ihn mir vielleicht im Schädel versenken. Daher ging ich ohne Rücksicht auf Ritterlichkeit vor. Ich fingierte einen Ausfall auf Bobby und warf mich auf Joe. Ich bekam den Schaft des Schlägers zu fassen, bevor sie damit ausholen konnte. Ich rang ihn ihr aus der Hand, drehte ihn um, wich ihr nach der Seite aus und landete mit dem Ende einen Schlag quer über ihre Camouflagehosen.

Es gab ein pfeifendes Geräusch und beim Auftreffen ein mächtiges Krachen.

Joe machte einen Satz und stieß, wahrscheinlich zu ihrem eigenen Abscheu, einen hohen, mädchenhaften Schmerzensschrei aus. Ich drehte mich gerade noch rechtzeitig um und sah, daß Bobby einen Stein nach meinem Kopf schleuderte. Er streifte die Haare auf meinem Schädel, und die Angst verlieh meiner Gegenwehr beachtliche Wucht. Bobby wandte sich zur Flucht. Ich versetzte ihr drei kräftige Hiebe über die enge Jeans, und ihre Japser mischten sich mit denen ihrer Kumpanin. Joe rang mit mir und versuchte, mich zu Fall zu bringen. Sie schluchzte vor frustrierter Wut und stank wie ein Abdecker. Ich stieß sie von mir und verpaßte ihr noch einen ordentlichen Schlag. Sie schrie, gab auf und rannte los in Richtung Wohnwagen.

Bobby machte den Fehler, in etwa zwei Metern Abstand neben ihr herzurennen. Ich stürzte mich mit Vor- und Rückhandschlägen in die Lücke. Martha Whippler war an die Tür gekommen, um zuzusehen, wie sie mich verdroschen. Jetzt wurde sie fast über den Haufen gerannt, als die beiden versuchten, außer Reichweite zu kommen. Sie hörten sich an, als versuchten sie zu jodeln. Ich lachte, schleuderte den Golfschläger weit über den Zaun und fuhr weg.

Zurück in der abgedunkelten Stille des großen Zimmers im Apache, lag Dana schlafend da. Mir war eingefallen, daß ich im Apache nichts mehr zu essen bekommen würde, und ich hatte an einem Imbiß in der Stadt, den man hier nicht vermutet hätte, haltgemacht. Ich schaltete ein paar mehr Lichter ein. Ich packte meine Einkäufe aus und zog den Deckel von dem Rindereintopf mit Nudeln. Er dampfte noch. Ich trug ihn hinüber, setzte mich neben dem Bett auf den Fußboden und schwenkte ihn vor ihrem Gesicht hin und her. Ihre Nase zuckte, zuckte erneut. Plötzlich schlug sie die Augen auf. Sie erkannte mich und fuhr erschreckt zusammen.

»Hey!« sagte sie. »Hey, du!« Mit einem lauten Krächzen streckte sie sich, gähnte tief und griff nach der Schale. Sie stemmte sich auf, richtete die Kissen, stopfte sich die Bettdecke unter den Armen fest und schaufelte eine große Gabel in den hungrigen Mund. »Mann!« sagte sie. »Mein Gott, Travis, so gut hat mir noch nie etwas geschmeckt.«

Ich schob einen kleinen Tisch dicht an ihren Ellbogen und brachte die Knoblauchgurken, den heißen Tee und den Erdbeerkäsekuchen. Ich setzte mich ans Ende des Betts und bewunderte sie. Als der ärgste Hunger gestillt war, kam ihr ein schlechtes Gewissen.

»Hast du schon gegessen?«
»Wie ein Wolf.«
Sie stocherte in ihren zerzausten Haaren herum. »Ich wette, ich sehe verboten aus.«

147

Ihre dunklen Augen waren dick und hatten schwarze Ringe. Ihre Lippen waren geschwollen und bleich ohne Lippenstift. An ihrer Kehle war ein langer Kratzer, und an der linken Schulter, wo meine Finger zugedrückt hatten, waren drei ovale blaue Flecken.

»Du siehst gut aus, Dana.«

Ihr Gesicht wurde rosa. Sie schaute mich nicht direkt an.

»Darauf wette ich. Äh ... wie spät ist es?«

»Zwanzig nach eins.«

Sie sagte, den Käsekuchen würde sie später aufessen. Sie bat mich, mich umzudrehen, und schleppte unseren Koffer ins Badezimmer. Ich hörte, wie sie rasch duschte. Kurz nachdem das Wasser abgedreht wurde, trat sie mit gekämmtem Haar und geschminktem Mund schüchtern wieder ins Zimmer. Sie trug ein knappes blaues, hüftlanges, durchscheinendes Nachthemd mit Spitzen an Kragen und Saum. Sie machte nicht die geringsten Anstalten, es mir vorzuführen, sondern flitzte x-beinig und leicht vornübergebeugt zum Bett. Sie warf sich in die Kissen, deckte sich zu und wurde schrecklich rot. »Es ist nicht genau das, was ich dachte, was ich kaufe«, sagte sie.

Ich lachte sie aus. Mit finsterem Blick arbeitete sie sich durch den halben Käsekuchen. Dann wagte sie ein schüchternes Lächeln und einen direkten, wenngleich kurzen Blick. »Ich bin an solche Situationen nicht gewöhnt, Trav. Tut mir leid.«

»Braucht es nicht. Ich bin's doch auch nicht.«

Sie schluckte und blickte traurig. »Ich war so ... ich weiß nicht, was du denk... ich habe noch nie ... Ach *zum Teufel!*«

»Hör auf, dir Gedanken zu machen. Es ist eben eine neue Art der Beziehung. Wir sind etwas füreinander, was wir vorher nicht waren. Und sind ein Risiko eingegangen. Das weißt du doch. Irgendwer, kann sein, Hemingway, hat einmal definiert, was eine moralische Handlung ist. Eine moralische Handlung ist etwas, wonach es einem gutgeht. Und im Vergleich zu dem, wo ich gerade war, sind wir die reinsten Engel.«

Sie zeigte Besorgnis. »Was ist denn passiert, Liebes?«

Der Käsekuchen und der Tee waren schon lange weg, als ich mit den Fakten und den Vermutungen am Ende war.

Sie schaute zweifelnd. »Das ist ein *schrecklicher* Haufen Spekulationen.«

Ich ging es noch einmal im einzelnen durch. »Was wissen wir über M'Gruder? Er ist gemein, reich, skrupellos und geizig. Und er muß nicht arbeiten, deshalb ist er äußerst mobil. Er ist braungebrannt und fit und verdammt rücksichtslos. So weit, so gut. Als potentieller Auftraggeber kam er in direkten Kontakt mit Ives. Ives wußte sofort, daß er eine goldene Gans am Wickel hatte, als er Lysa erkannte. Er schoß so viele Aufnahmen, wie er konnte, Hunderte. Er wußte, daß er sie so entwickeln und vergrößern konnte, daß jede einzelne Verbindung zu sehen war, zu der es in den vier Tagen kam. Nehmen wir an, daß M'Gruder, als er erfuhr, wo die Party stattfinden würde, an ein Telefon kam und seinen angeheuerten Fotografen alarmierte. Eines wissen wir von Ives sicher. Er war geldgierig. Er hat seine Arbeit für M'Gruder erledigt und sein Honorar erhalten. Bei Lysa Dean hat er dick abkassiert. Er hat versucht, Abbott abzuzocken, hat dort aber auf Granit gebissen, weil es bei Nancy nichts mehr zu verheimlichen gab.

Und ab hier können wir nur noch spekulieren. M'Gruder wollte unbedingt die kleine Atlund heiraten. Ihr Professorenvater war dagegen. M'Gruder brachte ihn dazu zuzustimmen. Ich glaube, bei dem traditionellen Respekt eines schwedischen Mädchens vor väterlicher Autorität brauchte er die Zustimmung des Professors, sonst hätte es keine Hochzeit gegeben. Ich denke, Ives' Fehler war, daß er versuchte, einen ehemaligen Kunden zu erpressen, der ihn kannte und wußte, wo er zu finden war. Ives drohte, Professor Atlund die Bilder mit M'Gruder auf der Terrasse zu zeigen. Etwas so Abstoßendes hätte die Hochzeit endgültig vereitelt. Der Professor hätte nicht zugelassen, daß seine Tochter einen derartigen Wüstling heiratet. Ives hielt M'Gruder nicht für gefährlich. Vielleicht unterschätzte er seinen Geiz. M'Gruder ist ihm gefolgt, hat auf eine gute Gelegenheit gewartet und ihm den Schädel eingeschlagen. Ein paar Wochen später heiratete er seine Ulka.

Gehen wir noch einen Schritt weiter. Wir müssen annehmen, daß Patty M'Gruder den Namen des Fotografen von Vance erfahren hat. Es war ihm sicher eine wahre Freude, ihr zu erzählen, wie schlau er es eingefädelt hatte, daß sie nicht mehr an das M'Gruder-Geld herankam. Er wollte ihr es richtig unter die Nase reiben. Er *muß* sie gehaßt haben. Er ist ein sehr maskuliner Typ, und es hat seinen Stolz sicher ungeheuer verletzt, als er merkte, daß seine englische Gattin ihm ihre Leidenschaft nur vorgespielt hatte und eigentlich Frauen bevorzugte. Patty bekam von irgend jemandem einen Brief. Vielleicht war es auch nur harmloser Tratsch. Vance' kindliche Gattin und das Problem mit dem Professor. Das gab ihr zu denken. Sie wußte von Ives' Tod. Sie kannte Vance. Sie kannte ihn verdammt gut und wußte, wie sein Verstand funktionierte und zu welcher Gewalt er fähig war. Irgendwie prüfte sie es telefonisch nach und kam zu der Überzeugung, daß Vance Ives umgebracht hatte. Also schickte sie einen Brief an Vance. Sicher nur einen ganz verschleierten Hinweis. Rück das Geld rüber, um das du mich betrogen hast, Junge, oder die Polizei von Santa Rosita wird sich für dich interessieren. In diesem Sinn etwa. Das konnte er nicht riskieren. Ich würde sagen, er schrieb ihr zurück, daß er bald in Phoenix sein würde und bereit sei, dann mit ihr über ihre finanzielle Lage zu sprechen. Ihr wurde klar, daß sie auf eine Goldader gestoßen war. Nun konnte er aber nicht riskieren, sich öffentlich in Las Vegas blicken zu lassen. Wenn Frauen sterben, werden als erstes ihre Ex-Ehemänner überprüft. Ich würde sagen, er hat sich ein bombensicheres Alibi in Phoenix verschafft und ist dann letzte Nacht herübergekommen und hat sie umgebracht. Er hat ihr den Schädel eingeschlagen. Bestimmt war er überzeugt, daß er keine andere Wahl hatte. Sie hat ihn ebenso sehr gehaßt wie er sie. Sie würde keine Gnade kennen. Sie würde ihn ewig bluten lassen.«

Sie dachte darüber nach. »Ja, das hört sich logisch an. Aber, Trav, ist das unser Problem? Ist unser Problem nicht vielmehr Samuel Bogen?«

»Dana, mein Liebling, vielleicht überprüft ein sehr schlauer Cop zur Zeit schon einen kleinen Patzer, den M'Gruder gemacht hat. Der Tod von Patricia *muß* dazu führen, daß er überprüft wird. Also schnappen sie ihn sich zuerst wegen Mordes. Glaubst du, er wird den Kavalier spielen und den Mund halten? Nein, er wird sämtliche Fakten auf den Tisch legen, mit kleinen Abwandlungen hier und da, und versuchen, eine Rechtfertigung oder wenigstens eine plausible Entschuldigung für den Mord zu liefern. Sobald sie einmal Cass und Carl und Martha Whippler aufgestöbert haben und sie nacheinander ausfragen, wie lange, glaubst du, ist Lysa Dean dann noch sicher? Stell dir die Schlagzeile vor, Süße. Filmstar in Orgienmord verwickelt. Dann ist sie noch schlimmer dran als vorher. Ich muß herausfinden, ob meine Vermutungen stimmen. Wenn sie in den Schlamassel mit hineingezogen wird, kann ich sie bestenfalls noch rechtzeitig warnen. Vielleicht kann sie ein paar Vorkehrungen treffen. Rasch Langzeitverträge abschließen. Sich mit den Public-Relations-Leuten beraten. Irgend etwas.«

Dana runzelte die Stirn. »Ich verstehe, was du meinst. Aber er könnte Phoenix ja auch nur so dahingesagt haben.«

»Ich glaube, daß er dort ist. Ich will das überprüfen.«

»Na schön, Liebes.«

Ich tätschelte ihr den Fuß. »Ich mag gehorsame Frauen.«

Sie gähnte. »Ich bin heute einfach nur ganz schrecklich passiv, mehr nicht.«

»Absolut, vollständig passiv?«

Sie verzog den Mund. Sie hielt den Kopf schief. Sie legte einen Finger an die Nase.

»Na ja ... *so weit* würde ich dann doch nicht gehen.«

Dreizehn

Spontan kam mir die Idee, ob ich mich nicht im Four Treys umschauen sollte, ob da ein kleiner Hinweis auf einen Besuch von Vance M'Gruder am Abend von Pattys Tod zu finden war. Aber meine wenigen Erinnerungen an die hartnäckige Wachsamkeit der Cops von Las Vegas hielten mich davon ab, dem Impuls nachzugeben. Sie haben Tag und Nacht mit allen Sorten von Gaunern und Spielern dieser Welt zu tun und würden sich stark auf den Mord konzentrieren. Und die Aussicht, beim Versuch, mein Interesse an Patty zu erklären, in die Mangel genommen zu werden, behagte mir ganz und gar nicht.

Außerdem, wenn M'Gruder so schlau war, wie ich annahm, würde er den Auftritt im Rampenlicht eines Innenstadtkasinos nicht riskiert haben. Er hatte sicher ihre Adresse im Desert Gate. Erst einmal in der Stadt, dürfte es nicht schwierig gewesen sein herauszufinden, wann ihre Schicht endete. Beim Rasieren versuchte ich, mir vorzustellen, wie er die Strecke am wahrscheinlichsten zurückgelegt hatte. Bis nach Phoenix waren es nur etwa dreihundert Meilen. An seiner Stelle hätte ich mich für einen guten schnellen Wagen entschieden. Mit genügend Pferdestärken unter der Haube und der richtigen Federung für die Serpentinen war es in gut fünf Stunden zu schaffen. Abfahrt in Phoenix um sechs und Ankunft um elf. Eine Stunde, um sie aufzuspüren und umzubringen. Morgens um fünf Uhr wieder zu Hause im Ehebett. Ein Privatwagen war sicherer als ein Bus, ein Linienflug oder ein Privatflugzeug. Bargeld für Benzin. Keine Passagierlisten, keine Mitreisenden. Wenn er es ordentlich und lässig gemacht hatte, hätte er alle überzeugen können, überhaupt nicht weg gewesen zu sein. Wenn er kaltblütig genug war, zuvor diese Fahrt nach Santa Rosita zu unternehmen …

Wir gingen zum Frühstück in den Speisesaal. Meine Lady trug wieder ihr Grünes, das einzige, was sie dabeihatte. Meine schläfrige Lady ging dicht und ohne Eile an meiner Seite. Ihr Lächeln war in sich gekehrt und entrückt wie das der Mona Lisa. Sie drückte meinen Arm und strahlte mich an und zwinkerte mir verschlafen zu. Und dann gähnte sie.

Gemeinsam vertilgten wir einen Berg Weizenbrötchen und einen Stapel Speck.

In der Lobby suchte ich mir eine Zeitung aus Phoenix, blätterte sie durch und entdeckte den Namen einer Klatschreporterin. Ich präparierte Dana und verfrachtete sie mit einem falschen Namen und einem einigermaßen glaubwürdigen Vorwand in eine Telefonzelle. Ich blieb vor der Zelle stehen und sah, wie ihre Augen triumphierend aufblitzten. Sie nickte mir kurz und energisch zu. Dann kam sie heraus. »Was für eine nette Frau! Die M'Gruders wohnen bei einem Ehepaar namens Glenn und Joanne Barnweather. Sie nannte die Namen mit äußerster Hochachtung. Offenbar alte Freunde von ihm. Sie schätzt, daß sie vor etwa fünf Tagen per Flug aus Mexiko angereist sind. Sie hat eine Meldung darüber gebracht. Sie wohnen auf der Ranch der Barnweathers außerhalb von Scottsdale. Du warst dir sicher, stimmt's?«

»Nicht so ganz. Aber allmählich schon. Na, dann wollen wir sie uns mal anschauen.«

Wir gingen zurück aufs Zimmer und packten. Eine Staatsaktion. Mit ernst gerunzelter Stirn und in die vollen Unterlippen gebissenen weißen Zähnen lief sie feierlich quer durchs ganze Zimmer und achtete wie eine gewissenhafte Hausfrau darauf, daß nicht das kleinste Fitzelchen übersehen und vergessen wurde.

Im Vorbeigehen schnappte ich sie mir, drückte ihr einen Kuß auf die Stirn und sagte ihr, sie sei ein tolles Mädchen. Sie sagte, sie sei froh, daß ich sie für ein tolles Mädchen hielte, aber es sei vielleicht keine schlechte Idee, das tolle Mädchen jetzt loszulassen, sonst würden wir nicht bis Mittag draußen sein, was, wie sie zufällig bemerkt hatte, die Zeit zum Auschecken war.

Gegen Mittag fuhren wir mit offenem Verdeck in Richtung Boulder City. An einem Kaufhaus hatten wir kurz haltgemacht und einen Stretch-Jeansrock, ein ärmelloses Oberteil und einen grellgelben Schal für sie sowie ein weißes Sporthemd für den Fahrer besorgt.

Der Wagen war schwer und lag gut auf der Straße. Der Tag hatte etwas von Flitterwochen. Sonne und Wind heizten uns ein. Wir lachten und machten dumme Witze. Sie schaute mich aus dunklen Augen schräg an, lebendig und übermütig. So hatte ich sie mir gewünscht. Frei und voller Lebensfreude, nicht wieder in ihrer Düsternis verschlossen.

Aber so voller Lebensfreude war sie beeindruckend. Das war nicht irgendein hübsches Mädchen, das, leicht angeregt, schüchtern flirtete. Es war eine reife, erwachsene Frau, voller Ausstrahlung, die sich ihrer Schönheit und Stärke bewußt war, die erwartete, daß all das Leben und das Verlangen in ihr erfüllt wurden. Instinktiv würde sie sofort jede Ausflucht, jede Unaufrichtigkeit und jede Halbwahrheit erkennen – und dann wäre sie für immer verloren. Nur uneingeschränkte Offenheit konnte sie verstehen und akzeptieren. Im Augenblick gab es keinen Schatten in ihren Augen, kein Zögern aufgrund böser Erinnerungen. Sogar auf dieser Jagd auf einen Mörder war es eine schöne, schöne Welt.

Als wir zum Mittagessen an einem schattigen Terrassenlokal haltmachten, schaute ich sie an. »Wieso?« fragte ich.

Sie wußte, was ich meinte. Sie starrte nachdenklich in ihren Eiskaffee. »Ich glaube, es war, als du ins Zimmer zurückkamst, nachdem du bei Carl Abelle gewesen warst. Du hättest angeben können, mit so einem Mackergrinsen und allem. Aber du hast dich nicht toll gefühlt, weil du ihn verletzt und gedemütigt hattest. Und dabei ist der Kerl dein Mitgefühl nicht mal besonders wert. Da ist mir klargeworden, daß du nicht herumlaufen und beweisen mußt, daß du ein Mann bist. Du bist dir deiner Männlichkeit schon sicher. Das ist nicht gespielt. Und ganz genauso hattest du auch nicht nötig, deine Verführungskünste an mir auszuprobieren, um zu beweisen, was für ein toller Hecht du bist. Sogar obwohl wir uns beide ... körperlich voneinander angezogen fühlen. Ich weiß, das hört sich jetzt richtig eingebildet an, aber ich dachte, nun ja ... also, wenn ein Mann anständig und etwas wert ist, sollte er eine Belohnung bekommen, einen Verdienstorden oder etwas Ähnliches, ein Art Geschenk. Kurz gesagt, mich. Als wenn ich so toll wäre.«

»Mach dich nicht selbst runter, Dana. Du bist unglaublich ... wahnsinnig, unvergeßlich toll. Und damit meine ich nicht nur ...«

»Ich weiß. Es geht nicht um mich, und es geht nicht um dich. Reden wir lieber nicht mehr darüber. Es geht um uns beide zusammen, um unser verrücktes Zusammensein. Ich will nicht darüber reden oder darüber nachdenken, was danach kommt. Okay? Okay, Liebling?«

»Kein Reden. Keine Analysen.«

»Irgendwie ist es etwas Schönes mit uns«, sagte sie. »Das

reicht mir. Ich für mich bin nur ... irgendwie tüchtig und ernsthaft und ein bißchen schwerfällig. Abweisend. Und du für dich bist nur eine Art rauhbeiniger, ironischer Opportunist, ein bißchen kalt und gerissen und mißtrauisch. Grausam vielleicht. Du und dein Lustkahn und deine verflixten Strandgirls. Aber zusammen ergänzen wir uns auf verrückte Art zu etwas Schönem. Im Augenblick jedenfalls.«

»Im Augenblick, Dana?«

»Ich bin kein Kind mehr, Travis. Ich weiß, daß es irgendwann immer weh tut, das ist unausweichlich.«

»Sei still.«

»Rede ich zuviel?«

»Nur manchmal.«

Wir fuhren also los, nach Kingman, Wikieup, Congress – hinauf in die Kälte und hinab in die Hitze – nach Wickenburg, Wittman und tiefer in die Fruchtbarkeit des alten Salt River Valley, wo Phoenix über einem Aufschwung residiert, der nie zu enden droht. Es ist zu einer großen, schnellen, rohen, gierigen Stadt geworden, wo die Erbinnen der Bewässerungs-Milliarden und Barmädchen die gleiche Jeansmarke tragen.

Hinter uns ging die Sonne unter, als wir ankamen und uns durch den freitäglichen Feierabendverkehr kämpften, der aus der Stadt rollte. Ich kurvte herum und entschied mich für einen Glasbau namens The Hallmark, ein großes U aus Steinen, Teakholz und Thermofenstern, das eine weitläufige grüne Rasen- und Gartenfläche sowie einen blauschimmernden Marmorpool in Form einer Malerpalette umschloß. In einem nahe gelegenen Laden, der noch geöffnet hatte, ließen wir uns von Lysa Dean unsere zusammengeschrumpfte Garderobe aufmöbeln und erstanden eine Badehose für mich und einen Badeanzug für die Dame. Wir mixten uns zwei große Gins mit Bitter Lemon. Dana nahm das Schwimmen ungeheuer ernst. Den Kopf hoch erhoben und mit Armschlägen, die ich als frühen Schäferhundstil bezeichnete. Im Bad waren im Licht der Abenddämmerung die von der langen Fahrt durch die Sonne hellen Streifen der Träger zu sehen. Ihre breiten, flachen weißen Brüste gaben sich den Waschungen hin, die ich hilfsbereit anbot. In begreiflicher Hast schleppte ich ihren noch nassen Seehundsleib zum Bett, eine straffe, geschmeidige, glänzende, kichernde Last, die mir völlig schwerelos erschien. Zeremonielle Feier unserer vierundzwanzigsten Stunde.

Entspannt und behaglich in zärtlicher, liebevoller Umarmung unterhielten wir uns pflichtbewußt über M'Gruder und die Vor- und Nachteile der möglichen Arten der Kontaktaufnahme.

Ich konnte ihr nicht genau sagen, was ich zu erreichen hoffte. Falls M'Gruder unser Mann war, wollte ich ihn aufscheuchen. Er sollte nicht glauben, er hätte auch nur die geringste Chance. Ein fliehender Mann ist ein toter Mann. Ein Prozeß würde Lysa Dean ebenfalls erledigen. Und wenn man von jemandem Geld für Spesen annimmt, dann ist damit eine moralische Verpflichtung verbunden. Er hatte Grund anzunehmen, daß er davongekommen war. Diese Gewißheit mußte ich ihm austreiben und ihn zur Flucht zwingen. Und dann die Jagd auf den Mörder auslösen.

Die Nummer der Barnweathers stand im Telefonbuch. Wir gingen es gewissenhaft durch. Ich instruierte sie. Sie fügte ein paar Ideen hinzu. Im Bad gab es einen Nebenanschluß. Ich ging hinein und hörte zu.

Ein Dienstbote sagte, die M'Gruders seien im Gästehaus. Er gab Dana eine andere Nummer.

Ein Mann nahm ab. Ein gepflegter Bariton, leicht von Alkohol angeheitert, bestätigte, daß es sich bei ihm tatsächlich um Mister M'Gruder persönlich handelte.

»Sie kennen mich nicht, Mr. M'Gruder.«

»Ihrer charmanten Stimme nach zu urteilen, habe ich da etwas verpaßt, meine Liebe. Wie heißen Sie?«

»Ich habe mir gerade einen neuen Namen zugelegt. Ich frage mich, ob er Ihnen gefallen würde. Patty Ives. Gefällt Ihnen der Name?«

Man konnte langsam bis fünf zählen, bevor er weitersprach. Seine Stimme klang sorgsam beherrscht. »Das hört sich an, als sollte mir das etwas sagen. Aber ich fürchte, ich kann Ihnen nicht folgen.«

»Ich bin Ihnen gegenüber vermutlich etwas im Vorteil. Ich weiß so viel *mehr* von Ihnen als Sie von mir.«

»Ich möchte nicht unhöflich erscheinen, aber ich mag keine Ratespiele, wer immer Sie sein mögen. Wenn es Ihnen daher nichts ausmacht ...«

»Ich dachte, wir könnten uns zu einem vertraulichen Gespräch verabreden, falls Sie sich von Ihrer kleinen Braut freimachen möchten, Vance. Wir haben gemeinsame Freunde. Carl Abelle, Lysa Dean, Cass Edgars, Nancy Abbott, Martha Whippler. Sonny Catton ist natürlich tot. Der arme Sonny.«

Wieder hätte ich bis fünf zählen können. »Mir scheint, Sie sind eine sehr törichte junge Frau.«

»Töricht, aber nicht sehr habgierig. Und sehr, sehr vorsichtig, Vance.«

»Ich will es mal so sagen. Sie könnten etwas haben, von dem Sie glauben, es sei etwas wert. Aber angenommen, es ist mir nur lästig.«

»Ach, meinen Sie nicht, es ist *viel* mehr als das?«

»Sie wiederholen sich, meine Liebe. Ich bin sicher, man wird mir ein paar Indiskretionen von früher verzeihen. Das Leben mit meiner Ex war oft sehr unerfreulich. Mrs. M'Gruder weiß das. Ich habe mich geändert. Gestern nachmittag war die Polizei hier. Sie arbeiten mit der Polizei in Las Vegas zusammen, nehme ich an. Sie wollten sich vergewissern, daß ich Patty nicht umgebracht habe. Es tut mir nicht leid, daß sie tot ist. So ein Heuchler bin ich nicht. Sie war ein gräßliches Weib. Ich mußte sie loswerden, egal, was es mich gekostet hat. Das geht Sie natürlich alles nichts an. Aber ich möchte nicht, daß Sie denken, Sie hätten mich beunruhigt. Sie machen mich lediglich ... ärgerlich. Bitte rufen Sie mich nicht wieder an.« Klick.

Ich legte auf und setzte mich auf den breiten gelben Rand der kleinen dreieckigen Badewanne. Kurz darauf erschien Dana in der Tür zum Badezimmer. Sie hatte mein Sporthemd übergezogen, lehnte im Türrahmen. »Na?« sagte sie.

»Ich weiß nicht. Ich weiß einfach nicht. Entweder wir liegen total daneben, oder er hat Nerven wie ein Oberkellner. Es deutet so viel auf ihn hin. Verdammt, er *muß* es gewesen sein. Wir fahren da raus.«

»Einfach so?«

»Man wird uns einladen, hoffe ich.«

Es gibt eine Theorie, der zufolge es nicht mehr als hunderttausend Menschen in den Vereinigten Staaten gibt und der Rest von 189 900 000 aus einer gesichtslosen Masse besteht. Die Theorie behauptet weiterhin, daß jeder einzelne aus diesen Hunderttausend sich mit jedem anderen in nicht mehr als drei Schritten miteinander in Verbindung bringen läßt. Beispiel: Ron kannte Carols Bruder von Princeton; Carols Mann arbeitete mit Vern bei der Ford Foundation; Verns Cousin lernte Lucy beim Filmfestival kennen. Wenn Ron und Lucy also als Fremde zusammentreffen und spüren, daß sie beide Mitglieder der Hunderttausend sind, können sie eine freundliche, herzerquickende und befriedigende Runde Wer-kennt-wen spielen und unter kleinen Freudenschreien rauskriegen, um wie viele Ecken sie sich kennen.

Dank früherer Unternehmungen hatte ich mir die Probemitgliedschaft in der Gruppe der Hunderttausend erworben, und es erschien mir wahrscheinlich, daß Glenn und Joanne Barnweather feste Mitglieder waren. Also mußte ich nur andere Mitglieder anzapfen, die sie höchstwahrscheinlich kannten. Ich versuchte es bei Tulio in Oklahoma City und zog eine Niete. Ich erinnerte mich an Mary West in Tucson. Sie kannte sie, aber nicht sehr gut. Aber sie kannte Paul und Betty Diver in Flagstaff, die dick mit ihnen befreundet waren, und sie war sich sicher, daß sie Betty überreden könne mitzuspielen. Wenn es irgendwelche Hürden gab, würde sie zurückrufen, Wenn nicht, würde ich von Joanne Barnweather direkt hören. Sie informierte mich über das, was ich über die Divers wissen mußte.

Wir mußten nur zwanzig Minuten warten, bis das Telefon klingelte. »Trav McGee?« fragte eine Frau. »Hier ist Joanne Barnweather. Gerade hat mich ein sehr lieber gemeinsamer Freund, Paul Diver, angerufen. Er meinte, daß Sie sich in der Stadt aufhalten. Könnten Sie zu uns herauskommen? Sind Sie frei?«

»Darf ich eine Freundin mitbringen?«

»Aber *natürlich*, mein Lieber. Glenn und ich wären entzückt. Wir haben ein paar Leute eingeladen, die unsere Hausgäste kennenlernen sollen. Wir sitzen nur ein bißchen beisammen, ganz zwanglos, trinken ein kleines Loch in die Bar und warten darauf, daß es Zeit wird, ein Steak auf den Grill zu werfen. Kommen Sie so, wie Sie sind. Wir freuen uns auf Sie.« Sie beschrieb mir den Weg.

Dana hatte sich an mich geschmiegt und hörte zu. Als ich auflegte, warf sie mir einen Blick gespielter Bewunderung zu.

»Du hast es ja faustdick hinter den Ohren, McGee.«

»Liebling, geh und zieh dein kleines Grünes an.«

»Sie hat gesagt, wir sollen kommen, wie wir sind.«

»Dann knöpf dir wenigstens dein Hemd zu.«

Vierzehn

Auf der Fahrt unter dem kalten nächtlichen Sterngefunkel hatte ich Dana instruiert, wie wir vorgehen würden. Sie sollte sich von M'Gruder fernhalten und, wenn möglich, seine junge schwedische Braut aushorchen. Ich wollte sehen, wie weit ich bei M'Gruder kam.

Das Heim der Barnweathers erwies sich als eine bescheidene, kleine Viertelmillionen-Ranch mehrere hundert Meter mitten in einem steinigen Gelände. Unter dem Sternenhimmel glitzerten fünfzehn Autos, und aus dem hell angestrahlten Poolbereich drangen Musik und die Geräusche einer Fete.

Ich spürte, daß Dana tief Atem holte und sich zusammenriß, während wir uns dem Partygeschnatter näherten. An der zum Haus zeigenden Seite des Pools waren Infrarotheizstrahler auf das breite Terrassengeländer gerichtet. Ein fröhlich strahlender kleiner Kerl in roter Jacke bediente die Bar. Dort standen die Jungvermählten zusammen, die Erfolgsverwöhnten. Die straffen, mädchenhaften Mütter von Drei- und Fünf- und Siebenjährigen, ihre massigeren Ehemänner, die sich an Bourbon und Bodengeschäften gemästet hatten. Insgesamt etwa fünfunddreißig Personen, die sich zu immer neuen Gesprächsgruppen zusammenfanden. Die Kleidung war ganz unterschiedlich, von Shorts und Hosen bis zu modischen Rancherjacken bei den Männern, hellen Fransendingern mit Perlmuttknöpfen und Taschenklappen. Das geräuschvolle Geplapper hatte den südwestlichen Einschlag, der von Leuten, die aus Indiana und Pennsylvania hierherkommen, so rasch angenommen wird.

Als wir zögerten, kam eine schlanke, hübsche Frau lächelnd und mit ausgestreckten Armen auf uns zu. »Trav? Ich bin Joanne.«

»Und das ist Diana Hollis.« Wir hatten angenommen, daß Lysa Dean ihre rechte Hand M'Gruder gegenüber möglicherweise erwähnt haben könnte, und der Name war so außergewöhnlich, daß er sich vielleicht an ihn erinnert hätte.

»Wir freuen uns ja so, daß Sie es einrichten konnten, meine Lieben. Kommen Sie, ich stelle Sie vor.«

Sie dirigierte uns zuerst zu einem Drink zur Bar, dann ging es in einem Schwenk durch die Massen, wobei sie Namen, Titel und Beruf herunterratterte. Glenn war einer der massigen Typen in Fransenjacke. Ihren Hausgästen stellte Joanne uns ein wenig ausführlicher vor. M'Gruder war ein bißchen kahler, ein bißchen brauner und ein bißchen größer, als er auf den Bildern gewirkt hatte. Er verkörperte einen klassischen Männertypus. Der muskelbepackte Sportler – Muskeln über Muskeln, sogar sein Gesicht sah aus wie ein mit Walnüssen gefüllter Ledersack. Muskeln vom Polo, Muskeln vom Tennis, Muskeln vom Segeln, Muskeln vom Fechten – der Typ, der sein Leben lang jeden Morgen Handstand macht, mit Profis trainiert, wann immer es möglich ist, und den unbezähmbaren, ehrgeizigen Wunsch hat, einen bei allem, was man mit ihm zu spielen bereit ist, zu schlagen, von Squash bis Federball. Seine Persönlichkeit paßte zu seinem Körper – er vermittelte ein Gefühl distanzierter, wissender, arroganter Belustigung.

Seine junge Braut war eine der atemberaubendsten Frauen, die ich je im Leben gesehen hatte. Man verspürte den Drang, nur mit leiser, ehrfürchtiger Stimme zu ihr zu sprechen. Bei den Schweden gibt es einige der schönsten Gattungsexemplare unserer Zeit. Diese Ulka Atlund M'Gruder war so groß, daß M'Gruder sie immer nur mit flachen Absätzen herumlaufen ließ. Sie trug ein orangefarbenes Wollkleid. Ihre Arme waren nackt. Die andren waren in Jacken, Pullover, Umhänge, Schals und Stolen gehüllt. Sie wirkte, als hätte sie genügend innere Hitze, um sich auch bei zehn Grad minus noch pudelwohl zu fühlen. Ihr Körper unter dem leichten Stoff war voll, langbeinig und makellos. Ohne Make-up wirkte sie beinahe wie ein kühner Heldenknabe, ein Page aus der Zeit König Arthurs. Oder eine idealisierte Johanna von Orleans. Ihre schräg geschnittenen graugrünblauen Isländeraugen besaßen die Kälte arktischer Meere. Ihr Haar war eine volle, schwere, fast weißgoldene Lockenpracht, die ihr in die hohe, gerade Stirn fiel. Sie hatte nur wenig zu sagen und sagte es auf eine schläfrige, desinteressierte Art. Ihre Augen waren auf der ständigen Suche nach ihrem Gatten. Über ihrer robusten Wikingerschönheit lag wie ein seltsamer, matter Firnis ein fast greifbarer Schleier von Sinnlichkeit. Er war eingebrannt in die träge, schwere Rundung ihres Lächelns, wurde hervorgehoben durch den zarten violetten Schatten unter den Augen, betont durch den Schwung ihrer hohen, runden Hüften, wenn sie vor einem stand. Obwohl sie bei weitem die Jüngste hier war, wirkte sie zugleich viel älter, so als hinge sie seit tausend Jahren am Bugspriet eines antiken Schiffs. Und alle Frauen hier haßten und fürchteten sie. Ihr Anblick bestätigte meine Vermutungen über Vance M'Gruder. Diese Frau wie eine Flagge oder Medaille vor sich herzutragen, war das höchste Gütesiegel einer auf Konkurrenz ausgerichteten Männlichkeit. Sie machte einen seltsamen, urtümlichen Eindruck sexueller Hingebung. Sie hing einzig an M'Gruder, war völlig auf ihn fixiert. Würde aber ein Stärkerer, Entschlossenerer kommen und sie ihm wegnehmen, würde sie ihre Treue, ohne zu fragen oder zu zögern, auf diesen richten. Ein Mann wie M'Gruder würde alles riskieren, um sie zu bekommen. Und das hatte er auch, dessen war ich sicher. Ich dachte an M'Gruders frühere Gewohnheiten und Neigungen. Ich fragte mich, ob er sich wohl, wenn seine körperlichen Kräfte ihn nach und nach im Stich ließen, damit stimulieren würde, indem er sie verdarb. Für ihn war eine Frau etwas, was man besaß, was man nach seinen Wünschen benutzte.

Als ich später in einer Gruppe mit M'Gruder zusammenstand, schaute ich zu Dana hinüber, die sich alleine leise mit Ulka unterhielt. Ulka nickte. Sie beobachtete Vance. Mit Vance kam ich nicht weiter. Ich versuchte es mit Kennen-Sieden und nannte die Namen verschiedener Segelfans in Florida, die ich kenne. Ja, er kannte sie auch, klar. Und jetzt? Ich bekam das Gefühl, mit Banalitäten sei sein Interesse nicht zu wecken. Er war zwei fürchterliche Risiken eingegangen, um diese Wikingerprinzessin zu ergattern und festzuhalten. Jetzt wollte ihm vielleicht jemand die Schlinge um den Hals legen und allem ein Ende machen. Solche Befürchtungen machen einen lockeren Small talk nahezu unmöglich. Ich verstand nicht, wie M'Gruder hatte versprechen können, dieses Wesen wieder aufs College zu schicken. Ich konnte mir nur schwer vorstellen, daß sie den Lenden eines Akademikers entsprungen war. Wenn in früheren Zeiten eine solche Kostbarkeit aufgetaucht war, brachte ein Dienstmann des Königs die Neuigkeit zum Schloß. Das Mädchen verschwand für immer in den königlichen Gemächern, und die Familie erhielt zum Ausgleich einen kleinen Sack Goldmünzen. In unseren eher willkürlichen Zeiten wurden sie von Ölmagnaten, berühmten Sportlern, Fernsehmoguln und M'Gruders weggeschnappt. Der Mann jedoch, der eine erwischt, muß immer auf der Hut sein, denn er wird sie niemals wirklich besitzen, es sei denn, er ist wirklich ein König. Sie ist eine befristete Leihgabe der Vorsehung.

Später saß ich in einem großen Spielzimmer im Haus in Ulkas Nähe, während sie sich durch ein riesiges rohes Steak säbelte und biß. Messer und Zähne blitzten, Kiefermuskeln und Kehle arbeiteten, und die Augen blickten leer in voller Konzentration auf diesen fleischlichen Genuß. Unter der Anstrengung trat ein dünner Schweißfilm auf ihre Stirn. Am Ende nahm sie den Mittelknochen in die Hand und knabberte ihn ab, wobei auf ihren Lippen und Fingerspitzen das Fett glänzte. An ihrer Gier war nichts Vulgäres, nicht mehr, als wenn ein Tiger den Hüftknochen seines Opfers zermalmt, um das Mark auszusaugen.

Die Party löste sich auf. Es war genügend Platz, damit sich

alle über Haus und Gelände verteilen konnten. Die Zusammensetzung der verschiedenen Gruppierungen richtete sich eher nach der Menge des genossenen Alkohols als nach gesellschaftlicher Position oder Geschäftsinteressen. Ich hatte Dana aus den Augen verloren und machte einen gemächlichen Nachtspaziergang, um sie zu suchen. Als ich einen in gespenstisches Blau getauchten Garten mit hohen Kakteen durchquerte, hörte ich rechts von mir das unterdrückte Krächzen einer boshaften weiblichen Stimme. »Du Schwein! Du Schwein! Du Schwein!« Es klang eher verächtlich als empört. Ich versuchte, rasch außer Hörweite zu kommen. Es interessierte mich nicht, wie Ehemänner in diesem Wüstenparadies zerfetzt wurden. Ich nahm an, das lief hier genauso ab wie überall.

Beim Klang der männlichen Stimme blieb ich jedoch stehen. »Ich will doch nur wissen, wo du ...« Der Rest des Satzes ging unter. Er hatte die Stimme erhoben, um sie zum Schweigen zu bringen, und war wieder leise geworden, als sie verstummte. Aber es handelte sich eindeutig um Vance M'Gruder.

»Du bist ja so schlau! Du bist ja *soooooo* schlau! Ach Gott, was habe ich für ein Genie geheiratet!«

»Psst. Ullie. Hör auf, so zu brüllen.«

»Vielleicht war es ja einer von meinen mexikanischen Freunden. Wie wäre das? Hm? Wie wäre das? Und was würdest du dagegen machen?« Die liebliche Stimme von Ulka Atlund M'Gruder, der Zweimonatsbraut. Und wo war das schläfrige, distanzierte Lächeln? Die gelassene Duldsamkeit? Das hier war die höhnische Bosheit einer Frau, einer kastrierenden Frau. Er beruhigte sie erneut, und sie entfernten sich außer Hörweite. Ich drehte eine Runde und stellte fest, daß ich mich auf dem Pfad befunden hatte, der wahrscheinlich zum Gästehaus führte.

Ich gestehe, daß ich eine gewisse, leicht gemeine Befriedigung verspürte. Es war, als wäre der Fuchs ein einziges Mal hoch genug gesprungen und hätte entdeckt, daß die Trauben *tatsächlich* sauer waren. Da war dieses braungebrannte, stramme Muskelpaket, das durch die Ehe mit dieser wundervollen Kindsbraut den Kalender überlisten wollte, und jetzt boten all seine Erfahrung und all sein Geld und seine gesellschaftliche Stellung keinen Schutz vor diesem Killerinstinkt, mit dem sie sich auf seine verletzlichste Stelle stürzte, seine alternde Männlichkeit. Auf der Suche nach dem Paradies hatte er sich eine süße Katastrophe eingehandelt.

Die Party ging zu Ende. Das Gelächter klang betrunken. Eine Gruppe sang ›The Yellow Rose of Texas‹.

Ich stand mit Dana zusammen, um gute Nacht zu sagen, als Joanne Barnweather auf uns zuschwankte. »Ihr kommt alle morgen früh mit zum Reiten. Hab wunnerschöne Pferde. Einfach wunnerschön. Diana, Süße, wie gesagt, ich hab 'n Outfit, das dir paßt. Keine Angst. Nur ihr beide und wir und die M'Gruders. Weißte was, Diana? Ulka mag dich. Sie findet dich nett. Was sagt man dazu. Findet die tatsächlich jemanden nett. Um Himmels willen, wir kennen Vance jetzt schon eine Ewigkeit, und wir lieben den süßen, alten Gauner. Und es ist ja toll, daß er diese englische Lesbierin da losgeworden ist, glaubt mir. Aber ehrlich, aus dieser Ulka werd ich nicht schlau. Mein Gott! Ein Zombie, das ist sie. Ich sollt ja nich so reden, aber ich bin ein winziges bißchen angetütelt, meine Süßen. Also, ihr seid morgen früh um neun Uhr hier, okay?«

»Ich habe Angst vor Pferden«, sagte Dana auf dem Heimweg.

»Wie lief es bei dir?«

»Hast du's nicht gehört? Sie mag mich. Obwohl ich das nie geahnt hätte. Trav, die Kleine hat wirklich sehr eingeschränkte Reaktionen. Ich hatte einmal eine Freundin, die war ähnlich. Am Ende hieß es, es sei eine Unterfunktion der Schilddrüse. Irgendwie ließ sie sich treiben, schlief vierzehn Stunden am Tag und konnte sich nicht auf Gespräche konzentrieren. Glaub mir, Lieber, ich hab mir Mühe gegeben. Ich hab mir wirklich Mühe gegeben. Ich war etwa vierzig Minuten allein mit ihr. Ich hab versucht, Reizwörter fallenzulassen, um irgendeine Reaktion hervorzurufen. Schließlich hab ich durch die ganze Fragerei herausgekriegt, daß ihr Mann am letzten Mittwochabend Poker gespielt hat. Er liebt eine gute Runde Poker, sagt sie. Sie sagt, er sei erst am Donnerstag kurz vor Mittag zurückgekommen. Ich mußte sie praktisch schütteln, um nur so viel aus ihr herauszubekommen.«

Ich verriet Dana nicht, daß mir unbehaglich zumute war. Ich hatte das Gefühl, daß uns das Spiel aus der Hand genommen wurde. Ich hatte einen Zug gemacht. Und entweder war M'Gruder tatsächlich völlig unschuldig, oder er machte den nächsten. Ich beschloß, so zu handeln, als würde er einen Zug machen. Gewalt ist das Stiefkind der Verzweiflung.

Wir mußten uns beide Reitkleidung leihen. Glenn Barnweathers Hosen waren mir zu kurz an den Beinen und zu weit an der Hüfte. Dana hatte ein geringfügig anderes Problem mit Joannes Reithosen. Die Hüfte stimmte und die Länge war in Ordnung, aber an den Schenkeln und am Hintern füllte Dana sie bis zum Platzen aus. Die Stallburschen sattelten die Pferde, während eine ziemlich wacklige Joanne therapeutische Rum Sours ausschenkte. Joanne teilte die Rosse zu. Dana bekam als Neuling eine ziemlich plumpe und sanftmütige Stute. Ich bekam einen bockigen Braunen mit rollenden Augen. Er spürte eine gewisse Unerfahrenheit und versuchte, an meinem Bein zu knabbern und mich gleichzeitig gegen einen Pfosten zu schubsen. Ich zerrte am Halfter und trat ihn, bis er fügsam wurde. Wie zu erwarten, erwiesen sich Joanne und Vance als die besten Reiter, als wir hufeklappernd und schnaubend einen langen, festgetretenen Pfad erklommen. Die Ellbogen angepreßt, mit korrekter Fersenhaltung, bewegten sie sich, als seien sie mit ihrem Tier verwachsen. Glenn auf einem großen Fuchshengst ritt fast genauso gut. Ulka und ich waren etwa auf dem gleichen Niveau. Sie sah atemberaubend aus in ihrem blaßblauen Jeanskleid und dem weißen Cowgirlhut auf dem Blondschopf, der unter dem Kinn festgeschnürt war. Ulka wirkte viel fröhlicher als am Abend zuvor. Vance jedoch sah erledigt aus. Er war etwas grünlich unter seiner Sonnenbräune. Seine Augen waren blutunterlaufen. Wie unter großer Anspannung hatte er kurz hintereinander drei Sours gekippt, bevor er aufgestiegen war.

Joanne plapperte über die Ranch und was sie vielleicht damit machen wollten. Sie deutete auf die Stellen, wo alles sein würde. Mein verflixtes Pferd stolperte immer wieder mit Absicht, um mich ein bißchen aus dem Sattel zu heben und mich dann vollends abzuwerfen. Eine Weile ritt ich neben Ulka. Aus einem hellen Lederbeutel am Handgelenk zog sie Zigaretten, beugte sich mir entgegen und gab mir eine. Dann beugte sie sich wieder herüber und schaffte es nach einigen Fehlversuchen, mir Feuer zu geben. Wir lächelten uns idiotisch an. Ihre großen Brüste bewegten sich unter dem Jeansstoff auf und ab. Ihre klassische Nase glänzte. Sie blieb hinter mir zurück, als mein Pferd aus einem leichten Galopp in vollen Lauf fiel. Das gemächliche Galoppieren schien es nicht zu mögen. Entweder fiel es in einen rückgraterschütternden Trab zurück, oder es stürmte mit einemmal los wie der Teufel. Jedenfalls war ich beschäftigt. Plötzlich ritten alle auf Glenns Vorschlag hin über Felsen auf eine entfernte Baumgruppe zu. Mein Pferd fing an, mich ein wenig ernster zu nehmen. Unsere Gruppe zog sich auseinander. Dana war auf der Höhe von Glenn. Sie kauerte, wahrscheinlich an den Sattelknopf geklammert, über dem Hals des Pferdes, und ihre helle Hose hüpfte auf und ab. Joanne ritt links von mir, eine halbe Länge voraus.

In diesem Augenblick stieß Ulka Atlund M'Gruder einen furchtbaren, durchdringenden Schrei aus. Die Pferde reagierten panisch. Ich ging mit meinem nach oben und wieder herunter. Dann gab ich ihm die Sporen und fing gerade noch rechtzeitig Dana auf, die drohte, am Hals ihrer Stute herunterzurutschen. Ich schob sie wieder in den Sattel. Glenn war nach links ausgebrochen. Ich schaute auf und sah M'Gruders Pferd wild in die gleiche Richtung rasen.

An den Hinterhufen zog es hinter sich eine grausige Flikkenpuppe über die Felsen. Sie kam frei und blieb mit feucht glänzenden roten Flecken liegen. Ulka stieg ab, schrie erneut auf und rannte stolpernd über die Felsen. Neben der Gestalt brach sie zusammen. Ich sprang ab und band meinen widerspenstigen Hengst an einen niedrigen Busch. Unversehens ging Danas Stute zurück in Richtung Stall durch. Joanne machte kehrt und setzte Dana nach. Ich rannte zu der Leiche. Ein Blick genügte, um sie ein für allemal als solche zu identifizieren. Ich zog Ulka hoch und führte sie weg. Sie zitterte am ganzen Leib.

»Er hat sich nur nach vorn gebeugt und ist heruntergerutscht«, sagte sie mit ihrer dünnen, leisen Stimme, die fast keinen Akzent hatte. »Er ist heruntergerutscht, aber sein Fuß hatte sich verfangen. Er hat sich nur vorgebeugt und ist heruntergerutscht. O mein Gott.« Die Hände vors Gesicht geschlagen, fiel sie auf die Knie.

Die Leiche wurde in einem Jeep zurückgebracht und in eine Ambulanz in der Nähe des Barnweather-Hauses transportiert. Der notwendige Papierkrieg wurde prompt erledigt. Wir waren uns alle einig, daß M'Gruder nicht gesund ausgesehen hatte. Ulka sagte, er habe sich den Magen verdorben und nicht geschlafen. Sie ruhte sich in Joannes Schlafzimmer aus. Joanne und Dana waren bei ihr. Ihr Vater wurde verständigt. Er würde am Sonntagmorgen in Phoenix ankommen und sie nach San Francisco zurückbringen. Die Beerdigung würde dort stattfinden. M'Gruders Anwalt wurde benachrichtigt. Überall lungerten Reporter herum, die mit gereiztem Blick in ihren Autos saßen.

Ich saß mit Glenn Barnweather auf der Terrasse im Schatten. Immer wieder schüttelte der den Kopf. »Verdammte Geschichte, verdammte Geschichte«, wiederholte er ein ums andere Mal, um sich dann noch einen steifen Bourbon einzuschenken.

»Er hatte gewiß alles, was das Leben schön macht«, sagte ich.

»Mann, Sie hätten sein Haus auf Hawaii sehen sollen. Ihr Haus jetzt vermutlich. Wissen Sie, wieso es sie so verdammt hart trifft, daß das ausgerechnet jetzt passiert ist? Ich war 'n bißchen beduselt letzte Nacht. Wenn ich mich hingelegt hätte, wär mir schlecht geworden. Da hab ich 'n kleinen Spaziergang gemacht. Nachts sind Geräusche weit zu hören. Die beiden hatten letzte Nacht einen furchtbaren Streit. Haben sich angeschrien. Die Worte konnte ich nicht verstehen. Hat 'ne ganze Weile gedauert. Kaum zu glauben, daß sie sich so aufregen kann, oder? Vielleicht war es ja ihr erster Streit. Ich hatte den Eindruck, daß er sie unter Kontrolle hat. Vielleicht hat er das auch angenommen. Wenn ein Mann, der seit zwei

Monaten verheiratet ist, es fertigbringt und die ganze Nacht zum Pokern wegbleibt, wo zu Hause dieser scharfe Zahn im Bett liegt, da *weiß* man doch, daß er der Boss ist.«

»Zum Pokern?«

»Letzten Mittwoch drüben in der Stadt im Klub. Ist 'ne regelmäßige Veranstaltung. Die ganze Nacht durch, einmal im Monat. Er hat ungefähr zweitausend verloren. Ein bißchen was davon hab ich abgekriegt. Es wäre noch mehr gewesen, aber gegen Ende ist er wieder ganz schön hochgekommen.«

Wenn man sich etwas zurechtgelegt hat, und alle Stücke passen zusammen, dann hat man verdammt was dagegen, wenn einem jemand das Fundament darunter wegtritt. Dann möchte man sein Kartenhaus festhalten, damit es nicht zusammenbricht.

»Er hat die ganze Nacht gespielt?« fragte ich mit einem Blick auf das große, rote, ernste Gesicht, in dem ich vergeblich nach der Spur einer Lüge oder Ausflucht suchte.

Sein flüchtiges Grinsen wirkte leicht süffisant. »Bis ins grausame Licht des Tages, McGee. Ich verstehe jeden, den das wundert, wenn man nur einen Blick auf diese Schwedenbraut geworfen hat. Vielleicht brauchte der arme Vance mal 'ne Verschnaufpause. Die sieht verdammt anstrengend aus.«

Mein schönes Kartenhaus brach in sich zusammen. Falsche Annahmen machen einen Höllenlärm, wenn sie im Dreck landen, besonders wenn man die ausersehene Person nicht leiden kann. Ich hatte auch ein kleines Stück ihres Streits mitbekommen, ein Stück, das mit dem vergangenen Mittwochabend in Verbindung gebracht werden konnte. Vielleicht hatte ich gehört, wie er sie fragte, wo *sie* in jener Nacht gewesen war. Und sie hatte ihn mit mexikanischen Liebhabern verhöhnt ...

»War Ulka in dieser Nacht auch in der Stadt?« fragte ich ihn.

»Sie wollte, aber es war nicht das, was man 'ne Sause nennen würde. Eins von Joannes Konzertdingern. Ich drück mich ja, sooft ich kann. Cocktails und Dinnerparty und Konzert. Alles war schon arrangiert, und da hat Ulka gesagt, sie würde nicht mitgehen, und Joanne ist alleine hin.«

»Vielleicht ist Ulka ja später noch ausgegangen. Haben sie einen Leihwagen?«

»Ich hab ihnen die Corvette geliehen, die ich für Jo gekauft hatte. Es ist 'ne dreiundsechziger und eigentlich viel zu groß für sie. Sie macht ihr angst. Vance war am Überlegen, ob er sie mir abkaufen soll. Dann hätten sie nach San Francisco fahren und sich ihr Zeug nachschicken lassen können. Mir war's recht, aber wir sind nicht mehr dazu gekommen, alles zu regeln. Der Wagen ist neu. Etwa fünfzehnhundert Meilen drauf. Er macht Jo angst. Ihre Gedanken schweifen ab, und sie fährt 'ne Delle rein, und davor fürchtet sie sich.«

»War diese Mittwochnacht das einzige Mal, daß sie sich trennten?«

»Er hat ziemlich fest an ihr drangehangen.«

»Fahren sie viel mit dem Auto herum?«

»Dazu halten wir sie zu sehr auf Trab. Was soll das eigentlich alles?«

Ich zuckte die Achseln. »Gar nichts. Ich frag nur so.« Wir redeten noch ein bißchen, dann machte er sich einen weiteren Drink und schlenderte ins Haus. Ich ging über den Pfad zum Gästehaus. Der Sting Ray stand mit heruntergelassenem Verdeck in der Garage. Ich warf einen Blick auf den Tacho. Dann ging ich langsam und nachdenklich wieder zum Haus zurück. Ich konnte Glenn nicht sagen, was mir durch den Kopf ging. Die zusammengebrochenen Stücke meiner Theorie sahen mit einemmal wieder gut aus. Ich setzte sie wieder zusammen, aber mit einem neuen Namen darüber. Das Problem war das Motiv. Ich blieb wie angewurzelt stehen, als mir ein verrückter Gedanke kam. Den Rest des Weges zum Haupthaus legte ich in langen Schritten zurück.

»Süße«, flüsterte ich Dana im Flur zu. »Achte mal drauf, daß keiner in das Schlafzimmer da kommt. Benutze jede Ausrede, die dir einfällt.«

»Du siehst so komisch aus, Liebling.«

»Mir ist auch komisch zumute.«

»Sagst du's mir?«

»Wenn ich mir sicher bin. Dann sag ich's dir.«

Ich betrat Joannes Schlafzimmer und schloß die Tür hinter

mir. Es war ein langgestreckter Raum. Die Gardinen waren zugezogen. Es war früher Nachmittag. Ulka ruhte auf einem gesteppten gelben Sofa und hatte eine flauschige gelbe Decke über den Schoß gebreitet. Ihre schrägen Augen waren gerötet. Sie steckte noch in ihrem Jeanskostüm, und in der kühlen Luft schwebte ein flüchtiger Duft nach Reitpferd. Sie schaute ganz unbeeindruckt zu, wie ich, ohne zu grüßen, ein Sitzkissen zu ihrem Sofa zog und mich ihr gegenüber hinsetzte. Ihre Präsenz war so stark, daß ich mich daran erinnern mußte, daß sie im Grunde nur ein achtzehnjähriges Mädchen mit den letzten Spuren von Babyspeck auf den Wangen war.

Schweigen ist eine nützliche Strategie, aber ich konnte nicht erkennen, ob es den geringsten Eindruck auf sie machte.

»Na dann, Ullie«, sagte ich.

»So lasse ich mich mein ganzes Leben lang nie wieder von jemandem nennen.«

»Das ist sehr feinfühlig, Ullie. Sehr warmherzig. Ich nehme an, Sie sind ein sehr warmherziges Mädchen. Sie wollten Ihren Vater nicht aufregen, stimmt's? Diese Bilder, die Ives von Ihrem zukünftigen Ehemann gemacht hatte, hätten Ihren Vater doch aufgeregt. Er hätte die Hochzeit verboten. Und Sie sind eine pflichtbewußte Tochter. Ives war ein sehr habgieriger Bursche. Er wußte, wie sehr Vance Sie begehrte. Er muß eine ganze Menge Geld verlangt haben. Wissen Sie, es war nicht klug von Ives, seinen ehemaligen Kunden mit den Bildern, die er gemacht hatte, zu erpressen. Denn Vance kannte ihn. Er muß geglaubt haben, Vance sei unfähig, Gewalt anzuwenden.«

Sie runzelte die Stirn und schüttelte ihren hübschen Kopf. »Ives? Bilder? Erpressung? Wieso kommen Sie hier rein mit so verrücktem Zeug?«

»Ives mußte sich alles in einem großen Coup holen, denn wenn Sie erst einmal mit Vance verheiratet waren, gab es kein Druckmittel mehr, das Ives hätte verwenden können. Ich nehme an, Vance hat Ihnen sein Problem gestanden und Ihnen die Bilder gezeigt. Vielleicht, um zu sehen, ob Sie auch ohne Pappis Erlaubnis heiraten würden, dann hätte er einen ganzen Haufen sparen können. Es ist ziemlich traurig und komisch, Ullie. So viel Respekt vor Ihrem Vater, und kein Respekt vor dem Leben.«

»Sie sollen mich nicht Ullie nennen. Das erlaub ich nicht.«

»Vance muß es einfach für einen wunderbaren Zufall gehalten haben, als Ives umgebracht wurde. Ihm war einfach nur wichtig, daß er damit aus dem Schneider war. Und als kein Komplize auftauchte, der da weitermachen wollte, wo Ives unterbrochen worden war, wußte er, daß er wieder frei war. Er würde das Mädchen bekommen, den goldenen Ring und alles. Tragisch für ihn war nur, daß er allmählich dahinterkam, was für ein psychotisches Luder Sie in Wirklichkeit sind.«

»Wer sind Sie? Sie müssen vollkommen verrückt sein.«

»Gehen wir's mal zusammen durch, Ullie. Niemand verdächtigte Vance. Patty, seine Exfrau, war die einzige auf der Welt, die mit ein bißchen Nachdenken zwei und zwei zusammenzählen konnte. Und am Ende prüfte sie ihr Ergebnis so sorgfältig nach, wie sie konnte. Und da wußte sie, daß sie Vance genau dort hatte, wo sie ihn haben wollte. Sie hatte allen Grund, es ihm heimzuzahlen. Sie glaubte, Vance hätte Ives umgebracht, und wußte, daß er für den Rest ihres Lebens eine unerschöpfliche Einkommensquelle darstellen konnte, und nahm Kontakt zu ihm auf. Ich glaube, wir können uns vorstellen, wie das schiefging, Ullie. Vance konnte beweisen, wo er in der Nacht des fünften Dezember gewesen war. Aber wo war sein liebes Mädchen gewesen? Ein ziemlich kräftiges Mädchen. Und eines, das bei Nacht und an einer einsamen Stelle an Ives und an Patty herankommen konnte, was Vance nie geschafft hätte. Nachdem Sie Ives erschlagen hatten, mußte Patty auch dran glauben. Ein plumper Mord ist wie Hausarbeit, meine Liebe. Wenn man erst mal anfängt, wird man nie damit fertig.«

»Das ist alles total absurd und total langweilig.«

»Patty hätte nicht lockergelassen, und früher oder später hätte Vance sich mit dem Gedanken vertraut machen müssen, daß Sie Ives umgebracht haben. Vielleicht hätte er das nicht verkraftet. Vielleicht hätte er Sie angezeigt. Er war ja schon dabei herauszufinden, daß seine Ehe nicht das war, was er sich erträumt hatte.«

»Wir hätten nicht glücklicher sein können!«

»Ullie! Ullie! Und was ist mit den mexikanischen Liebhabern? Nur kleine Flirts, schätze ich. Nur um ihn ein bißchen unsicher zu machen, damit er lieb bleibt.«

»Wie können Sie ...« Sie brach ab. Vermutlich erinnerte sie sich daran, wie er versucht hatte, sie zum Schweigen zu bewegen. Ihre Atemzüge waren etwas flacher geworden, und auf ihren makellosen Wangen zeigten sich Farbflecke. Ich sah, daß sie sich mühsam beherrschte und langsam und tief einatmete.

»Ich kann mir nicht vorstellen, daß Vance wirklich Poker spielen wollte. Sie fuhren unbeobachtet weg, Sie kamen unbeobachtet zurück. Aller Probleme ledig. Aber es würde nur ein wenig Beinarbeit kosten, Ullie. Nur eine mühselige, methodische Überprüfung aller Tankstellen auf dem Weg. Der Wagen hat keine solche Reichweite. Irgendein kleiner Spinner träumt wahrscheinlich immer noch von Ihnen – dem schönsten Mädchen, das er je gesehen hat und das mitten in der Nacht in einem Sting Ray vorfuhr.«

»Na und? Ich war sehr unruhig. Ich bin herumgefahren. Ich fahre sehr schnell. Was kann ich dafür, daß Vance so mißtrauisch wurde und auf komische Gedanken kam? Sie wissen ja nicht, wie es ist ... wie es war. Er wollte immer ... so jung und lebendig und interessant sein wie die Jungs, die ich kenne. Aber in Wirklichkeit wollte er seine Ruhe. Ich konnte sehen, wie fremde Leute ihn auslachten. Er hätte mehr Würde haben sollen! Klar wollte ich all das Geld und die Reisen und die Kleider und Spaß. Ein Professor führt ein armseliges Leben. Mein ganzes Leben lang wußte ich, was für einen Mann ich haben würde. Älter und sehr reich und stark, der mir alles kauft und mich anbetet, der dasitzt und mich anlächelt und mich bewundert, wenn ich mit all den jungen Männern tanze, und der mir vertraut. Als ich ihn gefunden hatte, durfte ich ihn nicht mehr verlieren. Aber jeder Tag war ein Wettbewerb ... wer von uns jünger war. Er hat nicht begriffen, daß Liebe etwas Vollkommenes sein muß. Ihm ging es nur darum, wie oft er es mit mir treiben konnte. Er dachte, das sei auch eine Art, jung zu bleiben. Wieso mußte er so viel beweisen? Bei Ihnen weiß ich es. Sie würden es verstehen. Sie sind auch älter, aber nicht so alt wie er. Sie sind stärker, Travis McGee. Das Geld habe ich jetzt. Ich habe gehört, wie Sie Joanne von Ihrem komischen kleinen Boot mit dem komischen Namen erzählt haben.« Sie schloß kurz die Augen, öffnete sie weit und schaute mich an. »Sehen Sie, ich habe mich immer ... für etwas Besonderes gehalten. Und mein Leben sollte ... schön und bedeutsam sein. Das Leben geht schon seltsame Wege. Vance war nicht der Richtige. Aber plötzlich sind Sie da. Es ist seltsam. Es ist so seltsam, daß wir beide so eine Ahnung haben, daß uns das ... die ganze Zeit vorbestimmt war.«

Der Schwindel war so fabelhaft, daß ich merkte, wie mir schmutzige Träume zu Kopf stiegen. Die Fehler, die sie gemacht hatte, vertuschen. Das war das unausgesprochene Angebot. Und du bekommst das Mädchen auf dem Tablett serviert. Mmmm ... die *Busted Flush* gegen einen echt guten Motorsegler eintauschen, dreiköpfige Crew – Kapitän, Steward, Matrose – und sehen, wie viele geschützte Buchten auf den Weltmeeren wirklich erstklassiges Mondlicht haben. Und dabei natürlich, nicht vergessen, ihr niemals den Rücken zuwenden ...

»Ullie, Liebste, wir können kein neues Thema anschneiden, solange wir das erste nicht erledigt haben. Ich wiederhole Ihre interessante Feststellung. ›Als ich ihn gefunden hatte, durfte ich ihn nicht mehr verlieren.‹ Aber am Ende hatte er sich in eine Lage manövriert, in der Sie ihn verlieren mußten. Ich wußte, daß er Sie löcherte, wo Sie gewesen waren. Ich habe mich gefragt, wie er auf den Gedanken gekommen ist, Sie seien weggewesen. Dann erzählte mir Glenn, daß Vance daran dachte, den Wagen zu kaufen. Männer, die einen Wagen kaufen wollen, treten gegen die Reifen, knallen die Türen zu und prüfen den Kilometerstand. Also prüfte er den Kilometerstand, und dann prüfte er ihn wieder und entdeckte, daß eine große, unerklärliche Anzahl von Meilen dazugekommen war, bis über zweitausend. Er hatte ihn nicht benutzt, also mußten Sie es gewesen sein, und Patty war auf die gleiche Weise umgekommen wie Ives. Plötzlich steckte er wieder in einer ziemlich grusligen Ehe. Ich stelle mal eine

Vermutung an, Ullie. So wie er sich heute morgen benahm, glaube ich nicht, daß er viel geschlafen hat. Ich denke, er hat immer wieder gebohrt, bis Sie weich wurden und ihm die ganze Geschichte erzählt haben. Dann, nachdem Sie es ihm gesagt hatten, erkannten Sie, daß er doch nicht vergeben und vergessen konnte. Er kam nicht damit zurecht. Es war zuviel für ihn. Vielleicht fühlte er sich so erschlagen, daß er morgens gar nicht mitreiten wollte, aber Sie wußten, daß Sie es früher oder später so drehen konnten, daß wir alle vor Ihnen herreiten würden.«

»Könnte ich denn so ein Ungeheuer sein, Liebling? Kannst du das wirklich von mir denken?«

Der kleine Lederbeutel lag auf dem Sessel neben ihrer Hüfte. Sie schnappte danach, aber ich war schneller. Er war neu. Ich untersuchte ihn und entdeckte eine kleine Stelle unten, die noch immer feucht war. Die Lederriemen waren lang und stark. Wenn man ihn an den Riemen hielt, spürte man das tödliche Gewicht. Er glich einer Socke mit einem Stein am Zehenende. Es war ein Schädelzertrümmerer, gemein wie ein mittelalterlicher Dreschflegel. Ich öffnete den Beutel, griff hinein und zog hinter Lippenstift, einem kleinen Kamm, Zigaretten und Streichhölzern ein Kaninchen heraus. Es war aus irgendeinem schweren Stein geschnitten und saß mit angelegten Ohren in der Hocke, ein grober Klumpen von etwa zwei Drittel der Größe eines Baseballs.

»Da ist einerseits die Beinarbeit mit den Tankstellen und andererseits sind da die Wunder der modernen Chemie, Ullie. Den winzig kleinen Blutfleck da, und vielleicht ein süßes kleines Büschel von Haaren von Ihrem Schatz haben Sie hier in Joannes Waschbecken hübsch abgewaschen. Aber in einem Polizeilabor läßt sich beweisen, daß hier menschliches Blut geklebt hat, auch wenn sie die Blutgruppe nicht bestimmen können. Und sie können die Rohre aufschrauben und Spuren im Abfluß finden. Ich nehme an, nach Ives und Patty haben Sie die Beutel weggeworfen. Die dürften weitaus dreckiger gewesen sein.«

»Das ist ein sehr altes Häschen«, sagte sie. »Das ist primitive Volkskunst aus Island.«

»Ullie, ein guter Anwalt könnte vielleicht auf geisteskrank plädieren und Experten anheuern, die das bestätigen. Das Alter wird natürlich berücksichtigt. Und die Schönheit. Vielleicht sind Sie geisteskrank. Ich weiß nicht. Vielleicht ist es auch ein derart starker Egoismus, daß Ihnen andere Menschen nicht ganz real erscheinen. Dann würde vermutlich ein Mord auch nicht real erscheinen.«

Sie warf den Kopf zurück. »Vance weinte und weinte. Er umarmte mich und sagte, er würde den besten ...« Sie brach ab, kaute an ihrem Daumen und schaute mich forschend an. Das Geständnis war ausgesprochen, und ich wußte nicht, ob es unabsichtlich geschehen war oder ob es aussehen sollte, als sei es unabsichtlich geschehen. »Sie können mich verstehen, Travis. Man könnte doch überlegen, was das beste für alle Beteiligten ist. Ich würde mich sehr gerne von Ihnen nach Hause zu meinem Vater bringen lassen. Ich weiß, ihr beide würdet euch sehr mögen. Er ist sehr altmodisch. Er würde wollen, daß ich ein Jahr warte. Das Warten fällt doch nicht so schwer, wenn man sich sicher ist, oder?«

Ich ließ das Häschen in meiner Hand hüpfen, steckte es zurück in den tödlichen Beutel und zog die Schnüre fest. Ich konnte nicht einmal sagen, ob sie wußte, welch ein verzweifeltes Spiel sie spielte. Sie richtete sich auf, streckte den Arm aus und schloß ihre warme, starke Hand um mein Handgelenk. Ich legte mir gerade die Worte zurecht, mit denen ich ihr sagen wollte, daß ich sie ausliefern würde, als sich hinter mir sachte die Tür öffnete. Beim Umdrehen wurde mir klar, daß ich lange Zeit mit der trauernden Witwe verbracht hatte und daß Dana vielleicht Probleme hatte, die Leute am Eintreten zu hindern.

Dana starrte uns von der Tür her an. »Joanne muß ...«

»Ich bin hier fertig, Süße«, sagte ich. »Sag Glenn, er soll die Polizei anrufen. Das seltsame Kind hier hat alle drei umgebracht und dabei so viele Fehler gemacht, daß es nicht schwerfallen dürfte ...«

Ich hatte den entscheidenden Fehler begangen, die Augen von Ulka abzuwenden. Als mir der Beutel aus der Hand gerissen wurde, machte ich mir nicht mehr die Mühe, mich umzudrehen und nachzuschauen, was sie damit vorhatte. Ich tauchte nach links ab, vom Sofa weg, aber das Häschen glitt trotzdem an meinem Schädel ab, landete auf meiner Schulter und zerschmetterte mir das Schlüsselbein. Mit einem Dröhnen in den Ohren und vor den Augen Sterne, die mir die Sicht nahmen, stürzte ich zu Boden. Ich wäre völlig außerstande gewesen, einem zweiten, diesmal tödlichen Schlag zu entgehen, wenn sie sich die Zeit dazu genommen hätte. Mit der Geschmeidigkeit eines Tigers jedoch schoß ein Schatten an mir vorbei. Ich stieß ein ersticktes Wimmern aus, das als gellender Warnschrei an Dana gedacht war. Als mein Blick wieder klar wurde und ich auf die Knie kam, sah ich, wie Dana schwer und völlig schlaff auf ihr Gesicht fiel. Von Ferne hörte ich aufgeregtes Fragen und Rufen. Langsam kroch ich auf mein Mädchen zu.

Fünfzehn

Ich hatte eine ziemlich schwere Gehirnerschütterung und mehrmals das Bewußtsein verloren. Man leuchtete mir mit Lampen in die Augen, testete meine Reflexe und gab mir Rechenaufgaben zu lösen. Mein rechter Arm, der mir mit Verbänden auf der Brust befestigt worden war, fühlte sich bleiern an, und der gebrochene Knochen schmerzte so, daß sie immer wieder Spritzen in mich bohrten. Die Schmerzmittel machten mich groggy, und ich hörte nicht auf, nach Dana zu fragen. Miss Holtzer wird operiert. Miss Holtzer wird immer noch operiert. Miss Holtzer befindet sich im Ruheraum.

Dann kam der Sonntagmorgen, und man sagte mir, daß es Miss Holtzer so gut ginge, wie es den Umständen entsprechend zu erwarten sei. Ein dummer Satz. Wer legt die Erwartungen fest?

Glenn Barnweather kam mit großem, ernstem Gesicht, hundert Seufzern, einem traurigen Kopfschütteln und einer dicken Bourbonfahne und teilte mir mit, daß Ulka tot sei. Das wußte ich bereits, wußte aber nicht, wie es passiert war.

»Sie ist in der Corvette losgebraust, über die 65 nach Nordosten wie bei 'nem gottverdammten Autorennen. Die wissen immer noch nicht, wie sie um so viele Kurven gekommen ist. Sie hatten eine Straßensperre aufgebaut, 'n ganzes Stück hinter Sunflower, mit 'nem quergestellten Auto, und sie kam mit schätzungsweise zweihundertzwanzig Sachen oder noch schneller an. Hat versucht, die Sperre zu umfahren. Kam auf die Böschung, schleuderte, traf auf einen Felsen, flog sechzig Meter durch die Luft und überschlug sich. Dann ist sie über den Straßenrand und dreihundert Meter abwärts gerauscht, das letzte Stück in Flammen. Wie Sie den Cops gesagt haben, McGee, sie muß vor Kummer wahnsinnig geworden sein. Stimmt doch, oder? Wahnsinnig vor Kummer.«

»Vollkommen außer sich. Mit der Energie einer Wahnsinnigen. Davon haben Sie sicher schon gehört.«

»Davon hab ich schon gehört. Und Diana Hollis entpuppt sich als Dana Holtzer. Was geht da eigentlich vor, alter Junge?«

»Wir müssen doch den guten Ruf einer Dame schützen, oder?«

»Ah, klar. Verdammt, was Sie machen, geht nur Sie etwas an, schätze ich, aber Jo wird herkommen und 'nen Aufstand machen.«

»Ich nehme an, sie hat die Divers angerufen.«

»Und Mary West. Und die hat ihr kein Wort verraten. Also ist sie auf hundertachtzig.«

»Glenn, wie wär's, könnten Sie sich mal erkundigen, wie es Dana geht? Dafür wäre ich Ihnen sehr dankbar.«

»Freut mich, wenn ich was für 'nen alten Kumpel tun kann, der so offen zu mir ist«, sagte er. Nach einer halben Stunde kam er zurück. »Sie ist ziemlich schlimm dran, Trav. Die haben sechs Stunden gebraucht, um ihr winzige Knochenstückchen vorne aus dem Hirn zu ziehen. Und ich hab rausgekriegt, daß sie für Lysa Dean arbeitet. Na, da wird Jo erst richtig neugierig werden. Sie sagen, daß Dana wieder gesund wird.« Er stand auf. »Morgen dürfen Sie sie besuchen.«

Ich kriegte noch mehr offiziellen Besuch. Wieder erzählte ich meine Geschichte von dem hysterischen Gewaltausbruch und der jungen Braut, die durch den schrecklichen Verlust ausgerastet war.

Joanne kam auch. Sie kochte vor Wut. Nach einer Viertelstunde war sie nur noch beleidigt und freundete sich widerwillig mit der Tatsache an, daß es einen guten Grund dafür geben mußte, daß sie nie alles erfahren würde. Sie war so anständig, mir ein paar Gefälligkeiten zu erweisen. Sie benachrichtigte The Hallmark, daß das Zimmer für mich freigehalten wurde, ließ mir ein Telefon aufs Zimmer stellen und sorgte dafür, daß ein Neurochirurg hereinkam, der mir ein paar konkrete Fragen nach Dana beantwortete. Er sagte, sie solle zwei Monate Pause machen, um sich zu erholen, bevor sie wieder zur Arbeit ginge. Ich hatte meine Untersuchungen hinter mir und würde am Montag entlassen werden, falls nicht noch neue Symptome auftraten. Er sagte, ich solle mir keine Sorgen über ihren Zustand machen, wenn ich sie am Montag für ein paar Minuten besuchen käme. Sie sei noch immer benommen und halb bewußtlos und würde mich vielleicht nicht erkennen.

Nachdem er gegangen war, wollte ich versuchen, Lysa Dean aufzuspüren, aber sie rief mich selbst an. Die Stimme der Dame an der Telefonvermittlung zitterte deutlich. Lysa war fürchterlich dramatisch und fürchterlich besorgt über alles und voll wortreicher Versicherungen wegen der Krankenhausrechnungen – aber auch gerissen genug, so zu tun, als sei ich Danas bester Freund, der sie auf einen kleinen Ausflug begleitet hatte. Sie sagte, sie und ihr ganzes Gefolge würden auf dem Rückweg zur Küste haltmachen, war sich aber nicht sicher, wann genau sie es schaffen würden.

Am Montag zog ich mich an, bezahlte meine Rechnungen und durfte fünf Minuten zu Dana. Ihr Kopf steckte in einem Verband, ihr Gesicht glänzte aufgequollen und war voller blauer Flecke. Hinter Schlitzen waren müde Augen zu sehen, und ihr Mund war aufgesprungen und verschwollen. Sie schien mich zu erkennen. Sie drückte meine Hand. Ich konnte nicht verstehen, was sie murmelte. Die Krankenschwester stand daneben und schickte mich weg, als die Zeit um war. Ich zog wieder ins The Hallmark ein. Am Dienstag besuchte ich sie dreimal, morgens, nachmittags und abends, jeweils für zehn Minuten. Sie erkannte mich, und ihre Aussprache war besser, aber sie wußte nicht, was mit ihr geschehen war, und hatte anscheinend auch keine Eile, es zu erfahren. Immer wieder sackte sie mitten in einem halb verständlichen Satz weg und fing an, zu schnarchen, aber sie mochte es, wenn man ihre Hand hielt.

Am Dienstag wurde ich um Mitternacht vom Anruf eines Burschen geweckt, der sich untertänigst entschuldigte und mich wissen ließ, daß Lysa Dean im besten Hotel der Stadt abgestiegen war und mich sofort sehen wolle. Ich ließ Lysa Dean ausrichten, sie solle sich zum Teufel scheren, und legte auf. Ich nahm den Hörer und wies die Vermittlung des Hallmark an, mich bis neun Uhr am nächsten Morgen in Frieden zu lassen. Mit dem fixierten Knochen war mir das Anziehen zu schwierig. Wenn sie etwas von mir wollte, wußte sie ja, wo ich war.

Als ich vierzig Minuten später gerade wieder am Einschlafen war, klopfte es scharf an meiner Tür. Ich brummte diverse nicht ganz salonfähige Ausdrücke vor mich hin, stand auf, richtete meine Schlinge und ging in Unterhosen zur Tür. Gefolgt von einem Portier des Hallmark trat ein beleibter Bursche in schwarzem Anzug ein, der das Gepäck trug, das Dana und ich nach New York aufgegeben und nicht mehr rechtzeitig hatten zurückholen können.

»Ich bin Herm Louker«, sagte er, als teile er damit etwas mit, was jeder Idiot wissen müsse. Ich starrte ihn fragend an. »Von der Agentur«, sagte er. Das sollte wohl alles erklären.

Er griff mit zwei Fingern in die Brusttasche und zog zwei frische Dollarscheine heraus, die er sehr geräuschvoll knistern ließ, als er sie dem Portier überreichte.

Herm sah ein bißchen aus wie ein Pinguin. Er hatte den gleichen Gang. Er trug ein Toupet mit einer richtigen Tolle. Seine Augen wirkten wie Zigarettenlöcher in einem Hotelhandtuch. Er trug Goldschmuck. Er ließ sich in einem Sessel nieder, schnitt eine Zigarre am Ende mit einem goldenen Messer ein und zündete sie mit einem goldenen Feuerzeug an.

»Ich möchte mich völlig klar ausdrücken, Mr. McGee. Das Interesse des Kunden ist auch mein Interesse. Abgesehen davon, daß ich die kleine Frau persönlich liebe, weil sie durch und durch ein Schatz ist, geht es mir nur um den höchstmöglichen Schutz ihrer sowie meiner Interessen und die der Filmindustrie.« Er hob warnend eine fette Hand. »Außerdem, bevor wir fortfahren, ich habe einen nervösen Magen und will nicht mehr wissen, als ich schon weiß. Ich war mit ihr in Miami, New York und Chicago, und sie war in jeder Hinsicht toll. Ganz Amerika liebt dieses Mädchen. Sie ist ein Superstar.«

»Dann wäre es gut, wenn ich wüßte, was Sie wissen.«

»Nur, daß es zu einer, sagen wir, Indiskretion gekommen ist. Die Menschen im Showbusiness, Mr. McGee, sind temperamentvoll und heißblütig, und gewisse Leute nutzen das aus. Wir stehen vor der unglücklichen Situation, daß irgendein Typ ihr das Leben schwermachen will. Die kleine Lady hat den Eindruck, daß Sie, nachdem Sie Ihre Arbeit aufgenommen haben, vom Weg abgekommen sind. Zeit vergeudet haben. In New York erhielten wir gewisse Informationen von Ihnen. Über einen gewissen Samuel Bogen, der bereits von der Polizei gesucht wird. Es gibt kein Bild von ihm. Nur Fingerabdrücke. Und eine vollständige Beschreibung, die auf fünfundneunzigtausend Kerle zutreffen könnte, einschließlich meiner Wenigkeit, jedenfalls beinahe. Wir haben daher besondere Wachposten mit dieser Beschreibung aufgestellt. Nichts in New York. Nichts in Chicago. Kein Kontakt. Soweit ich es verstanden habe, wurden gewisse finanzielle Anreize in Aussicht gestellt. Unser Star wird nervös, Mr. McGee. Was wir jetzt brauchen, ist eine Möglichkeit, die Sache zu einem Ende zu bringen. Wenn Sie das schaffen, ist die kleine Lady bereit, ihren Teil der Vereinbarung zu erfüllen. Ich will nicht wissen, was Sie vereinbart haben, glauben Sie mir.«

»Ich habe mir etwas überlegt.«

»Ach ja?«

»Ich wollte daran beteiligt sein. Momentan bin ich nicht ganz in der Verfassung dazu.«

»Das sehe ich.«

»Es hängt von mehreren Faktoren ab. Könnten Sie eine genaue Zeit für die Ankunft ihres Fluges in Los Angeles festsetzen und sie im Raum Los Angeles allgemein bekanntmachen?«

»Aber natürlich. Das machen wir jeden Tag.«

»Der Mann, der hinter ihr her ist, ist geistesgestört. Ich denke, daß er, außer zu einem Abstecher nach Las Vegas, den Raum Los Angeles nicht verlassen hat. Er könnte zum Flughafen kommen. Vielleicht wartet er auch bei ihrer Wohnung auf sie. Vielleicht verlangt er Geld. Vielleicht will er sie umbringen. Vielleicht weiß er nicht einmal, was er will.«

»Bitte. Davon kriege ich Magenkrämpfe.«

»Ein paar Dinge müssen Sie wissen, Mr. Louker. Wir wollen unseren Star nicht in Gefahr bringen. Könnten Sie für ein einigermaßen gutes Double sorgen?«

»Die richtige Größe, die richtige Frisur, die richtigen Klamotten, dunkle Sonnenbrille, Make-up, ein kurzes Training, wie sie winkt und geht. Klar. Zehn Minuten am Telefon, und ich hab eine, glauben Sie mir.«

»Aber sie erhält ebenfalls den größtmöglichen Schutz.«

»Darauf würde ich bestehen.«

»Und jetzt kommt der heikle Punkt, Mr. Louker. Wenn dieser Bogen festgenommen wird, werden die Cops innerhalb von drei Minuten wissen, welchen Namen und welche Adresse er benutzt. Es muß jemand bereitstehen, der sehr schnell handelt. An dieser Adresse befinden sich ein paar Gegenstände, die zerstört werden sollten, andernfalls könnte die Karriere Ihres Stars zum Teufel sein. Jemand muß klug und rasch handeln.«

»Wollen Sie, daß ich noch mehr Krämpfe bekomme?«

»Fotos, Herrn. Von Ihrem Star in einer Art Zirkus. Eine üble Szene. Wenn sie an die Öffentlichkeit kommen, schaden sie ihr vielleicht nicht sehr viel, solange sie gute Kasse macht. Aber zwei miese Filme hintereinander könnten sie erledigen.«

Er stand auf und trippelte herum, wobei er sich leise stöhnend den Bauch tätschelte. Es war eine Menge Bauch. Er fing unter seinem Kinn an und neigte sich in einer langen Kurve bis zu den Knien.

»Wie kommen wir an diese Bilder?« fragte er, mehr sich selbst als mich.

»Besorgen Sie sich einen gerissenen Anwalt und beschuldigen Sie Bogen, ihr die Bilder gestohlen zu haben. Lassen Sie sie zur Identifizierung beschlagnahmen, sie ihr dann zur Vernichtung aushändigen, und dann geben Sie ihm eine ordentliche Menge Bares, das er verteilen kann, wenn es nötig ist. Mann, ihr habt doch schon öfter kleine Geschenke gemacht.«

Er musterte mich. »Kenne ich Sie vielleicht von irgendwo her? Aus Rom vielleicht, bei Manny?«

»Nein.«

»Es fällt mir noch ein. Das kriegen wir schon irgendwie hin.« Er zog ein Bündel Geldscheine heraus und zählte tausend Dollar ab. »Für Spesen, hat sie gesagt. Sie können die Quittung doch unterschreiben, okay?«

Ich schaffte es. Er wünschte mir Lebewohl und ging. Irgendwie sah es aus, als habe er Magenschmerzen.

Am nächsten Morgen war Dana nicht sehr gesprächig. Nachdem ich ihr Zimmer verlassen hatte, fing mich auf dem Flur die Oberschwester ab. Sie machte einen komischen Eindruck, als habe sie gerade entdeckt, daß sie fliegen könnte, wenn sie fest genug mit den Armen wedelte.

»Lysa Dean hat sie besucht.«

»War sie zu der Zeit bei Bewußtsein?«

»Oh, nein. Miss Dean war ganz schockiert. Sie war sehr erregt. Ich glaube, sie hat ein sehr weiches Herz.«

»Muß sie wohl.«

»Sie hat etwas für Sie hinterlassen, Sir.«

Auf dem Weg durch den Flur öffnete ich es mit einer Hand. Schweres blaues Papier, parfümiert. Ausschweifende Schrift mit blauer Tinte. ›Ich muß Sie sprechen. Bitte. L.‹

Ein Taxi brachte mich zu ihr. Am Empfang hieß es, bedaure, sie ist hier nicht gemeldet, Sir. Ich nannte meinen Namen. Ach so. Gehen Sie gleich hier hinauf, Sir. Sie bewohnt den Westflügel auf der dritten Etage. Der Flügel wurde von einem Typen bewacht, der nach Cop aussah. Er warf einen Blick auf die Schlinge und sprach meinen Namen mit einem Fragezeichen am Ende aus. Letzte Tür rechts, sagte er.

Sie saß in einem weißen Kleid auf einer Bank vor dem Schminktisch. Ein Mann beschimpfte jemanden am Telefon.

Ein dünner Mann frisierte ihr die Haare. Ein Mädchen mit Brille las ihr mit nasaler, eintöniger Stimme aus einem Drehbuch vor. Sie scheuchte alle hinaus.

»Mein lieber McGee«, sagte sie. »Ihr armer Arm, Lieber. Oh, mein Gott, wie sah Dana aus. Es hat mir das Herz gebrochen. Wirklich. Ich habe tatsächlich geweint.«

»Das ist aber nett.«

»Seien Sie nicht so sauer. Wir werden machen, was Sie Herm vorgeschlagen haben. Sie werden ein Mädchen einfliegen. Ich werde mich draußen verstecken wie ein Dieb, Lieber. Mein Gott, ohne Dana geht alles drunter und drüber. Alles kommt auf den Hund. Wie konnte sie nur?«

»Ich schätze, es war pure Gedankenlosigkeit.«

Sie musterte mich mit zur Seite geneigtem Kopf. Dann lachte sie laut auf. »Ach *nein*! Wirklich? Aber als ich Sie in Miami damit aufgezogen habe, hätte ich im *Leben* nicht gedacht, daß Sie sie tatsächlich noch kriegen würden. Sie müssen ja verdammt ...«

»Sie würden mir den größten Gefallen der Welt tun, wenn Sie bitte Ihren Mund halten würden, Lee. Eine Menge Menschen sind gestorben. Meine Schulter tut mir weh. Dana ist zehnmal mehr wert als Sie.«

Sie ging zurück zur Bank und setzte sich. »Wenigstens weiß ich, wieso ihr beide euch auf meine Kosten so lange da draußen herumgetrieben habt. Damit der Spaß länger dauert, hm?«

»Genau.«

»Verdammt, sagen Sie mir den wahren Grund.«

»Der Mann, der Sie um hundertzwanzigtausend erleichtert hat, wurde ermordet. Es sah so aus, als ob M'Gruder es getan haben und dafür früher oder später verhaftet werden könnte. Dann wäre die Party auf der Terrasse im Prozeß zur Sprache gekommen. Ich wollte es nachprüfen.«

Die läufige rote Füchsin starrte mich aus Fuchsaugen aus. Ihr war sofort klar, was das bedeutete. Sie nestelte an ihrer Kehle. »Das ist aus der Welt, hm?«

»Ja. Und ich habe so eine Ahnung, daß Sie aus der anderen Sache auch rauskommen. Ich wundere mich über Sie, Lee.

Schauen Sie sich die Liste der Partygäste doch einmal an. Für Nancy Abbott gibt es keine Hoffnung mehr. Vance und Patty M'Gruder und Sonny Carson sind tot. Der Fotograf ist tot. Die arme kleine Whippy ist den Kessen Vätern in die Hände gefallen.«

»Wirklich? Was soll das? Die Hand Gottes? Bestrafung? Spinnen Sie nicht rum, McGee. Manchmal gehen die, die allzu locker drauf sind, eben früher. Vielleicht weil sie mit den Füßen nicht fest auf dem Boden stehen. Wenn so eine kleine Freudenparty töten könnte, dann wäre Südkalifornien entvölkert. Wissen Sie, Sie nerven ein bißchen. Haben Sie das schon bemerkt? Ach, zum Teufel, ich will nicht mit Ihnen streiten. Es wird noch Wochen dauern, bis Dana wieder auf dem Damm ist. Hat man mir gesagt. Natürlich werde ich ihr Gehalt weiterbezahlen. Und außerdem hat sie Anspruch auf ein Krankengeld. Scotty wird das alles für sie regeln und sich darum kümmern. Ich denke ...«

Herm kam an die Tür und machte ihr Zeichen. Sie entschuldigte sich und ging zu ihm. Eine Weile unterhielten sie sich leise. Er ging, und sie kam langsam zu mir zurück. »Da ist eine Sitzung, die ich nicht verpassen darf. Verdammt. Ich hatte Dana noch besuchen wollen, wenigstens einmal. Herm wird mich in die Stadt schmuggeln und das Double später herbringen müssen. McGee, mein Lieber, ich habe noch tausend Dinge zu erledigen ...«

»Sie haben *mich* rufen lassen. Wissen Sie noch?«

Sie schnippte mit den Fingern. »Natürlich. Schätzchen, haben Sie den Tausender für Spesen bekommen? Sie wissen, daß unsere Abmachung lautete, mich vollständig aus der Sache rauszubekommen. Stimmt's? Alles oder nichts, Sie verstehen. Wenn Ihr Plan funktioniert, kommen Sie zu mir, und wir regeln alles. Klar? Schätzchen, ich liebe Dana wie meine Schwester, aber kranke Menschen machen mich furchtbar depressiv. Könnten Sie irgendeine nette kleine Ranch für sie suchen und eine Frau, die für sie sorgt? Ich werde Victor Scott beauftragen, das Finanzielle mit Ihnen zu regeln. Würde Ihnen das sehr viel ausmachen? Schließlich muß euch ja was aneinander liegen. In bezug auf die Öffentlichkeit bin ich in dieser Hinsicht völlig aus dem Schneider, weil es ja Gott sei Dank nichts mehr gibt, wodurch ich mit Vance in Verbindung gebracht werden könnte.« Sie tätschelte mir die Wange. »Seien Sie brav, und kümmern Sie sich um unser Mädchen. Richten Sie ihr liebe Grüße aus und bringen Sie sie zu mir zurück, wenn sie wirklich wieder ganz gesund ist.«

Am Donnerstagnachmittag hatte sich Danas Zustand erstaunlich gebessert. Die Schwellungen waren verschwunden, aber sie hatte noch gelbe Flecken im Gesicht. Sie hatte Lippenstift aufgelegt. Man hatte sie aufgesetzt. Ihr Begrüßungslächeln war scheu.

Ich durfte eine Stunde zu ihr. Sie war gespannt, zu hören, was passiert war. Ich wußte, daß es vielleicht zuviel für sie war, aber ich mußte sie instruieren, bevor irgendein Offizieller sie aufsuchte und ihr Fragen stellte. Ich brachte sie auf den neuesten Stand, einschließlich des Plans, Bogen eine Falle zu stellen.

Als ich um vier Uhr nachmittags wieder ins Hallmark zurückkam, fand ich eine Nachricht vor, ich solle eine Vermittlung in Los Angeles anrufen. Als ich durchkam, nahm Lysa Dean japsend vor Freude und Erleichterung ab. »McGee, Schätzchen? Es hat geklappt, Sie gerissener Schlauberger! Unsere eigenen Leute haben ihn erwischt und ihm die häßliche kleine Kanone abgenommen, mit der er mich erschießen wollte. Das Double, meine ich. Und dann sind sie in seine häßliche kleine Wohnung gegangen und haben alle Fotos gefunden, und dann haben sie ihn und seine häßliche kleine Kanone der Polizei übergeben. Mein Gott, ich wußte nicht einmal, unter einer welch schrecklichen Anspannung ich stand. Ich bin ja *so* erleichtert.«

»Wäre es nicht nett, wenn Sie sich nach Dana erkundigen würden?«

»Lassen Sie mir *Zeit*, um Himmels willen! Na schön. Wie geht es ihr?«

»Viel, viel besser.«

»Das ist fein. Freut mich, zu hören.«

»Wir beide haben noch eine kleine Rechnung zu begleichen.«

»Das *weiß* ich. Verdammt, wieso sind Sie so sauer? Lassen Sie mir doch eine Chance. Was haben wir heute? Donnerstag. Warten Sie, ich schaue in meinem Terminkalender nach.« Ich wartete fünf Minuten, dann kam sie wieder ans Telefon. »Schätzchen, ich bin Montagnachmittag wieder zu Hause. Sie fliegen her, und dann sprechen wir darüber.«

»Sprechen darüber?«

»Mein Lieber, genaugenommen haben Sie nicht einmal einen richtigen Vertrag, wie Sie wissen. Und ein verängstigter Mensch macht oft *sehr* voreilige Versprechungen. Technisch gesehen waren Sie ja beim dicken Ende nicht dabei, oder?«

»Montagnachmittag«, sagte ich und legte auf. Ich wußte nicht, weshalb ich so wütend auf sie war. Etwas stimmte nicht, und ich wußte nicht, was es war.

Am Sonntagnachmittag fand ich heraus, was mein Instinkt mir hatte sagen wollen. Die Schwester und ich halfen Dana in den Rollstuhl, und ich rollte sie zu einem großen, sonnigen Raum, in eine stille Ecke.

»Also, ich habe es mir so gedacht«, sagte ich zu ihr. Ich saß da und hielt ihre Hand. »In zehn Tagen wirst du entlassen, dann, sagen wir, eine Woche oder so, bis du reisen kannst, Süße. Dann verfrachte ich dich nach Osten, mach's dir an Bord bequem, und ein paar Tage später können wir lossegeln. Wie hört sich das an?«

Sie entzog mir sanft, aber bestimmt ihre Hand. Sie wandte den Blick ab. »Travis, du warst sehr gut zu mir.«

»Was soll das heißen?«

»Es war alles so ... durcheinander und verrückt. Ich war nicht wirklich ich selbst. Ich weiß nicht, wie ich es dir sagen soll. Ich bin nicht so. Ich bin verheiratet. Ich weiß nicht einmal, wie ich so ... so dumm sein konnte. Ich glaube, es lag vielleicht daran, daß ich für sie gearbeitet habe. Ich gehe nicht wieder zu ihr zurück.«

Ich legte die Fingerspitzen unter ihr Kinn und drehte ihren Kopf, so daß sie mich anschauen mußte. Ich schaute sie an, bis sie errötete und den Kopf ruckartig wegdrehte.

Es war ihr ernst. Ein neuer Lebensentwurf. Man konnte so auf den Kopf geschlagen werden, daß es die Liebe ein für allemal hinausfegte. Wenn die Augen einer Frau bei deinem Anblick so leblos bleiben, dann hast du keine Chance mehr. Ich wußte, was mein Instinkt mir hatte sagen wollen.

»Du mußt nicht hierbleiben«, sagte sie. »Ich meine, ich bin es gewohnt, für mich selbst zu sorgen. Das geht in Ordnung, wirklich. Ich möchte dir wirklich für alles danken.

Es tut mir so leid, daß ich ... einen falschen Eindruck und viele falsche Hoffnungen in dir geweckt habe und ...«

»Du kannst doch noch ehrlich zu mir sein, oder?«

»Natürlich.«

»Wie ist es für dich, wenn ich dich hier besuche, Dana?«

Sie zögerte, dann hob sie das Kinn um einen Zentimeter. »Es ist sch-schlimm für mich, Travis. Es tut mir schrecklich leid. Es ist einfach so, daß es mich an etwas erinnert, was ich lieber vergessen möchte.«

Dann, nachdem geklärt war, was mit ihren Sachen passieren sollte, und nachdem ich versprochen hatte, eine Schwester zu schicken, die sie in ihr Zimmer zurückrollen würde, blieb uns nur noch die Zeremonie des Abschieds, die aus einem Handschlag bestand. McGee, der tolle Liebhaber. Sie war eine, die ich gerne behalten hätte. Nein, nicht sie. Sie hier kannte ich nicht einmal. Die, die ich gerne behalten hätte, war die, die Ullie auf dem Weg in ihren Selbstmord erschlagen hatte. Die Dana hier wollte jene Dana vergessen. Und würde sie auch verdammt schnell vergessen haben. Na, dann gib deinem Schatz die Hand und sag auf Wiedersehen, und versuche, die augenfällige Erleichterung zu übersehen, die sie vor dir verheimlichen will.

Das Taxi setzte mich am Montagnachmittag vor Lysa Deans Eisentoren ab. Der Koreaner ließ mich ein. Das Dienstmädchen führte mich ins Haus und verschwand. Das Haus war so still wie damals, als ich mit Dana hiergewesen war. Die großen Ölporträts von Lysa starrten mich durch das Halbdunkel des von Gardinen gedämpften Sonnenscheins gefühlvoll an.

Ich wanderte umher und klimperte zwei Töne auf dem gold-weißen Klavier. Mit schnellen Schritten betrat Lysa Dean den Raum. Sie trug eine schwarze Strickhose und eine weißseidene Überbluse, die zusammen mit ihrem rotgoldenen Haar in dem Raum aus Weiß und Schwarz und Gold eine reizvolle Kombination abgaben. Sie trug weiße, flauschige Slipper und hielt einen weißen Umschlag in der Hand. Sie eilte auf mich zu, reckte sich mir mit der gespielten Schüchternheit eines Kindes zu einem Kuß entgegen und führte mich an der heilen Hand zu einer breiten Couch in einer schattigen Nische.

»Wie geht es der lieben Dana?« fragte sie.

»Viel, viel besser.«

»Wann kann sie wieder zur Arbeit kommen, mein Lieber? Ich brauche sie wirklich dringend.«

»Sie wird erst noch eine Weile ausspannen müssen.«

»McGee, Schätzchen, setzen Sie sich für mich ein. Sagen Sie ihr, Lysa bräuchte sie ja *sooooo* sehr.«

»Ich werde es ihr bei der ersten Gelegenheit sagen.«

»Sie sind wirklich sehr, sehr süß. Also, was ist mit den Fotos, die ich Ihnen in Miami ggegeben habe?«

»Diejenigen, die ich habe machen lassen, auf denen Ihr Gesicht verdeckt ist, habe ich vernichtet. Und wenn ich zurückkomme, vernichte ich die Originale ... es sei denn, Sie wollen sie.«

»Um Gottes willen, die will ich nie mehr sehen. Lieber, dieser kleine Bogen ist anscheinend vollkommen abgedreht. Wenn er seine verrostete kleine Kanone abgedrückt hätte, hätte sie ihm die Hand weggerissen. Man wird ihn einweisen.«

»Na, dann ist Ihr Leben ja wieder in schönster Ordnung, Miss Dean. Und Sie können Ihren lieben Freund heiraten. Herzlichen Glückwunsch. Ist das mein Geld, das Sie da die ganze Zeit festhalten?«

Sie überreichte mir den Umschlag. Ich machte ihn ungeschickt auf, sah, daß er leicht war, und stellte fest, daß er zehntausend Dollar enthielt. Mehr waren es beim besten Willen nicht. Bevor ich auch nur ein Wort sagen konnte, hing sie lachend an mir. »Na ja, Schätzchen, seien Sie doch mal realistisch!« sagte sie neckisch. »Ich habe Ihnen das ganze schöne Reisegeld gegeben und Ihnen ein ziemlich hübsches, aufregendes Mädchen mit auf den Weg gegeben, und Sie haben auf meine Kosten ein paar aufregende und pikante Abenteuer erlebt. Ich bin nicht aus Geld *gemacht,* Schätzchen. Die Steuern sind der reine Wahnsinn. Also, wenn man es recht bedenkt, glaube ich, daß Sie richtig gut abschneiden, und einige meiner Berater würden denken, ich sei von allen guten Geistern verlassen, daß ich Ihnen überhaupt so viel gebe.« Noch während sie sprach, nahm sie mir das Geld aus der Hand und steckte es in die Innentasche meines Jacketts. Dann machte sie sich ganz direkt und zielbewußt ans Werk. Unter vielen raschen Küssen bog sie sich und präsentierte ihre berühmten Kurven und Düfte. Unter geschicktem Einsatz ihrer kleinen Hände und mit einem überzeugenden, immer heftigeren, erregteren Atmen drängte sie sich rittlings auf meinen Schoß. Es war die Arbeit einer Künstlerin, die Arbeit, die sie aufgrund einer lebenslangen Kenntnis des männlichen Tiers am besten konnte. Sie war offensichtlich völlig überzeugt, daß sie den Mann mit einer raschen guten Nummer loswerden würde, zu beglückt, um sich daran zu stören, übers Ohr gehauen worden zu sein, zu benommen, um Einspruch zu erheben. Schon hatte sie angefangen, sich aus ihrer Strickhose zu schälen und gleichzeitig mit kleinen Stupsern zu versuchen, mich mit dem Rücken auf die breite Couch unter einem Bild der Dame höchstpersönlich zu drücken.

Ich bekam den heilen linken Arm zwischen uns und preßte die Hand flach gegen ihr Brustbein. Dann streckte ich den Arm plötzlich aus, so daß sie nach hinten geschleudert wurde und auf den glatten, harten Fliesen ausrutschte. Sie fiel hart auf einen weißen Flauschteppich und rutschte auf ihm wie auf einem Schlitten nach hinten, bis sie unter einem anderen Bild stoppte, auf dem der Künstler so empfindsam einen Heiligenschein angedeutet hatte.

Ein Auge von Haaren bedeckt, sprang sie auf und zerrte die Strickhose über den weißen Hintern. »Zum Teufel!« kreischte sie. »Herrgott, McGee, Sie hätten mir das Steißbein brechen können!«

Ich stand auf, richtete meine Schlinge und machte mich auf den Weg zur Tür.

»Schon gut, Lee, Baby«, sagte ich. »Ich geb mich mit dem bißchen zufrieden. Du brauchst es mir nicht zu versüßen. Dir würde es nicht das mindeste bedeuten und mir noch weniger.«

Ich verließ sie unter einem Gekreisch von Unflätigkeiten. Meine Schritte wurden durch einen Hagel aus Elefanten beschleunigt. Sie besaß eine ganze Sammlung. Sie warf schnell, aber nicht gut.

Knirschend überquerte ich die feinen braunen Kiesel, vorbei an Fontänen aus einem Rasensprenger, die auf fette, grüne Blätter plätscherten. Der Koreaner ließ mich hinaus. Ich spürte das armselige Gewicht des Geldes in der Jackentasche. Ich blieb stehen, nahm den Arm aus der Schlinge und stopfte sie in eine Tasche. Da der Arm beim Schwingen schmerzte, hakte ich den Daumen in den Gürtel.

Beim Gehen dachte ich daran, was für eine groteske Art das war, eine gute Frau zu verlieren. Ich sah alte Männer, die vorsichtig Angeberautos mit Namen wie Fury oder Tempest oder Dart steuerten. Durch einen Zaun sah ich ein Quintett kleiner Mädchen, die kreischend durch das silbrige Sprühen eines Rasensprengers hüpften. Ein Hund lächelte mich an.

Was für eine lächerliche Art, eine Frau zu verlieren. Fußgänger waren in diesem Viertel nicht willkommen. Ich wurde von höflichen Cops angehalten, die mir höfliche Fragen stellten und mich höflich zum nächsten Taxistand brachten. Ich stieg ins Taxi. Der einzige Ort, wo ich hingehen konnte, war mein Hotelzimmer, und dort wollte ich nicht hin. Aber mir fiel nichts anderes ein.

Als wir an einer Ampel anhielten, sah ich einen Laden für Zauberartikel und fragte den Fahrer, ob dort auch Liebestränke verkauft würden. Er meinte, wenn ich auf Action aus sei, brauchte ich es nur zu sagen. Ich fuhr ins Hotel zurück, und siebzig Minuten später saß ich im Flieger nach Miami.

»Man muß sich die Kunden des Aufbau-Verlages als glückliche Menschen vorstellen.«

S ÜDDEUTSCHE Z EITUNG

Streifzüge mit Büchern und Autoren:
Das Kundenmagazin der Aufbau Verlagsgruppe erhalten Sie kostenlos in Ihrer Buchhandlung und als Download unter www.aufbau-verlag.de.